Os Vingadores
E A Filosofia
Os Pensamentos Mais Poderosos

Coordenação de William Irwin
e Mark D. Whide

E A Filosofia
Os Pensamentos Mais Poderosos

Tradução:
Rosalia Munhoz

MADRAS®

Publicado originalmente em inglês sob o título *The Avengers and Philosophy*, por John Wiley & Sons, Inc.
© 2012, John Wiley & Sons.
Direitos de edição e tradução para todos os países de língua portuguesa.
Tradução autorizada do inglês.
© 2015, Madras Editora Ltda.

Editor:
Wagner Veneziani Costa

Produção e Capa:
Equipe Técnica Madras

Tradução:
Rosalia Munhoz

Revisão da Tradução:
Jefferson Rosado

Revisão:
Jerônimo Feitosa
Maria Cristina Scomparini
Neuza Rosa

Dados Internacionais de Catalogação na Publicação (CIP)
(Câmara Brasileira do Livro, SP, Brasil)

Os Vingadores e a filosofia: os pensamentos mais
poderosos/coordenação de William Irwin e Mark
D. Whide; tradução Rosalia Munhoz. – São Paulo: Madras, 2015.
Título original: The avengers and philosophy: earth's mightiest thinkers
Vários autores

ISBN 978-85-370-0957-4

1. Filmes de super-heróis - História e crítica
2. Filosofia na literatura 3. Filosofia no cinema
4. Super-heróis na literatura I. Irwin, William. II. Whide, Mark D..

15-02708   CDD-791.43652

Índices para catálogo sistemático:
1. Super-heróis: Aspectos filosóficos   791.43652

É proibida a reprodução total ou parcial desta obra, de qualquer forma ou por qualquer meio eletrônico, mecânico, inclusive por meio de processos xerográficos, incluindo ainda o uso da internet, sem a permissão expressa da Madras Editora, na pessoa de seu editor (Lei nº 9.610, de 19/2/1998).

Todos os direitos desta edição, em língua portuguesa, reservados pela

MADRAS EDITORA LTDA.
Rua Paulo Gonçalves, 88 – Santana
CEP: 02403-020 – São Paulo/SP
Caixa Postal: 12183 – CEP: 02013-970
Tel.: (11) 2281-5555 – Fax: (11) 2959-3090
www.madras.com.br

Índice

Introdução: Os Filósofos Mais Poderosos da Terra 9

PARTE UM
O QUE UM VINGADOR FARIA?

1. Aula de Ética Sobre-humana com
   os Vingadores Primordiais 12
   Mark D. White

2. Fazendo Brilhar a Luz sobre os Vingadores Sombrios 24
   Sarah Donovan e Nick Richardson

3. Os Vingadores: A Família Mais Poderosa da Terra 34
   Jason Southworth e Ruth Tallman

PARTE DOIS
QUEM É UM VINGADOR?

4. Identidade de Super-herói: Estudos
   de Casos nos Vingadores 48
   Stephen M. Nelson

5. Eu Sou Feita de Tinta: Mulher-Hulk
   e Metaquadrinhos 61
   Roy T. Cook

6. A Autocorrupção de Norman Osborn:
   Uma História Admonitória 74
   Robert Powell

PARTE TRÊS
OS VINGADORES DEVERIAM FAZER MAIS DO QUE VINGAR?

7 Reunião dos Clementes 83
Daniel P. Malloy

8 Deuses, Feras e Animais Políticos:
A Razão da Assembleia dos Vingadores 97
Tony Spanakos

9 A Quadrilha do Capitão: A Reabilitação é Possível? 111
Andrew Terjesen

PARTE QUATRO
OS VINGADORES SEMPRE VÃO LONGE DEMAIS?

10 Lutando a Boa Luta: Ética Militar
e a Guerra Kree-Skrull 126
Christopher Robichaud

11 Segredos e Mentiras: Comprometendo
os Valores dos Vingadores para o Bem do Mundo 136
Louis P. Melançon

12 Os Vingadores e a S.H.I.E.L.D.: A Questão dos
Super-heróis Proativos 147
Arno Bogaerts

PARTE CINCO
EM QUE TIPO DE MUNDO OS VINGADORES VIVEM?

13 Kang Pode Matar Seu Passado ?
O Paradoxo da Viagem no Tempo 162
Andrew Zimmerman Jones

14 "Nenhum Outro Deus Diante de Mim":
Deus, Ontologia e Ética no Universo dos Vingadores 173
Adam Barkman

15 Amor ao Estilo dos Vingadores:
Um Androide Pode Amar um Humano? 183
Charles Klayman

16 O Caminho da Flecha: Gavião
Arqueiro Encontra os Mestres Taoistas.................................... 192
Mark D. White

APÊNDICE: Por que Existem Quatro Volumes dos Vingadores?...........204

COLABORADOES: Academia dos Vingadores....................................207

ÍNDICE REMISSIVO: Dos Arquivos Secretos de Jarvis......................212

Introdução: Os Filósofos Mais Poderosos da Terra

Se você gosta de super-heróis – e não estaria lendo este livro se não gostasse –, você *adora* equipes de super-heróis, e os Vingadores são a equipe mais notável do Universo Marvel. O melhor sobre os Vingadores é que você não apenas pode ver todos os seus heróis favoritos se reunindo para enfrentar ameaças formidáveis contra tipos bizarros, mas também os vê interagindo como super-heróis *e* como pessoas. Seja reunidos na Mansão dos Vingadores ou explorando os domínios mais longínquos do espaço, você vê como eles trabalham juntos e se divertem juntos, tanto quando eles se dão bem como quando não se dão bem. É por isso que amamos os Vingadores, seja nos quadrinhos, nas séries animadas ou nos filmes lançados – são partes iguais de épico de super-heróis e de novela.

Do mesmo modo que os Vingadores se reúnem para enfrentar ameaças que nenhum herói sozinho poderia, ele ou ela, dar conta, os colaboradores para *Os Vingadores e a Filosofia* se reuniram para discutir uma gama de tópicos tão ampla, que nenhum filósofo poderia dar conta individualmente de toda ela.

Você já se perguntou como os "três importantes" Vingadores – Capitão América, Homem de Ferro e Thor – se comparam em termos de sua filosofia moral? A Guerra Kree-Skrull já o levou a ponderar sobre a ética da guerra em si? E quanto à tendência peculiar dos Vingadores em dar as boas-vindas a ex-criminosos em suas fileiras, como o Gavião Arqueiro, Mercúrio e a Feiticeira Escarlate? Kang pode, de fato, voltar no tempo para matar a si mesmo? Nós realmente admiramos

Norman Osborn e seus Vingadores Sombrios? E, por fim, falando de telenovela, a Feiticeira Escarlate e o Visão podem amar um ao outro de verdade?

Independentemente de que escalação dos Vingadores você prefere, ou qual Vingador é o seu favorito, existe um capítulo em *Os Vingadores e a Filosofia* para você. (Por que esta obra é sem a Garota Esquilo?, você pode perguntar. Porque estará no volume dois – ele é *todo* dela.) Portanto, até que se abra uma filial da Academia dos Vingadores na sua vizinhança, este livro é o melhor meio para aprender, a partir dos Filósofos Mais Poderosos da Terra – até termos nosso próprio filme; é isso aí!

* * *

Eu gostaria de agradecer a Bill Irwin por seu apoio constante, encorajamento e trabalho duro neste livro e na série da Blackwell de Filosofia e Cultura *Pop* como um todo; Connie Santisteban, da Wiley, que olhou minuciosamente este livro de cabo a rabo; e meus colegas colaboradores, que surgiram com intuições sobre a filosofia e os Vingadores que eu nem teria imaginado. Também quero fazer um agradecimento especial a Christine Hanefalk, que deu um apoio inacreditável, em especial nas semanas finais estressantes deste projeto. Por fim, gostaria de agradecer a todos os criadores que fizeram os Vingadores brilharem durante meio século, começando com Stan Lee e Jack Kirby, até Kurt Busiek e George Pérez, e toda a linhagem até Brian Michael Bendis e Joss Whedon, por trazer os Heróis Mais Poderosos da Terra à vida nas telas de cinema.

Parte 1

O QUE UM VINGADOR FARIA?

Aula de Ética Sobre-humana com os Vingadores Primordiais

Mark D. White

Na Academia dos Vingadores, onde veteranos como Hank Pym e Tigra ensinam aos jovens heróis o caminho do Vingadorismo, um dos cursos exigidos é Aula de Ética Sobre-humana. Nessa aula, os superpupilos são colocados diante de dilemas éticos que surgem na "rotina" diária de um Vingador, e depois é perguntado a eles como lidariam com tais dilemas e o porquê. Nós podemos ficar com um pé atrás ao pensar em Hank Pym dando essa matéria – o garoto perfeito para o pôster com os dizeres: "Faça o que eu digo, e não o que eu já fiz repetidamente" –, mas essa matéria é essencial para ensinar aos jovens heróis como exercitar a grande responsabilidade que vem com um grande poder.[1]

Se você me perguntar, os professores mais óbvios para a Aula de Ética Sobre-humana seriam o Capitão América, o Homem de Ferro e Thor, que foram apelidados de Vingadores Primordiais em minisséries recentes.[2] Eu não estou declarando que esses três são necessariamente os mais éticos entre os vingadores, mas eles servem como exemplo dos três sistemas de ética mais populares: utilitarismo,

---

1. Veja, por exemplo, *Academia dos Vingadores* #10 (maio de 2011), reeditada em *Academia dos Vingadores: Quando Nós Usaremos Isto no Mundo Real?* (2011), e discutido aqui: <http://www.comicsprofessor.com/2011/03/superhuman-ethics-class-is-in-session-in-avengers-academy-10.html>.
2. *Vingadores Primordiais* #1-5 (agosto de 2010-março de 2011), reeditado em *Avengers Prime* (2011).

deontologia e ética da virtude. Embora cada um desses heróis clássicos exemplifique seu compasso moral específico em suas aventuras solo, é por meio de suas interações – em especial seus conflitos – em meio aos Vingadores que eles ilustram melhor suas abordagens éticas diferenciadas. Vamos iniciar com o Homem de Ferro, porque sua estrutura ética é, de várias maneiras, a mais simples, e também porque ele arma o palco para introduzir os outros dois como contraste.

O Homem de Ferro utilitarista

Há muito tempo, Tony Stark é um personagem importante no Universo Marvel, mas a partir do acontecimento da "Guerra Civil", em 2006, ele se tornou central nesse universo. Logo que ele se deu conta de que aprovação da Lei de Registro Sobre-humano, uma lei exigindo que todos os super-heróis se registrassem e revelassem suas identidades ao governo, era inevitável, ele tomou a frente e assegurou que ela fosse implementada a *seu* modo. Quando o Capitão América começou uma resistência contra a lei, o Homem de Ferro liderou as forças pró-registro contra ele, e depois que a guerra acabou, com a rendição do Capitão, Tony adquiriu o controle da S.H.I.E.L.D. e dos Vingadores. No exercício de seu cargo, ele teve de lidar com a morte do Capitão América (Steve Rogers) e a unção de seu sucessor (Bucky Barnes), a destruição de Nova York pelo mesmo Hulk que ele havia ajudado a exilar no espaço anos antes e uma invasão secreta em larga escala pelos Skrulls. O fiasco Skrull levou à queda de Tony Stark, à ascensão de Norman Osborn e a autolobotomização de Tony, para assegurar que Osborn não conseguisse a informação de registro de super-herói armazenada em seu cérebro. O "Reinado Sombrio" de Osborn terminou com o Cerco de Asgard, depois que Tony (com a maior parte de sua mente restaurada), Steve Rogers (de volta dos mortos) e Thor (agora um orgulhoso oklahomano) se reuniram para liderar as equipes escolhidas de Vingadores contra ele.[3]

Muitas pessoas, tanto no Universo Marvel quanto no mundo real, consideraram desprezíveis as decisões e ações de Tony nesse período,

---

3. Veja... bem, praticamente todos os gibis da Marvel desde 2006, mas em especial *Guerra Civil* (2007), *Guerra Mundial Hulk* (2008), *Invasão Secreta* (2009) e *Cerco* (2010), além de dúzias (se não centenas) de gibis relacionados. (Vá em frente, leia-os, eu espero.)

particularmente durante a Guerra Civil, quando ele alistou os Thunderbolts, uma equipe conhecida de supervilões e psicopatas, para cercarem os heróis não registrados e ajudou a construir uma prisão na Zona Negativa para contê-los. Contudo, é difícil duvidar das motivações sinceras de Tony para tornar as coisas melhores. E é raro conseguir tornar as coisas melhores sem quebrar algumas regras ou criar algumas consequências negativas.

A questão da quebra das regras e consequências negativas é familiar aos filósofos morais porque elas também se aplicam ao *utilitarismo*, o sistema ético básico de Tony Stark. O utilitarismo julga as ações a partir da benevolência (ou "utilidade") de suas consequências. Uma ação que crie mais bem do que mal no mundo é ética, e a ação que cria maior bem em comparação ao mal é mais ética (ou mandatória). Os filósofos creditaram a introdução do utilitarismo a Jeremy Bentham (1748-1832), que equiparou o "bom" com o prazer e o "ruim" com a dor. Outros utilitaristas também propuseram felicidade, bem-estar ou satisfação de preferências como meios de pensar a utilidade.[4] Tanto quando se mensura utilidade ou benesse, o utilitarismo se baseia na noção de senso comum que resulta dessa proposição. Além do mais, a utilidade para todos é igualmente importante. Isso significa que o bem pode ser acumulado para chegar a uma soma total para cada ação, que pode ser usada para comparações de alternativas ou maximização a fim de chegar a um plano de ações que seja o melhor moralmente.[5]

Embora o conceito de utilitarismo seja muito simples, na prática pode se tornar bastante complicado, porque a mensuração da utilidade de várias opções é incrivelmente difícil. Para avaliar e comparar as benesses de diferentes rumos de ação, uma pessoa deve considerar todos os efeitos de cada escolha. Claro, Tony Stark considera-se um futurista, com uma habilidade ímpar de visualizar os resultados de quaisquer acontecimentos. Depois de vencer o Dínamo Vermelho,

---

4. Veja *An Introduction to de Principles of Morals and Legislation*, (1781) de Bentham, disponível em <http://www.utilitarianism.com/jeremy-bentham/index.html>.
5. O utilitarismo é uma forma específica de *consequencialismo*, que julga a moralidade das ações por alguns aspectos de suas consequências, tais como benesses (como no utilitarismo) ou equanimidade (como no igualitarismo). Para uma discussão completa, veja Walter Sinnott-Armstrong, "Consequencialismo", *Stanford Encyclopedia of Philosophy*, <http://plato.stanford.edu/entries/consequencialism>.

parando seu coração e, em seguida, reanimando-o, o Capitão despe Tony dizendo: "Você poderia ter impedido a situação sem parar o coração do homem. Eu posso pensar em pelo menos quatro alternativas" – mas Tony o interrompe com: "E eu posso pensar em sete. Mas essa foi a mais conveniente".[6] Mesmo nesta escala relativamente pequena, contudo, a cadeia de acontecimentos que fluiu a partir dessa escolha pode ser difícil de predizer, principalmente quando outras pessoas e acontecimentos randômicos intervêm. (Por exemplo, o Dínamo poderia ter uma doença cardíaca que evitaria que Tony o restaurasse.)

Em caso de decisões portentosas como exilar o Hulk ou apoiar o registro de super-heróis, as ramificações complexas e incontáveis são impossíveis de se conhecer e, portanto, impossíveis de mensurar e comparar. Como já vimos, Tony acumulou um monte de erros – o Capitão América morreu, o Hulk voltou, e os Skrulls fizeram uma invasão. Então, mesmo um autoconclamado futurista pode cometer equívocos. E uma vez que suas decisões são tão boas quanto suas previsões, a inabilidade de Tony em saber os resultados dessa ação coloca sua decisão sob dúvida. Essa dúvida, é claro, se aplica a toda tomada de decisões utilitaristas.

Capitão América: o dever acima de tudo

O Homem de Ferro e o Capitão América há muito tempo são retratados como tendo visões diferentes do mundo. Porém, a Guerra Civil trouxe esse conflito ético para o primeiro plano do Universo Marvel. Enquanto Tony exemplifica o utilitarismo, o Capitão fornece um exemplo flagrante da *deontologia*, que julga a moralidade das ações por si mesmas, de acordo com princípios gerais de deveres, em vez de consequências.[7] No caso em que Tony para o coração do Dínamo Vermelho, o Capitão, presumivelmente, considerou isso como uma violação do princípio de não matar. No que diz respeito ao capitão,

---

6. *Iron Man*, vol. 4, #7 (junho de 2006), reeditado em *Iron Man: Execute Program* (2007). No fim da história (#12, novembro de 2006), para evitar ser forçado a matar o Capitão por meio de controle mental, Tony para seu próprio coração, acreditando que seria revivido, como ele reviveu o Dínamo.

7. Veja Larry Alexander e Michael Moore, "Deontological Ethics", *Stanford Encyclopedia of Philosophy*, <http://plato,stanford.edu/entries/ethics-deontological>.

a "conveniência" citada por Tony não funciona como justificativa. O conflito entre deontologia e utilitarismo em geral é colocado em termos de "correto" e "bom", em que o bem é uma quantidade a ser maximizada, enquanto o correto é algo a que se deve aderir. Parar o coração do Dínamo pode ter sido o modo mais conveniente para um bom resultado, mas, para o Capitão, simplesmente não era a coisa certa a fazer.

Quando deontologistas (como o Capitão América) criticam os utilitaristas (como Tony) por deixar "os fins justificarem os meios", eles estão insinuando que determinados meios não deveriam ser utilizados para os fins, não importando quão boas possam ser as consequências. Independentemente de quão digno seja um fim – até salvar vidas –, algumas medidas não deveriam ser tomadas, por uma questão de princípios. No mundo real, torturar suspeitos de terror e colocar escutas em telefones são exemplos primários disso; na Guerra Civil, nós vemos exemplos, tais como a construção da Zona Negativa e o recrutamento dos Thunderbolts. Tais ações, consideradas intrinsecamente erradas, não podem ser justificadas por suas consequências, mas, pelo contrário, maculam aqueles fins considerados nobres. Para ter certeza, os deontologistas não negam inteiramente a importância das consequências, mas consideram os princípios tão importantes quanto.

Uma vantagem que a deontologia parece ter sobre o utilitarismo é que ela não exige de nós que calculemos e comparemos as consequências boas e más de cada decisão. O Capitão não teria de calcular os prós e contras de convidar os Thunderbolts para sua causa. Pelo contrário, ele nem teria levado isso em consideração, porque consideraria errado lidar com assassinos confirmados. (No fim, ele rejeita a oferta do Justiceiro de se unir ao movimento contra o registro pela mesma razão.)[8] Porém, isso negligencia a complexidade de distinguir o certo do errado. Quando o Capitão diz a Tony que "o certo é certo",

---

8. *Civil War* #6 (dezembro de 2006). Por outro lado, ele permitiu que Wolverine entrasse para os Vingadores, apesar de dizer a Tony: "Ele é um assassino". (*New Avengers*, vol. 1, #6, junho de 2005, reeditado em *New Avengers: Breakout*, 2006). Eu gostaria de pensar que um soldado como o Capitão América sabe a diferença entre alguém que mata no calor da batalha e alguém que faz o mesmo para ganho pessoal (como os Thunderbolts) ou vingança (como o Justiceiro); para mais sobre este tema, veja o capítulo "Os Vingadores e a S.H.I.E.L.D.: A Questão dos Super-heróis Proativos", de Arno Bogaerts neste volume.

ou diz a Sharon Carter (sobre as forças pró-registro) que "o que eles estão fazendo é simplesmente errado", sua linguagem simples obscurece o fato de que uma grande dose de deliberação e julgamento é usada para determinar o que é correto em qualquer situação dada.⁹ Em vez de calcular os efeitos positivos e negativos em utilidade, contudo, os deontologistas pesam vários princípios e deveres uns contra os outros (e até contra as consequências).

Além do mais, a deontologia evita a natureza contingente da ética utilitarista, pela qual uma mudança nas circunstâncias pode virar um julgamento moral para um lado ou para o outro. Tony, originalmente, era contrário ao registro, citando os riscos para os entes queridos dos heróis, para a moral, e incentivos para continuarem a servir como heróis.¹⁰ Uma vez convencido de que a lei de registro passaria, contudo, ele se inscreveu como seu testa de ferro, dizendo a Peter Parker: "eu tenho de tomar a liderança para fazer os outros poderes se registrarem. E, se eu não o fizer, alguém pior o fará. E, francamente... eu acho que é a coisa certa a se fazer a essa altura".¹¹ A partir de um ponto de vista utilitarista, isto é admirável: ele se ajustou às circunstâncias e fez o melhor com as cartas que recebeu quando elas mudaram. Porém, para um deontologista, o certo ou o errado não dependem das circunstâncias, mas de princípios. O Capitão foi inalterável em sua oposição ao registro não por teimosia, mas por um estilo de julgamento que não depende da condição do mundo em um dado momento. Mesmo quando ele se rendeu no fim da *Guerra Civil*, não foi porque ele mudou sua opinião sobre o registro, mas porque percebeu que seus esforços haviam se afastado de seu propósito original: "Não estamos mais lutando pelas pessoas... estamos simplesmente lutando".¹² Quando o Homem de Ferro os visita em sua cela em Ryker's, o Capitão diz a ele: "nós mantivemos os princípios que juramos defender e proteger. Você vendeu seus princípios".¹³

---

9. *Iron Man/Captain America: Casualties of War* (fevereiro de 2007), reeditado em *Civil War: Iron Man* (2007); *Captain America*, vol. 5, #22 (novembro de 2006), reeditado em *Civil War: Captain America* (2007).
10. Veja *Amazing Spider-Man* #529-531 (abril a junho de 2006), reeditado em *Civil War: The Road to Civil War* (2007).
11. *Amazing Spider-Man* #532, reeditado em *Civil War: Amazing Spider-Man* (2007).
12. *Civil War* #7 (janeiro de 2007).
13. *Civil War: The Confession* (maio de 2007), reeditado em *Civil War: Iron Man* (2007).

Todavia, teria sido mais preciso dizer que Tony e o Capitão simplesmente tinham princípios gerais diferentes, para início de conversa, para representar o bom e o correto. Cada um lutou por seus princípios até o fim – e com convicção.

Heróis condenados

É fácil apontar as diferenças entre utilitarismo e deontologia, mas também deveríamos ressaltar suas similaridades. (Tal se provará especialmente útil quando formos discutir a ética da virtude e Thor.) Nós já mencionamos uma similaridade: tanto o utilitarismo como a deontologia demandam julgamento, embora sejam de tipos diferentes. O utilitarismo exige a antecipação, a avaliação e a comparação de cada resultado possível de cada opção, enquanto a deontologia requer a consideração e o equilíbrio de cada princípio e dever envolvidos em uma situação. Nenhum dos processos pode ser feito à perfeição – e esperar enquanto uma pessoa experimenta pode resultar em desastre. As escolhas têm de ser feitas e, de vez em quando, uma pessoa tem de usar o julgamento para fazê-las, quando acaba o tempo para a deliberação. Como disse Tony durante a batalha com o Hulk, "Todos os dias eu escolho entre cursos de ação que podem afetar milhões, até bilhões de vidas. Com apostas de tal monta, como eu ouso decidir? Mas, a essa altura, não fazer nada é uma decisão em si".[14]

A tomada de decisões éticas de qualquer tipo, utilitarista ou deontológica, requer convicção para torná-las efetivas. Chegar à melhor decisão é uma coisa, mas não vale de nada se a pessoa não a mantiver. Apesar das diferenças entre o Capitão América e o Homem de Ferro, ambos compartilham uma convicção tremenda. Falando com o cadáver do Capitão após seu assassinato nos degraus do tribunal, Tony confessa: "Eu sabia que seria colocado na posição de me encarregar deste lado das coisas. Porque, se não fosse eu, quem seria? Quem mais estava lá? Ninguém. Então eu engoli. Eu fiz o mesmo que você. Eu me comprometi... Foi a coisa certa a fazer!".[15]

Como de praxe, o Capitão América faz um discurso mais eloquente para demonstrar sua convicção, desta vez para o Homem

---

14. *World War Hulk* #4 (novembro de 2007).
15. *Civil War: The Confession.*

Aranha, quando ele considera abandonar Tony para se juntar com o Capitão:

> Não importa o que diz a imprensa. Não importa o que os políticos ou as massas digam. Não importa se todo o país decidir que algo errado é correto. Esta nação foi fundada em um princípio acima de todos: a exigência de que nos levantemos pelo que acreditamos, independentemente da situação ou das consequências. Quando a massa e a imprensa e todo o mundo diz para você sair, seu papel é plantar-se como uma árvore ao lado do rio da verdade, e dizer a todo o mundo: "Não, saiam *vocês*".[16]

É claro que ninguém duvidaria da convicção do Capitão América, mas minha questão é mais geral: tal convicção não depende da filosofia moral da pessoa. Como diz o Capitão: "Se você acredita nisso, você se erguerá por isso".[17]

Compreender a importância do julgamento e da convicção também pode nos ajudar a ver por entre as concepções errôneas de que a ética deontológica (tal como a do Capitão) vê o mundo em "preto e branco", sem "gradações de cinza", simplesmente porque se expressa em termos absolutos do tipo "certo ou errado", em vez de termos relativos como "melhor ou pior". Para os utilitaristas, a única decisão correta é a "melhor", a que resulta em uma rede de resultados mais positiva – todas as outras escolhas são erradas. Quando Sharon pergunta ao Capitão, a respeito da lei de registro: "Se o Capitão América não segue a lei, então quem a seguirá?", e o Capitão responde: "A questão não é preto no branco, e essas são as únicas cores que a lei consegue ver", em oposição aos conceitos deontológico mais amplos de justiça e liberdade que ele valoriza.[18] Contudo, uma vez que você veja além das regras simples – o que o filósofo e economista contemporâneo Deirdre McCloskey ridiculariza como fazer ética usando "cartões de cinco por 12 centímetros" – e reconhece o papel do julgamento na

---

16. *Amazing Spider-Man* #537 (dezembro de 2006), reeditado em *Civil War: Amazing Spider-Man*.
17. Capitão América para o Homem de Ferro, em *Iron Man/Captain America: Casualties of War*.
18. *Captain America*, vol. 5, # 22.

tomada de decisões éticas, portanto, nem o utilitarismo nem a deontologia são preto no branco.[19] A única coisa digna desses termos é a convicção, a determinação de se erguer a partir das escolhas morais, que muitas vezes podem ser confundidas com teimosia. Na verdade, no entanto, convicção é uma virtude.

Realmente, uma excelente continuação!

Outro aspecto em comum entre o utilitarismo e a deontologia é o seu foco na ação: determinar o melhor a fazer em qualquer situação específica. Mas nossa terceira escola de ética, a ética da virtude, foca no ator em vez da ação, enfatizando traços duradouros de caráter que pessoas boas (ou virtuosas) possuem, tais como honestidade, coragem e resolução – todas elas traços distintivos de um herói.[20] É claro que o Homem de Ferro e o Capitão América exibem essas virtudes, mas suas virtudes não são levadas em conta para o modo como eles tomam decisões morais. Para um exemplo de ética de virtude, voltamo-nos para nosso terceiro Vingador Primordial, Thor.

O filho de Odin vive de acordo com um código de honra, aderindo aos padrões mais altos de bravura, lealdade e honestidade, e esses ideais motivam suas ações. Ele não pesa os efeitos positivos e negativos das alternativas como faz Tony, mas, em vez disso, deixa seus instintos o guiarem para a ação correta. Desse modo, Thor se parece com o Capitão, no sentido de que ambos fazem a "coisa certa". Claro que eles a fazem por razões diferentes: o Capitão faz a coisa certa porque ela representa seus deveres ou princípios e Thor por ela representar seu caráter.

Por seu sono justo depois de interromper o aparentemente interminável ciclo do Ragnarok (a morte dos deuses), Thor foi ignorado na Guerra Civil. Quando ele voltou à Terra, contudo, descobriu tanto a morte do Capitão América quanto o papel do Homem de Ferro na criação do clone de Thor (bem como de suas outras decisões questionáveis). Quando o Homem de Ferro o encontra para dar-lhe as boas-vindas à Terra como seu amigo, e depois para o "estimular" a

---

19. Deirdre McCloskey, *The Bourgeois Virtues: Ethics for an Age of Commerce* (Chicago: University of Chicago Press, 2006), p. 263.
20. Veja Rosalind Hursthouse, "Virtue Ethics", *Stanford Encyclopedia of Philosophy*, <http://plato.stanford.edu/entries/ethics-virtue>.

registrar-se, Thor relata os feitos de Tony durante a batalha dos super-heróis, descrevendo-os como ofensas contra a virtude:

> Você caçou aqueles com os quais um dia lutamos lado a lado e chamados de camaradas. Matou ou aprisionou aqueles que se opuseram a você, independentemente de suas lealdades anteriores... Você pegou meu código genético e, sem a minha permissão, sem o meu conhecimento, usou-o para criar uma abominação – uma aberração – um insulto – e disse ao mundo que aquilo era eu. Você sujou meu corpo, profanou minha verdade, violou tudo o que eu sou. É assim que você define a amizade?[21]

Thor não arrola os motivos ou a lógica para os atos de Tony, mas, em vez disso, sua violação dos conceitos básicos da camaradagem, lealdade, integridade, respeito, verdade e amizade. Uma pessoa boa não age contra essas virtudes, como Thor diz a Tony em linguagem eloquente – e força devastadora. Em vez disso, as pessoas de bem incorporam essas virtudes, que são uma parte essencial de seu caráter, e as manifestam em suas decisões, intenções e ações (embora não necessariamente com perfeição).[22]

No primeiro aniversário da morte do Capitão América, Thor visita seu túmulo e convoca o espírito de seu camarada caído. Depois de oferecer-se para vingar a morte do Capitão (uma oferta que é rejeitada), Thor paga tributo, de novo na fala da virtude, em específico das virtudes da honra e amizade:

> Eu vivi muitas eras dos homens, Steven. Séculos infindáveis. Eu vi muitos grandes homens e conheci incontáveis honras. Mas a maior honra dessa alma antiga e cansada foi o privilégio de lutar ao seu lado, e chamá-lo de meu amigo.[23]

---

21. *Thor*, vol. 3, #3 (novembro de 2007), reeditado em *Thor by J. Michael Straczynski Vol. 1* (2008).
22. Para saber mais sobre a virtude e imperfeições, veja o capítulo intitulado "A Quadrilha do Capitão: A Reabilitação é possível?", de Andrew Terjesen, neste volume.
23. *Thor*, vol. 3, #11 (novembro de 2008), reeditado em *Thor por J. Michael Straczynski* Vol. 2 (2009). Para saber mais sobre o significado grego da amizade, veja o capítulo intitulado "Deuses, Feras e Animais Políticos: A Razão da Assembleia dos Vingadores", de Tony Spanakos, neste volume.

De novo, Thor não se liga para a dedicação do Capitão a deveres e princípios, mas com o bem que o leva a viver de acordo com as virtudes consideradas por Thor dignas de um herói, um guerreiro e um amigo.

Claro que não é apenas para os outros que Thor mantém os padrões de virtude, mas primeiro e antes de tudo para si. Ele é inabalável em sua justiça, como quando abordou um demônio agredindo asgardianos com uma mão aberta antes de se engajar e o vencer em uma batalha, e depois aceitou o exílio de Asgard, quando foi revelado que seu inimigo vencido não era outro senão Bor, seu avô e rei anterior.[24] Ele é inflexível em sua coragem, como quando ele jura, durante o Cerco de Asgard, depois de ter sido espancado por Norman Osborn e seus Vingadores Sombrios: "Eu não fugirei de você, Osborn, nem de seus capangas. Eu não me esconderei. Eu defenderei meu lar e a casa de meu pai... até meu último suspiro".[25] Ele tem um senso de honra e justiça profundos, recusando-se a matar Bob Reynolds (o Sentinela) no fim do Cerco – mesmo quando Reynolds implora-lhe que o faça – até que Reynolds força sua mão ao atacar os Vingadores (depois do que Thor pega seu corpo queimado, enrolado em sua capa, e o enterra no sol).[26] E ele é de uma lealdade feroz, indo longe, a ponto de reviver seu irmão por adoção, Loki, em seguida à sua morte durante a destruição de Asgard (pela qual Loki, no fim, foi o responsável, mas da qual mais tarde se arrependeu).[27]

Claro, muitos heróis exemplificam essas características, incluindo o Homem de Ferro e o Capitão América, mas Thor age desse modo em nome dessas virtudes, em vez das expectativas de boas consequências ou respeito por deveres ou princípios. Thor luta para ser uma pessoa boa, uma pessoa virtuosa. Por exemplo, no fim de *Avengers Prime,* Thor reclama a Espada Crepúsculo com que Hela (a deusa da morte) havia remodelado os nove reinos, mas ele se recusa a usá-la. Ele poderia ter restaurado Asgard à sua glória anterior, antes de ser destruída no último Ragnarok, depois recuperada acima

---

24. *Thor*, vol. 3, #600 (abril de 2009), reeditado em *Thor by J. Michael Straczynski Vol. 2*. (Depois do número #12, a série foi renumerada até #600 para comemorar o aniversário do título.)
25. *Siege* #2 (abril de 2010).
26. *Siege* #4 (junho de 2010).
27. *Thor*, vol. 3, #617 (janeiro de 2011), reeditado em *Thor: Os Comedores de Mundos* (2011).

de Broxton, Oklahoma, e mais tarde destruída de novo no Cerco.[28] Mas ele diz a Amora (a Encantadora): "Usar esse poder profano para meus próprios fins me tornaria o mesmo demônio que ela é".[29] E esse "mesmo demônio" – alguém que usa poder infinito para seus próprios objetivos, ou até pelo que ele prognostica que seria o melhor para todos – não é quem Thor luta para ser.

Reunião de eticistas!

Logo, podemos concluir que a ética da virtude não tem nada em comum com o utilitarismo e a deontologia? Não, em absoluto – todas as três abordagens éticas podem ser vistas como modos para determinar a coisa certa a fazer ou o modo certo de viver, seja abordando pela ação ou pelo caráter. E muitas vezes elas chegam à mesma conclusão quando se trata de tópicos muito gerais, como assassinato ou mentira, embora elas possam ter coisas diferentes a dizer em casos específicos. Por exemplo, o utilitarismo pode ser mais permissivo em relação a mentiras bem intencionadas do que a deontologia ou a ética da virtude.

Ainda assim, independentemente da estrutura ética que escolher adotar, você precisa exercitar o julgamento para aplicá-la a circunstâncias específicas. Você também precisa de convicção para ficar firme em sua decisão diante do criticismo de outros ou de dúvidas interiores. Por mais que nossos Vingadores Primordiais possam diferir em termos de sua filosofia moral básica, eles compartilham a mesma capacidade para o julgamento sensato e a convicção inabalável. Por fim, eles servem como exemplos para aqueles entre nós que aspiram a ser heróis em nossas próprias vidas – mas que não podem pagar as mensalidades da Academia dos Vingadores!

---

28. Ele poderia também ter apagado os livros e filmes *Crepúsculo* da existência, digamos, pela ironia.
29. *Avengers Prime* #5 (março de 2011).

Fazendo Brilhar a Luz sobre os Vingadores Sombrios

Sarah Donovan e Nick Richardson

Formada no rescaldo da Invasão Secreta, a equipe de Vingadores reunida por Norman Osborn – e conhecida pelos leitores de quadrinhos como os Vingadores Sombrios – parece trabalhar para o bem público. Abandonando seu alter ego, o Duende Verde, Osborn tornou-se o líder do M.A.R.T.E.L.O (sucessor da S.H.I.E.L.D.) ao promover seu papel na derrota da invasão Skrull – e também salientar que Tony Stark, Nick Fury, a S.H.I.E.L.D. e os (antigos) Vingadores haviam falhado em preveni-la, antes de tudo. Uma vez que o público americano acredita que eles são Vingadores "verdadeiros", os Vingadores Sombrios podem aproveitar-se da reputação reluzente de seus predecessores e saírem impunes de todo tipo de atos iníquos. Criada a partir de vilões posando como Vingadores clássicos, como o Gavião Arqueiro e Miss Marvel, os Vingadores Sombrios protegem o bem comum depois que os atlantes atacam Melrose, mas eles também se engajam em comportamentos inconvenientes para verdadeiros Vingadores. Por exemplo, Osborn faz uma aliança com o demônio Cabal; em retaliação pelo ataque a Melrose, o Sentinela (que era um Vingador "de verdade" também) mata todos os terroristas atlantes, e o "novo" Gavião Arqueiro assassina a esposa do Sentinela por ordem de Osborn.[30]

---

[30]. Tudo isso ocorreu nas séries dos *Vingadores Sombrios*, que durou 16 números, de março de 2009 a julho de 2010, e foram reunidas no exemplar de capa dura *Dark Avengers* (2011), bem como em exemplares separados em brochura.

Em público os Vingadores Sombrios parecem ser bons, mas na realidade eles não são. Para os filósofos, isso levanta questões. É necessário *ser* bom ou é suficiente *parecer* bom? Se você pudesse continuar a ser mau enquanto parecesse ser bom, você o faria? E o que pensamos das pessoas que saem impunes assim?

Platão e os Vingadores da Grécia Antiga

Em *A República*, Platão (429-347 a.C.) cria um personagem a partir de seu professor Sócrates (469-399 a.C.), que argumenta que, quando as pessoas são justas, é porque elas são guiadas por algo divino e perfeito.[31] Steve Rogers, também conhecido como o Capitão América, incorpora essa crença; suas ações parecem ser guiadas e motivadas por um profundo senso de justiça. Ele tem uma força, resistência e disciplina excepcionais, que poderia usar para tomar o que quisesse pela força; ainda assim, ele escolhe ser um soldado, um super-herói e um Vingador, servindo ao bem comum, em vez de seu próprio bem. O patriotismo profundo do Capitão é um exemplo de sua dedicação a normas que ele considera maiores que ele mesmo.

Outro personagem de Platão em *A República*, Trasímaco, pelo contrário, afirma que nós somente somos bons quando acreditamos que nos beneficiaremos com isso. Nada maior que nós determina nossas ações, exceto nossa própria vantagem, especialmente evitar ser pego fazendo a coisa errada. Norman Osborn exemplifica esse ponto de vista quando ele se torna líder do M.A.R.T.E.L.O. e reúne essa equipe de Vingadores para servir a seus próprios objetivos nefastos. Embora os Vingadores Sombrios façam algum bem, é meramente para encobrir os planos maiores de Osborn, o qual não acredita em nenhum senso de "justiça" além de sua própria vantagem.

Porém, o que significa acreditar em conceitos de bondade ou justiça que estão acima ou além de nós? Para responder isso, mudaremos para os reinos da *metafísica*, o estudo do que está além do físico, as coisas que não podem ser tocadas, tais como deuses ou a alma. A teoria das Formas de Platão é um clássico exemplo de uma teoria

---

31. Em Platão, *Complete Works*, ed. John M. Cooper (Indianapolis: Hackett, 1997). A paginação padrão é informada sempre que Platão for citado, para que você possa encontrar as passagens relevantes em qualquer tradução respeitável.

metafísica. Platão acreditava que Formas são imateriais, entidades perfeitas que são os modelos para todas as coisas que existem na Terra. Objetos físicos, por contraste, são cópias (com graus diferentes de imperfeições) das Formas.

De acordo com a metafísica de Platão, a realidade não é o que acreditamos que ela seja. O mundo das Formas é a realidade verdadeira, enquanto o nosso mundo é um reino inferior de mudanças. Em sua famosa *alegoria da caverna*, Platão equipara nosso conhecimento do mundo à nossa volta ao de prisioneiros em uma caverna, olhando para sombras na parede.[32] Os prisioneiros pensam, erroneamente, que as sombras são a mais alta realidade, sem consciência do que cria as próprias sombras. Do mesmo modo, se nós somos ignorantes das Formas, acreditaremos equivocadamente que o mundo material é a mais alta realidade.

Platão nos exorta a "deixar a caverna" e a adquirir conhecimento das Formas. No fim das contas, só podemos ser bons e justos compreendendo a Forma do Bem e a Forma do Justo. De novo, Steve Rogers exemplifica o que significa acreditar em valores universais e eternos como as Formas. No fim da Guerra Civil, Rogers, o líder do movimento antirregistro, retira-se e é levado em custódia. Quando Tony Stark o visita na Raft, a instalação de segurança máxima da Ilha Ryker, Rogers recrimina Stark por começar uma guerra sangrenta que nasceu do ego de Stark: "Quem o tornou nosso compasso moral?".[33] Aqui, Rogers quer dizer que existe um código de ética geral que se ergue à parte dos humanos (e, portanto, não foi criado por nós), mas ao qual devemos nos adequar. Esse mesmo tipo de pensamento está subentendido em quaisquer crenças em ideais e princípios. De novo, vemos isso quando Rogers diz a Stark : "Nós mantivemos os princípios que juramos defender e proteger. Você vendeu seus princípios. Você perdeu antes do início do conflito".[34] Resumindo, Rogers pode dizer que ele assumiu o patamar alto da moral porque na verdade *existe* um "patamar alto" metafísico para ser assumido.

---

32. Veja o Livro VII de *A República*.
33. *Civil War: The Confession* (maio de 2007).
34. *Ibid.*

O poder da força gera o direito?

Enquanto o Capitão América iria, presumivelmente, concordar com teorias metafísicas sobre bondade ou justiça (embora não necessariamente com a de Platão), Norman Osborn com certeza não concordaria. Por exemplo, quando ele dá uma entrevista de TV elaborada para defender sua imagem pública, Osborn age apenas para seu próprio bem e com o objetivo de parecer bom para o público americano.[35] Osborn é um Trasímaco dos tempos modernos. Na *República*, depois de Sócrates declarar que a justiça só pode ser compreendida em referência a uma Forma metafísica, Trasímaco replica dizendo que "a justiça não é nada além da vantagem do mais forte".[36] Para Trasímaco (e Osborn), não existem Formas metafísicas com as quais comparar ou julgar nossas ações. Pelo contrário, a justiça diz respeito apenas a ganhar a qualquer custo.

Vamos colocar Norman Osborn de lado por enquanto para focar nos membros de sua equipe de Vingadores. De fato, o público geral ficaria aterrorizado se soubesse suas verdadeiras identidades e passados criminosos. Por exemplo, a identidade de Miss Marvel é tomada por Rocha Lunar (Karla Sofen), quem, entre outros feitos malévolos, matou a própria mãe e uniu-se aos Mestres do Mal e lutou contra os Vingadores. Daken, o filho perverso de Wolverine, assume a identidade de seu pai, apesar de ele andar matando pessoas desde que era criança (de um jeito mais indiscriminado ainda do que seu pai). O Gavião Arqueiro na verdade é Mercenário, um dos mais psicóticos e proeminentes inimigos do Demolidor, e o Homem Aranha é Venom (você se lembra da roupa preta do Aranha?).

Todos esses "heróis" posam como outras pessoas que são amplamente consideradas boas e, portanto, eles são vistos pelo público como defensores da bondade e da justiça. Nós sabemos, é claro, que esses Vingadores Sombrios são *injustos* no sentido forte da palavra – a questão é: devíamos ligar para isso? Trasímaco está certo quando diz que a justiça é meramente a vantagem do mais forte?

---

35. *Dark Avengers* #5 (agosto de 2009).
36. *A República*, 338c.

Os Vingadores Sombrios são maus ou apenas atrevidos?

Outro personagem de Platão em *A República*, Glauco, ilustra o ponto de vista de Trasímaco com uma história sobre o anel de Gyges.[37] Nessa história, um pastor chega a um precipício no meio de um campo, em que ele encontra um cavalo de bronze oco que sepulta um homem morto que usa um anel de ouro. O pastor pega o anel e descobre que ele o torna invisível (pense em Tolkien, mas antes da era comum). Ele usa o poder do anel para matar o rei e tomar o reino. Com o anel ele havia ganhado superpoderes, que podia usar para ações justas ou iníquas – exatamente como os Vingadores Sombrios podem (tanto quanto os verdadeiros).

O que aconteceria se existissem tais anéis e você desse um a uma pessoa justa e o outro a uma pessoa injusta? Glauco sugere que "parece que ninguém seria tão incorruptível que ficasse no caminho da justiça ou ficasse longe da propriedade das outras pessoas".[38] Em outras palavras, tanto o justo como o injusto fariam coisas ruins, simplesmente a pessoa justa demoraria um pouco mais para fazer.

Glauco vai além, dizendo que a maioria das pessoas menosprezaria a pessoa indisposta a cometer injustiça. Se uma pessoa tivesse a oportunidade de ficar invisível, e não aproveitasse a oportunidade, então essa pessoa "seria considerada patética e idiota por todos que ficassem sabendo da situação, embora, é claro, eles a elogiassem em público, ludibriando uns aos outros por medo de sofrerem injustiça".[39] Glauco sugere que, embora nunca admitíssemos em público, nós pensamos que as pessoas são tolas se elas são boas quando ninguém está olhando. Então, de fato, ele declararia que, em algum nível, admiramos pessoas como os Vingadores Sombrios.

Glauco conclui que a maior parte das pessoas acredita que a vida de uma pessoa injusta e maldosa é melhor, na verdade (em termos não morais), do que a de uma pessoa justa. Então, nós não só admiramos os Vingadores Sombrios, mas acreditamos que nossa vida

---

37. Embora valha a pena assinalar que Glauco dizia estar apoiando o argumento de Trasímaco apenas porque ele queria que Sócrates o vencesse completamente. Glauco quer concordar com Sócrates, mas ele também quer uma boa discussão. (Ele deve ter sido o primeiro advogado do Diabo!) Veja *A República*, 357 a-b.
38. *A República*, 360b.
39. *Ibid*, 360d.

seria melhor se fôssemos um deles. Para demonstrar isso, Glauco cria um experimento teórico com dois cenários. Primeiro, imagine uma pessoa perfeitamente injusta, que adquiriu a reputação de ser justa e, independentemente do que ela faça, é capaz de explicar suas ações a partir de sua narrativa de ser uma pessoa justa. Segundo, imagine uma pessoa perfeitamente justa que nunca faz nada de injusto, mas que adquiriu uma reputação de profunda injustiça. Ele sempre agirá com justiça, mas sempre se acreditará que ele é injusto.

O experimento de Glauco nos obriga a nos perguntarmos se "ser" justo é importante o suficiente para nós a ponto de aceitarmos o segundo cenário. Em outras palavras, se você tivesse apenas as duas opções, de ser justo e parecer injusto, ou ser injusto e parecer justo, qual delas você escolheria? Você se importa o suficiente em ser justo para aceitar ser rejeitado por sua família, amigos e a sociedade (caso em que você aceita o ponto de vista de Sócrates)? Ou você liga mais para o poder e elogios que você consegue dos que estão à sua volta (caso em que você aceita o ponto de vista de Trasímaco)?

Todos os Vingadores Sombrios têm "anéis mágicos", por assim dizer. Todos eles parecem ser bons porque estão vestidos como Vingadores, mas fazem coisas más que o público em geral desconhece. A curta duração dos *Vingadores Sombrios* abunda com exemplos de ações violentas ocultas que a pessoa comum consideraria moralmente desprezíveis. Por exemplo, Norman Osborn dá ao Mercenário, posando de Gavião Arqueiro, a ordem de assassinar a esposa do Sentinela, Lindy. O Mercenário fica mais do que feliz em jogar Lindy de um helicóptero e depois declara que ela cometeu suicídio.[40] Podemos ver o que os Vingadores Sombrios e, em especial Osborn, fazem quando eles têm o poder da invisibilidade, escondendo-se por trás de identidades de Vingadores legítimos, mas o pensamento verdadeiramente amedrontador é como eles foram aceitos tão rapidamente.

Ninguém precisa saber

Como no exemplo de Glauco da pessoa injusta a quem é dada a reputação de justa, Osborn trabalha consistentemente para manter uma

---

40. *Dark Avengers* #14-15 (abril-maio de 2010). Veja *Dark Reign: Hawkeye* (2010) para mais exemplos da conduta odiosa do Mercenário enquanto usa a roupa de Clint Barton.

imagem pública positiva para si e para sua equipe. Por exemplo, alguns membros do recém-reunido Vingadores Sombrios sugere gerar segurança para o público indo atrás de Tony Stark, ao que Osborn responde: "Não, por enquanto Tony Stark é uma questão para os tribunais. Chutar um homem enquanto ele está por baixo dificilmente será um bom caminho para conquistar o público". O Mercenário pergunta: "Quem se importa com isso em qualquer instância?"; Osborn responde: "Eu me importo; portanto, você também se importa".[41] Depois da primeira aparição pública dos Vingadores Sombrios, Osborn diz a eles: "Vamos deixar uma coisa bem clara... Nenhum de vocês – eu quero ressaltar o nenhum de vocês – nunca mais falará com a mídia".[42] Osborn planeja controlar cada aspecto da imagem pública dos Vingadores Sombrios, porque os "anéis" devem ser polidos se forem trabalhar apropriadamente.

A preocupação de Osborn com a imagem pública dos Vingadores Sombrios continua quando Clint Barton (o genuíno Gavião Arqueiro) declara na televisão que "Norman Osborn está empregando criminosos para fazer seu trabalho negro e sujo, bem aqui nos Estados Unidos".[43] Barton diz que o próprio Osborn é um "sociopata criminoso. A maioria das pessoas nem mesmo sabe, ou parece ter esquecido, mas ele costumava ser o assassino conhecido como Duende Verde".[44] É claro, Osborn vai à televisão para dissipar as declarações de Barton. Embora sem negar que ele foi o Duende Verde (mas ressaltando o passado criminoso de Barton), Osborn apela à piedade do público e diz que ele já esteve mentalmente doente, mas agora está curado. Ele declara que procurou terapia e até tomou remédios para aliviar seu "estado". Para reforçar seu apelo, ele diz: "E, realmente, vocês pensam por um segundo que o presidente dos Estados Unidos e o Estado Maior permitiriam que um maníaco assassino fantasiado liderasse uma iniciativa importante nesta época, a mais importante de nossa história?".[45] Osborn sabe que deve manipular a percepção

---

41. *Dark Avengers*, #1 (março de 2009).
42. *Dark Avengers*, #2 (abril de 2009).
43. *Dark Avengers* #4 (junho de 2009).
44. *Ibid.*
45. *Dark Avengers* #5 (agosto de 2009).

do público de modo que ele e os Vingadores Sombrios possam ir atrás de sua própria agenda injusta.

Enquanto Osborn trabalha duro para manter uma imagem absolutamente limpa para os Vingadores Sombrios, Barton não é o único que sabe da verdadeira identidade deles. A companheira vilã Morgana Le Fay sabe, assim como Maria Hill, ex-diretora geral da S.H.I.E.L.D. Depois de ter sido despedida por Osborn, Hill diz-lhe que precisa conversar com ele pessoalmente: "Eu queria olhar você nos olhos. Eu queria este momento com você. Eu queria dizer-lhe que, quando você se esmagar e queimar – e...ah, você o fará –, eu estarei lá quando isso acontecer. Rachando de rir". No fim do primeiro número de *Dark Avengers*, Hill reúne-se com Nick Fury e outros que sabem da verdadeira natureza dos Vingadores Sombrios. Fury diz à sua nova equipe reunida: "Vocês serão o meu exército. O mundo precisa de nós. Estes são tempos sombrios e desesperados".[46]

Recorde-se de que Glauco (canalizando Trasímaco) afirma que a maioria das pessoas adoraria a oportunidade de fazer o que quer e pegar o que quiser para si, mas também manter uma reputação de ser boa e justa. Então, de acordo com Glauco, na verdade, nós temos inveja dos Vingadores Sombrios e de sua descarada falta de moralidade. Se você discorda de Glauco, então é provável que você acredite que existe um sentido mais profundo em que nós somos "bons" ou "maus". Embora você possa não desejar parecer injusto para ser justo, você o fará. E, é claro, assim fazem alguns dos personagens em *Vingadores Sombrios*.

Ser justo

A verdadeira Miss Marvel (Carol Danvers) dos Vingadores, o Vingador Sombrio Capitão Marvel (Noh-Varr) e o Vingador dual (e deus grego) Ares desejam arriscar tudo – reputação e vida – para serem justos. Quando Osborn diz a Danvers que ela é a nova líder dos Vingadores, ela se recusa a trabalhar com ele, dizendo: "Ninguém merece um futuro de danação ao seu lado, Norman. Não existirão Vingadores. Nenhum".[47] Suas convicções são tão firmes, que ela se

---
46. *Dark Avengers* #1.
47. *Ibid.*

torna foragida de sua posição militar para evitar trabalhar com Osborn. Ela preferiu ser vista como tendo abandonado seus deveres a meramente parecer ser justa e uma boa soldado trabalhando com Osborn. Porém, Danvers é uma "verdadeira" Vingadora, então não poderíamos esperar menos que isso.

Do mesmo modo, Noh-Varr abandona os Vingadores Sombrios logo que descobre que seus camaradas Vingadores Sombrios, na verdade, são criminosos. Ele descobre isso quando Rocha Lunar, posando de Miss Marvel, corre para ligar a TV para ouvir a entrevista de Osborn logo depois de seduzir Noh-Varr. Ela diz a ele: "Não vejo a hora de ver como Norman vende o fato de que ele reuniu uma equipe de criminosos psicóticos e assassinos e os chama de Vingadores".[48] Noh-Varr está chocado de verdade quando diz: "Ele colocou o quê juntos?".[49] Naquela noite, Noh-Varr deserta dos Vingadores Sombrios e se esconde. Todos que se afastam dos Vingadores Sombrios parecem pensar que existe algo mais profundo em ser bom do que simplesmente ficar do lado que está ganhando.

Ares também é outro exemplo de alguém que prefere ser justo a simplesmente parecer justo. Quando se uniu aos Vingadores, ele, como Noh-Varr, era ingênuo em sua crença de que ele e Osborn serviam juntos do lado da justiça. Depois que a verdadeira Miss Marvel se recusa a unir-se aos Vingadores Sombrios, e descobre que Ares se uniu a eles, ela diz a Ares, enquanto aponta para Osborn: "Você sabe quem é ele?"; Ares responde: "Ele é o guerreiro que derrotou meu próprio inimigo em batalha". Do mesmo modo que o público em geral, Ares pensa que Osborn é um herói que impediu a invasão Skrull. Durante o Cerco de Asgard, contudo, Ares descobre que Osborn havia mentido para ele, usando-o. Ele ataca Osborn, dizendo: "E eu disse a você o que eu faria, Osborn! Eu lhe disse a verdade! Eu vou arrancar sua cabeça, armadura e tudo o mais".[50] O Sentinela se aproxima para defender Osborn, rasgando Ares literalmente ao meio. Ares dá mais que sua reputação para ser justo – ele dá a sua vida. (Mas ele é um deus – e ele melhora.)

---

48. *Dark Avengers* #5.
49. *Ibid*.
50. *Siege* #1-2 (março-abril de 2010), reeditado em *Siege* (2010).

Quão sombrios são os Vingadores Sombrios?

Quando você faz a "coisa certa", é porque você acredita que está sendo vigiado ou porque você tem uma crença profunda sobre o "certo" e o "errado" que guiam as suas ações? Se, como Osborn, você ganhasse a oportunidade de dirigir uma equipe de super-heróis corruptos, você evitaria a tentação de punir sua nêmesis, de acumular riquezas e conseguir alguns pontos? Se ninguém soubesse, e você tivesse a garantia de que ninguém saberia, o que você faria? Se você patrocinasse tais atos, você se sentiria culpado? Se se sentisse culpado, então ou você é uma pessoa verdadeiramente virtuosa ou um grande tolo. Infelizmente, a filosofia não tem um método científico para determinar o que você é, então ficamos nos perguntando: o que nós *realmente* pensamos sobre os Vingadores Sombrios?

Os Vingadores: A Família Mais Poderosa da Terra

Jason Southworth e Ruth Tallman

O que cria um herói ou vilão? Com frequência, quando falamos sobre heróis, focamos em seu caráter firme, nas virtudes da coragem, determinação e autoconfiança que os tornam notáveis. Tendemos a atribuir a eles muito de crédito pessoal pelo modo como se sobressaem no mundo. Mas você já parou para pensar sobre as pessoas que colocaram suas mãos para moldar esses heróis nos indivíduos em que eles se tornaram no fim?

Existe uma longa tradição no Universo Marvel de legados familiares de heroísmo e vilania. T'Chaka e seus filhos, T'Chaka e Shuri, todos serviram a Wakanda como seu protetor, a Pantera Negra. Os gêmeos Brian e Elizabeth Braddock tornaram-se por si mesmos famosos como os heróis Capitão Britânia e Psylocke, respectivamente. Algumas famílias estiveram envolvidas por gerações em atos super-heroicos e de vilania. O segundo neto do Capitão América (de Isaiah Bradley), Eli Bradley, continua o legado da família como Patriota. No lado maligno da moeda, pai e filho, Heinrich e Helmut Zemo, ambos lutaram contra o Capitão América como Barão Zemo, continuando a tradição de maldade que se estende em retrospecto por 12 gerações.

Todos esses exemplos são indicações de que a criação pelos pais conta bastante quando se trata do caráter de uma pessoa. A natureza – mesmo na forma de aranhas radioativas e raios gama – conta para o potencial de uma pessoa para se tornar um herói ou vilão, mas a educação tem um papel crucial em influenciar por qual caminho uma pessoa seguirá. Neste capítulo, consideraremos a questão da responsabilidade parental pelas ações e caráter dos filhos, usando exemplos retirados de décadas dos quadrinhos dos Vingadores.

Sobre pai e Ultron

Não temos de ir muito longe na história dos Vingadores para ver que existem inconsistências na maneira como os pais são creditados ou culpados pelo que seus filhos se tornam. Mais páginas de gibis foram gastas no relacionamento entre Hank Pym e Ultron, o autômato vivo, do que entre qualquer pai e filho. Pym, o Vingador que tem o maior número de pseudônimos (Homem-Formiga, Gigante, Golias, Jaqueta Amarela, Vespa II e Cientista Supremo), desenvolveu um supercomputador com um nível de inteligência humana, baseado nos próprios "padrões cerebrais" de Pym.[51] Logo depois de sua criação, Ultron rapidamente desenvolveu uma autoconsciência e, com isso, pensamentos próprios. Infelizmente, esses pensamentos incluíam matar Pym, o restante dos Vingadores e praticamente todo o mundo.

Alguns podem achar estranho discutir o relacionamento de Hank Pym/Ultron como parental, mas é assim que as pessoas no Universo Marvel o viam. Ultron e Pym explicitamente se dirigem um ao outro como "pai" e "filho". Além do mais, quando Ultron Mark 12 (a encarnação "boa" de Ultron) morre, Pym lamenta a morte de seu "filho" e fica tão abalado, que contempla a ideia de suicídio (de fato ele aponta uma arma para a própria cabeça).[52] Seu relacionamento é como o de muitos pais e filhos – por exemplo, Hank estava lá para a criação de Ultron, e os dois se religaram para o bem e o mal depois que Ultron se tornou sua própria pessoa. Entretanto, Pym nunca teve chance de influenciar os pensamentos de Ultron e, de fato, ele nem sabia que seu "filho" havia desenvolvido a autoconsciência até Ultron o atacar pela primeira vez.

---

51. Como visto em um *flashback* em *Avengers*, vol. 1, #58 (novembro de 1968), reeditado em *Essential Avengers Vol. 3* (2001).
52. *West Coast Avengers*, vol. 2, #14 (novembro de 1986), reeditado em *Avengers: West Coast Avengers – Sins of the Past* (2011).

Portanto, Hank Pym é moralmente responsável pelo comportamento de Ultron? Para os Vingadores, a resposta é um enfático sim. Existem dúzias de exemplos em que pessoas expressaram julgamento e condenação de Pym, e ele foi explicitamente culpado pela morte e a destruição causada por Ultron. A linha de pensamento parece ser a de que Hank é responsável porque, se ele não tivesse criado Ultron, este não poderia ter cometido seus feitos terríveis. Miss Marvel (Carol Danvers) resume esse sentimento melhor quando ela pensa: "E você criou Ultron, então $%#@-se... se você não puder [impedi-lo], mate-se".[53] Portanto, existe uma intuição forte entre os Vingadores, e compartilhada pela maior parte dos leitores, de que Pym faz algo ruim simplesmente por ser pai de Ultron, mesmo não tendo um papel na formação do "caráter" de Ultron.

De vez em quando as maçãs caem longe da árvore

Porém, uma tensão surge quando consideramos o caso de dois outros Vingadores, Wanda e Pietro Maximoff, conhecidos como a Feiticeira Escarlate e Mercúrio. Esses Vingadores não conheceram seus pais até serem adultos. Sua mãe, Magda Eisenhardt, deixou o pai deles quando estava grávida, com medo de que algum mal fosse causado a seus filhos porque seu marido, Max, havia se revelado um mutante. Magda morreu logo depois do parto, e os gêmeos foram colocados aos cuidados de um casal de ciganos chamados Django e Marya Maximoff.[54] Por essa razão, seu sobrenome difere do de seu pai Max Eisenhardt que, mais tarde, adotou o nome de Erik Lehnsherr, mais conhecido como Magneto.

As ações de Magneto como supervilão e terrorista mutante com certeza o tornam merecedor de um posto alto na lista dos maiores vilões do Universo Marvel. Contudo, sua paternidade é bem parecida com a de Hank Pym: Magneto contribuiu com seu DNA para seus filhos, enquanto Hank doou seus padrões cerebrais. Depois desse envolvimento inicial, nenhum dos dois participou na educação moral ou moldagem do caráter de sua progênie. Pym não sabia do desenvolvimento mental de Ultron

---

53. *Might Avengers*, vol. 1, #4 (agosto de 2007), reeditado em *Might Avengers Vol. 1: The Ultron Initiative* (2007).
54. *Vision and the Scarlet Witch*, vol. 2, #12 (setembro de 1986), reeditado em *Avengers: Vision and the Scarlet Witch – A Year in the Life* (2010).

e Magneto não fazia ideia de onde estavam seus filhos. Ainda assim, enquanto Hank foi culpado por Ultron, ninguém nunca deu nenhum crédito a Magneto pela paternidade de dois Vingadores. A única diferença é que Pym é um herói que foi pai de um vilão, e Magneto é um vilão que foi pai de heróis. Em todo caso, não fica claro como esse fato pôde afetar admiração ou censura moral. Os casos parecem ser o mesmo em todos os aspectos relevantes, então não é possível censura e admiração simultâneas. Se Magneto não recebe créditos, então Pym não deveria ser culpado – e se Pym é considerado responsável, então Magneto também deveria receber os elogios. Então, o que fazemos? Parece que precisaremos encontrar algo além da mera criação para manter nossos elogios ou culpa.

Vamos pensar nos fatores subjacentes que dispõem nossas entranhas à reação de querermos culpar Pym. Parece que reagimos tão negativamente ao papel de Pym ao criar Ultron porque este é muito malvado, e ter um herói como pai simplesmente intensifica nossa reação visceral. Nós pensamos que heróis deveriam ter filhos heroicos e a justaposição dissonante do heroísmo de Hank e a maldade de Ultron é profundamente perturbadora. Reagimos a nosso desconforto buscando alguém para culpar, e Hank é o alvo mais prontamente disponível. Quando o filho de um vilão consegue ser bacana, por outro lado, tendemos a pensar simplesmente que a criança teve sorte, ou teve um caráter excepcionalmente forte que o impediu de cair vítima da influência corruptora de seu parente do mal. Não parecemos ligar para a falta de simetria quando a criança é melhor que o pai; nós não precisamos culpar ninguém por nada, e não desejamos dar crédito a um pai vilão.

Jornada ao centro da formiga

Esta é a explicação psicológica da razão de querermos culpar Pym, mas não elogiar Magneto, mas ela é justificada ou justa? Vamos dar uma olhada no exemplo paradigmático de um herói e seu filho heroico para ver o que podemos aprender sobre a designação apropriada do elogio ou acusação parental.

Scott Lang (o segundo Homem-Formiga, depois de Pym) com frequência recebe crédito considerável pelo sucesso de sua filha Cassie como super-heroína (Estatura). Precocemente, na adolescência, ela foi membro fundadora dos Jovens Vingadores, e foi em frente tornando-se a pessoa mais jovem que se conhece a ser admitida como Vingadora autêntica na formação dos Vingadores Poderosos de Pym.[55] Os elogios a seu pai não parecem equivocados neste caso, e um olhar mais atento a seu relacionamento deveria nos dizer a razão.

Não é mais muito discutido, mas Scott Lang foi inicialmente introduzido no Universo Marvel como um criminoso. Depois de falhar como eletricista, ele tentou o ofício do roubo, em que também falhou, e acabou na prisão. Primeiro tornou-se o Homem-Formiga usando um equipamento roubado do laboratório de Hank Pym para resgatar o único médico capaz de curar Cassie (na época uma criança pequena) de uma doença cardíaca.[56] A partir daí, Lang fez tudo a seu alcance para ensinar a Cassie a diferença entre o certo e o errado, uma lição que ele destacava ter aprendido do jeito mais difícil. Seus esforços foram recompensados, uma vez que Scott teve sucesso em inculcar em sua filha valores morais fortes, um senso de responsabilidade social e uma disposição a sacrificar muito de sua adolescência para ajudar estranhos. Cassie, consistentemente, torna claro que ela é uma super-heroína em função das lições que aprendeu com seu pai, que foi o que a motivou a adotar uma versão da velha fantasia de seu pai, tanto para honrar sua memória como para fazer uma declaração flagrante de que ela é quem é por causa de Scott Lang. Resumindo, se Cassie não tivesse tido Scott como pai, é improvável que ela se tornasse uma super-heroína.

Um jeito de compreender a influência que Scott teve sobre Cassie nos chega por meio da tradição do filósofo grego Aristóteles (384-322 a.C.). Aristóteles acreditava que, embora possamos ter tendências inatas para nos comportarmos de determinados modos, muito do nosso caráter moral é desenvolvido mediante um processo de imitação habitual. Aristóteles pensava que aprendemos a ser bons observando e imitando os que já desenvolveram hábitos virtuosos. Essa ideia é encontrada com a renovação do interesse filosófico em

---

55. Tecnicamente, Rage era mais jovem, já que tinha 14 anos; mas, quando sua idade verdadeira foi descoberta, ele foi transferido para os Novos Guerreiros.
56. *Marvel Premiere* #47-48 (abril-maio de 1979).

anos recentes com o nome de *exemplarismo moral*.[57] Os exemplaristas morais afirmam que, quando interagimos com modelos exemplares de grande moralidade, é bastante provável que comecemos a adotar padrões de comportamento que imitam esses exemplos. Foi exatamente o que aconteceu no caso de Cassie. Tendo o Homem-Formiga como seu pai e exemplo moral, não é de surpreender que Cassie tenha se tornado a heroína Estatura.

O conceito filosófico de exemplarismo moral nos ajuda a perceber o que fazer daquelas tensões desconcertantes no que diz respeito a elogio ou censura parental. Se considerarmos os casos de Pym e Ultron, e de Magneto e seus filhos gêmeos, com as lentes dos Lang, surge uma imagem mais clara do que determina se existe garantia de culpa ou elogios aos pais. Os genes de Magneto produziram crianças ótimas, mas quem liga pra isso? As ondas cerebrais de Pym resultaram em um robô do mal, mas a culpa não é de Pym. Não devíamos parabenizar Magneto ou culpar Pym porque nenhum deles serviu como exemplos morais (ou imorais) para seus filhos. Quando elogiamos Scott Lang, não é por ter contribuído com seus genes para Cassie, mas por dar à sua filha uma base moral sólida e estabelecer um exemplo de como um herói deve viver ou morrer. Mesmo se Scott não fosse o pai biológico de Cassie, ele mereceria o crédito por ter *criado* Cassie.

Portanto, finalmente, temos uma resposta: os pais merecem elogios pelo esforço devotado que demonstram em ajudar seus filhos a se tornarem pessoas boas, e eles merecem censura quando falham em contribuir daquele modo na criação de seus filhos – ou quando eles agem para influenciar seus filhos para o pior, como o ancião Barão Zemo fez. Pais presentes e ativos nas vidas de seus filhos podem ter um imenso impacto nos adultos que eles se tornam, como pode ser visto em muitos exemplos por toda a tradição dos Vingadores.

Os laços que unem

Por meio de *flashbacks*, aprendemos que tipos semelhantes de experiências na infância modelaram o colega de equipe de Scott

---

57. Para uma abordagem moderna sobre o exemplarismo moral, veja Linda Zagzebski, "Exemplarist Virtue Theory", *Metaphilosophy* 41 (2010), p. 49-52.

Lang, T'Challa, o Pantera Negra. Quando ele estava crescendo, o pai de T'Challa, T'Chaka, era o Pantera Negra, o líder de sua terra natal, Wakanda. Embora uma figura nacional ocupada, T'Chaka teve um papel significativo na criação de seu filho. T'Chaka acreditava ser importante que, tão jovem quanto possível, seu filho discriminasse o certo do errado, e o que significa ter pessoas que dependem de você. Para facilitar isso, eles discutiam essas questões com frequência, e T'Challa muitas vezes acompanhava seu pai quando ele conduzia seus negócios por toda Wakanda. Foi em uma dessas viagens que T'Chaka foi assassinado por Ulysses Klaw. Ao testemunhar a morte do pai, T'Challa reagiu com os instintos que seu pai havia se esforçado para desenvolver nele, e foi capaz de virar a arma de Klaw contra ele, salvando incontáveis vidas.[58] Porém, isso não dá todo o crédito a T'Chaka. T'Challa também foi criado por sua madrasta, Ramonda, depois que sua mãe biológica morreu durante o parto. Ramonda dedicou sua vida à criação de T'Challa como seu pai desejava, e cuidou para que ele não fosse consumido pela raiva depois da morte de T'Chaka. Até os dias de hoje, Ramona ainda é uma das conselheiras mais próximas de T'Challa, e uma das poucas pessoas para quem ele não guarda segredos.

No lado vilão das coisas, temos os Barões Zemo. O avô, Heinrich, foi um cientista nazista que lutou contra o Capitão América durante a Segunda Guerra Mundial. Embora ele seja mais bem conhecido como o homem responsável pela animação suspensa e a aparente morte de seu companheiro Bucky, também criou incontáveis superarmas usadas para facilitar o esforço de guerra nazista. Zemo foi tão desprezado durante a guerra por sua crueldade, mesmo por outros alemães, que ele começou a usar uma máscara para esconder seu rosto (um aspecto que é bem divertido, já que ele não escondeu seu nome, então ele não tinha tanto anonimato). Heinrich teve um filho, Helmut, e, como você deve esperar de um nazista de primeiro escalão, Heinrich educou seu filho para acreditar que os arianos eram o único povo que tinha valor. Acrescentando o insulto

---

58. Essa história já foi contada muitas vezes, mais recentemente em *Black Panther*, vol. 4, #1-6 abril-setembro de 2005), reeditada em *Black Panther: Who Is the Black Panther?* (2009).

à injúria, Heinrich também era abusivo com Helmut, dirigindo sua raiva e frustração por ter ficado preso à sua máscara contra seu filho.

Como era de se esperar, Helmut não cresceu um indivíduo estável. Quando ele descobriu que o Capitão América ainda estava vivo, o jovem Zemo procurou estabelecer a justiça – na forma pervertida do conceito ensinado a ele por seu pai – e esforçou-se para matar o Capitão América, primeiro como o Fênix e, mais tarde, modificando a fantasia de seu pai, como o novo Barão Zemo, tornando-se um dos piores inimigos dos Vingadores, além de continuar a atormentar Rogers e mais tarde Bucky (o sucessor de Rogers como Capitão América).[59]

A tocha é transmitida

Que atenção e orientação têm grande papel para moldar um indivíduo é uma lição que os líderes dos Vingadores aprendem cedo. O Homem de Ferro e o Capitão América se desviaram de seu caminho para recrutar criminosos e indivíduos perturbados para a família dos Vingadores em uma tentativa de oferecer-lhes orientação para ajudá-los a se tornarem heróis (e evitar que se tornassem imensos pés no saco).

O primeiro rol importante da equipe acrescentou a Feiticeira Escarlate, Mercúrio e o Gavião Arqueiro (Clint Barton), que formaram com o Capitão América "A Quadrilha do Capitão".[60] Para cálculo dos que estão em casa, são dois terroristas e um ladrão. Um verdadeiro fã dos Vingadores não precisa que lhe contem como isso aconteceu: todos os três foram reabilitados e serviram em várias encarnações da equipe. Acréscimos de criminosos subsequentes à equipe incluíram Scott Lang, mencionado anteriormente, a ladra e espiã russa Natasha Romanova (A Viúva Negra), Visão, filho de Ultron (que se uniu à equipe no mesmo número em que ele apareceu pela primeira vez como um vilão atacando o Vespa), o Espadachim (o primeiro vilão vencido pela Quadrilha do Capitão) e Eric O'Grady, o terceiro

---

59. Ele foi Fênix em *Captain America*, vol.1, #168 (reeditado em *Essential Captain America Vol. 4*, 2008), e o novo Barão Zemo em *Captain America*, vol. 1, #275.

60. *Avengers*, vol. 1, #16 (maio de 1965), reeditado em *Essential Avengers Vol. 1* (1998). O Homem de Ferro tentou recrutar Namor no mesmo número, mas ele se recusou a entrar. Embora Namor possa não ser um vilão (os personagens e leitores da Marvel se dividem quanto a ele), todos concordam que ele tem um problema sério de raiva para o qual poderia buscar ajuda para controlar.

Homem-Formiga, que havia se mascarado como um super-herói para ganho pessoal.⁶¹

Por que o Capitão, Tony e os outros Vingadores se arriscariam em convidar personagens questionáveis e aceitar, completamente, criminosos no grupo, confiando que eles manteriam seus segredos e os protegessem em situações perigosas? Quando pensamos na missão dos Vingadores, nossos pensamentos vão tipicamente para os civis inocentes que eles protegem. Porém, parece que outra missão dos Vingadores sempre foi servir de modelos de moral para os mais jovens, que precisam de orientação.⁶² Tony Stark tinha isso em mente quando ofereceu a Scott Lang seu primeiro emprego ao sair da prisão, instalando o sistema de segurança na Mansão dos Vingadores,⁶³ e o sucesso de Scott e outros oferece uma boa quantidade de evidência de que o exemplarismo moral realmente funciona.

Entre esses exemplos, o Gavião Arqueiro é provavelmente o maior sucesso. Ele começou sua carreira como um Vingador ressentido com a supervisão, e é famoso por brigar constantemente com o Capitão América. Pela maior parte do tempo no início de sua carreira como Vingador, ele acreditou não obter respeito suficiente e deixou a equipe várias vezes para provar que não precisava de ajuda para ser um herói. Apesar de seu comportamento desagradável, o Capitão América continuou a encorajá-lo. Com o tempo, o Gavião Arqueiro tornou-se um dos Vingadores mais confiáveis, e, quando foi a hora de iniciar uma nova equipe na Costa Oeste, o Visão escolheu o Gavião Arqueiro para reunir e liderar a equipe.⁶⁴ O Gavião Arqueiro levou a sério a lição da segunda chance: quando os Thunderbolts, um grupo de supervilões, apareceu pedindo para ser reabilitado, ele os apoiou, adotando para eles o papel que Capitão América havia tido para ele.⁶⁵

---

61. *Avengers*, vol. 1, #19, (agosto de 1965), #36 (janeiro de 1967), #57 (outubro de 1968), #100 (junho de 1972) e #195 (maio de 1980), respectivamente. (Todos menos o #195 foram reeditados em volumes dos *Essential Avengers*.)
62. Sobre a redenção, veja o capítulo intitulado "Reunião dos Clementes", de Daniel P. Malloy e "A Quadrilha do Capitão: A Reabilitação é Possível?", de Andrew Terjesen, neste volume.
63. *Vingadores*, vol. 1, #181 (março de 1979), reeditado em *Avengers: Nights of Wundagore* (2009).
64. *Avengers*, vol. 1, #243 (maio de 1984).
65. Veja *Thunderbolts* #22 e *Avengers*, vol. 3, #12 (ambos de janeiro de 1999, o último reeditado em *Avengers Assemble Vol . 2*, 2005).

A essa altura, deveria estar claro que um exemplo moral não precisa ser um pai, nem mesmo um parente sanguíneo. Nossa tendência a elogiar ou culpar os pais pelas ações e caráter de seus filhos vem do fato de que a maior parte dos pais serve como exemplos morais para seus filhos. Em geral, os pais são as pessoas com quem as crianças passam a maior parte do tempo durante seus anos de formação, e é natural desenvolvermos um sentimento de admiração por aqueles que cuidam de nós quando somos vulneráveis. Porém, também sabemos, e isso fica cada vez mais claro em nosso mundo moderno, de famílias misturadas em que, de vez em quando, o papel de nutrir e cuidar é desempenhado muito bem por alguém que não é genitor. A madrasta de T'Challa, Ramonda, é um grande exemplo disso. Embora não seja a sua mãe biológica, ela cumpriu o papel maternal em sua vida e certamente agiu como um exemplo moral, a seu lado também depois da morte de seu pai biológico. Magneto é o pai de Wanda e Pietro, mas nunca foi o exemplo moral deles – esse papel foi cumprido pelo Capitão e os outros Vingadores. O importante não é o sangue, mas a ação. Os Vingadores nos ensinaram que fornecer estrutura, orientação e um modelo claro a seguir pode ter resultados maravilhosos, e formar relacionamentos tão firmes e duradouros quanto os familiares entre os indivíduos mais improváveis.

Os pecados do pai?

Em casos como os de Pym e Magneto, podemos ser tentados a dizer que, embora não possamos considerá-los moralmente responsáveis pelo que seus filhos se tornaram, uma vez que eles não estiveram envolvidos em sua educação, talvez *devêssemos* responsabilizá-los por não estarem presentes nas vidas de seus filhos. A bem da justiça, Pym e Magneto provavelmente precisam ser poupados da culpa por isso, uma vez que Magneto não sabia onde estavam seus filhos ou como encontrá-los, e a infância de Ultron aconteceu enquanto Hank estava, digamos, dormindo. Mas, em geral, não é obrigação dos pais criarem seus filhos?

Na verdade, não, ou pelo menos nem sempre. Exemplos morais têm uma influência enorme em como se tornam seus imitadores. Educar crianças é um trabalho duro, e, francamente, nem todos estão prontos para a tarefa. Pense no legado do Barão Zemo. O mau exemplo de Heinrich teve um papel significativo em moldar Helmut na ameaça profundamente perturbada, desesperada e infeliz que ele se tornou. Será que Heinrich não mereceria algum elogio em vez de acusação, se ele tivesse reconhecido que não tinha estofo para ser pai e dado seu bebê para uma família estável criar? Não deveríamos enviar a Magneto um cartão de agradecimento por *não* ter criado Wanda e Pietro? Pense em como seria o mundo se eles tivessem crescido ouvindo histórias para dormir sobre dominação mundial de seu querido e velho papai.

Esse é um ponto que alguns no Universo Marvel reconheceram. O vilão Conde Luchino Nefária quis que sua filha pequena, Giulietta, tivesse a oportunidade de uma vida normal, que ele sabia não poder lhe fornecer. Então, ele a deu para um casal rico, Byron e Loretta Frost, para que a criassem como sua. Foi apenas depois da morte de Frost, quando Nefária estava incapaz de viver bem sozinho e se apresentou a Giulietta como seu pai, que ela começou a espiral descendente que acabou com ela se tornando a criminosa Madame Máscara.[66]

Às vezes, mesmo não sendo um vilão depravado, a coisa responsável a fazer é passar a criação de seus filhos para alguém que seja mais qualificado para dar a eles a ajuda de que necessitam. Se você pensar a respeito, a maior parte dos pais faz isso em um grau limitado. Enviamos nossos filhos à escola para adquirirem conhecimento que somos mal equipados para dar-lhes. Nós os ajudamos a adquirir habilidades que nos faltam pagando professores de piano e treinadores de futebol para preencherem lacunas criadas por nossas carências. E, quando um filho precisar de uma ajuda extra, contrataremos um psicólogo ou um terapeuta da fala, ou até enviaremos nosso filho para uma escola especial, para que tenha o que ele ou ela necessita. Ninguém culpa os pais de crianças surdas por mandá-las para uma escola especializada para deficientes auditivos. No mínimo, em geral, isso é visto como um sacrifício nobre, especialmente se a criança fica separada de seus entes queridos mais do que ficaria em uma escola-padrão.

---

66. *Iron Man*, vol. 1, #18 (outubro de 1969), reeditado em *Essential Iron Man Vol. 3* (2008).

Existem paralelos claros a essas ideias no Universo Marvel. Professor Xavier e os outros líderes dos X-Men estão no negócio de educar os filhos dos outros por eles, mas não culpamos os pais daquelas crianças por enviá-las à Escola Xavier para os Dotados. Pelo contrário, ficamos felizes pelos pais reconhecerem sua própria inabilidade para oferecer àquelas crianças mutantes a orientação de que precisam, uma vez que elas aprendem a lidar com seus poderes e controlá-los, e ficamos felizes por eles estarem dispostos a sacrificar um relacionamento parental próximo com seus filhos para dar-lhes a melhor oportunidade disponível.

No mundo real, os pais que dão seus filhos para o Estado ou parentes para serem criados em geral são julgados com dureza por falharem como pais. Embora com certeza existam razões menos virtuosas para desistir de suas responsabilidades parentais – egoísmo ou preguiça, para citar duas – em alguns casos, colocar seus filhos biológicos em mãos que você sabe serem mais capazes do que as suas próprias pode ser a coisa melhor e mais corajosa que um pai possa fazer. Esse tropo é mais antigo do que Moisés e os juncos, e é algo que com certeza guarda semelhança hoje, quando consideramos as várias formas que o elogio e culpa parental podem tomar.

Deixe que tenha um fim

Os Vingadores são uma das equipes de super-heróis no Universo Marvel, e os heróis melhores, mais brilhantes e poderosos ficariam honrados em se juntar à equipe. Ainda assim, o Capitão América e o Homem de Ferro, em seu trabalho, muitas vezes recrutaram "cartas furiosas", indivíduos jovens sem direção, muitas vezes com passados vagos. Eles fazem uma aposta nesses jovens, e, com um apoio e orientação vigorosos que a equipe pode fornecer, indivíduos moralmente questionáveis são transformados nos mais poderosos protetores da Terra. Especialmente por muitos desses indivíduos terem pais biológicos nada heroicos – pode existir pior exemplo que Magneto? –, agora nós temos a evidência clara de que as pessoas que foram seus mentores, mais que as que foram seus ascendentes, têm um efeito mais profundo em quem você se torna. E, por essa razão, elogios e culpas não deviam ser atribuídos automaticamente aos parentes biológicos de alguém, mas aos "pais" intelectuais ou morais, sejam estes os mesmos indivíduos ou não. Tenha isso em mente quando pensar sobre o jovem filho de Tigra, William: o que é pior para ele, ter um Skrull posando de Hank Pym como pai biológico (completo com o DNA de Pym) ou o verdadeiro Pym como pai nutridor? [67] (Ahn... será que talvez Magneto esteja disponível?)

---

67. Veja, por exemplo, *Avengers Academy* #7 (dezembro de 2010), reeditado em *Avengers Academy: When Will We Use This in the Real World?* (2011).

Parte 2

QUEM É UM VINGADOR?

Identidade de Super-herói: Estudos de Casos nos Vingadores

Stephen M. Nelson

Você está em uma loja de quadrinhos e vê um mostruário dos gibis dos Vingadores das últimas cinco décadas. Parece um pouco estranho que os membros fundadores nas capas antigas ainda estejam na ativa meio século mais tarde, com praticamente a mesma aparência? Você se pergunta: eles *são* os mesmos super-heróis? Claro que são, você diz – pegue o Homem de Ferro, por exemplo. Ele pode ter uma armadura diferente nas capas dos primeiros números dos volumes 1 e 4 dos *Avengers* (setembro de 1963 e julho de 2010, respectivamente), mas ambos são Tony Stark embaixo da armadura; então, qual o problema?

O que pode parecer óbvio, inicialmente, torna-se confuso quando olhamos para alguns dos outros Vingadores e as mudanças pelas quais passaram no decorrer dos anos. Em especial, dois tipos de casos diferentes desafiam nossa pronta resposta inicial. Primeiro, nós temos super-heróis que foram "interpretados" por pessoas diferentes, tais como o Capitão América. Segundo, existem pessoas que foram muitos super-heróis diferentes, tais como Henry "Hank" Pym. Ambos os tipos de casos expõem problemas sobre *identidade*, ou o que é ser um determinado super-herói. Uma pessoa pode ser muitos super-heróis e um super-herói ser muitas pessoas? Por sorte, temos algumas ferramentas filosóficas que podemos utilizar para lidar com essas questões, originárias das investigações sobre a natureza da *identidade pessoal*, ou o que é ser uma pessoa.

Tudo tem a ver com os corpos, correto?

Inquietudes relativas ao conceito de identidade, seja ela pessoal ou não, surgem no campo da *metafísica*, em que os filósofos se enredam com a natureza da realidade. A palavra "identidade" tem usos diferentes, mas aquela importante para a metafísica é do tipo que também tem interesse para a matemática. Nós até o chamamos de *identidade numérica*, já que é a que usamos para falar sobre duas coisas realmente, sendo uma e a mesma no decorrer de um período de tempo. Por exemplo, você pode descobrir que a mulher que acabou de acenar para você e a mulher que lhe vendeu seu primeiro carro, na verdade, são uma e mesma mulher. Outro modo como podemos dizer isso é que aquelas mulheres são *idênticas*.

Quando os filósofos discutem a questão da identidade pessoal, ou o que é ser uma e a mesma pessoa em um período de tempo, nós o fazemos propondo teorias que tentam chegar à essência do que é ser uma pessoa. Uma concorrente para uma boa explicação da identidade pessoal é a teoria do "corpo", que diz que uma pessoa deve ser identificada por seu corpo. Portanto, ser uma e a mesma pessoa no decorrer de um período de tempo é simplesmente ter um e o mesmo corpo naquele período.

Como a teoria do corpo pôde funcionar com alguém como Steve Rogers, o Capitão América original? Vamos chamar o garoto magricela que ainda não havia tomado o soro de supersoldado de "Stevie", e o homem atlético (pós-soro) de "Steve". Stevie e Steve não se parecem, exatamente, nem são feitos, exatamente, das mesmas partículas físicas. Então, se a teoria do corpo de identidade pessoal requer que ambos os corpos pareçam o mesmo ou tenham as mesmas partículas, diríamos que Stevie e Steve *não* são a mesma pessoa. Porém, se a teoria for mais sofisticada, levando em conta o processo normal de crescimento e regeneração celular, uma teoria do corpo poderia ser capaz de explicar como Stevie e Steve *são* a mesma pessoa: a anterior se desenvolvendo para a posterior, com isso compartilhando o mesmo corpo.

Dúvidas sobre a teoria do corpo surgem de um experimento mental concebido pelo filósofo John Locke (1632-1704), em que nós imaginamos pessoas trocando de corpo.[68] Suponha que um dia Steve Rogers e Hank Pym acordassem com a memória e personalidade do outro. Eles vão para a reunião matinal dos Vingadores e a pessoa com a aparência de Hank Pym começa a se lembrar de ter lutado contra os nazistas na Segunda Guerra Mundial, enquanto a pessoa parecida com Steve Rogers conta uma história sobre sua esposa, Janet. Depois de questionar cuidadosamente, todos percebem que o que aconteceu foi que Rogers e Pym trocaram de corpo. (Só mais um dia com os Vingadores.) Portanto, quem é quem?

Se acreditarmos que a teoria do corpo é correta, então *devemos* dizer que a pessoa com o corpo de Pym é Pym, e o mesmo com relação a Rogers. Porém, parece um pouco estranho ser forçado a dizer que a pessoa com o corpo de Pym é Pym, mesmo quando ela não tem a memória de ser Pym. Essa pessoa comporta-se e fala como sendo Rogers, e ela nega ser Pym. Esse tipo de consideração levou os filósofos a outras teorias, tais como as enraizadas em listas de atributos psicológicos, como lembranças e personalidade.

Eu gosto de você pela sua mente, é verdade

Vamos chamar esse tipo de competidor com a teoria do corpo de teoria "psicológica". Essa teoria diz que determinado aspecto de nossa psicologia é essencial para nós como indivíduos; portanto, preservar essa característica é que preserva a identidade pessoal no decorrer do tempo. (Proponentes desse tipo de teoria discordam sobre *qual* traço psicológico é chave, mas não precisamos nos ocupar com isso aqui.) Isso nos dá uma explicação melhor do caso da troca de corpo de Pym e Rogers, já que prediz que pensaríamos que a identidade de Pym vai com suas lembranças e personalidade, independentemente de em qual corpo cada um deles acabe. No entanto, uma dificuldade

---

68. O exemplo de Locke é de uma alma ou consciência de príncipe habitando o corpo de um sapateiro, de *An Enquiry Concerning Human Understanding* (1690), livro 2, capítulo 27, parte 15.

com a teoria psicológica pode ser ilustrada com tipos diferentes de exemplo.

Suponha que Pym invente uma máquina de duplicação que pega o cérebro de uma pessoa e o separa em seus dois hemisférios, depois cria dois cérebros completos novos a partir deles – cada um idêntico ao original e retendo todos os aspectos psicológicos da pessoa original. Digamos que Pym faça isso consigo mesmo e depois crie dois corpos novos para colocar os novos cérebros neles. No fim de tudo, temos duas pessoas novas, cada uma delas tendo o perfil psicológico de Hank Pym.

Infelizmente, se pensarmos que a teoria psicológica da identidade pessoal é correta, temos um problema para decidir o que deveríamos dizer sobre esses dois homens Pym-similares. Um deles é idêntico ao antigo Hank Pym? Se for, qual deles? *Ambos* não podem ser idênticos a Pym, já que eles teriam de ser idênticos um ao outro. E uma vez que existem *dois* deles, claramente eles não são *uma e a mesma* pessoa. Mas ambos têm a psicologia de Pym, e nenhum deles parece ter nenhum tipo de acesso privilegiado – ambos têm a mesma reivindicação.

A teoria do corpo e a teoria psicológica são duas das principais candidatas para explicar a identidade pessoal, mas não são as únicas opções à escolha. E as dificuldades que eu levantei para cada uma delas podem não ser intransponíveis. Você já pode ter algumas ideias de como nós podemos enviesar a teoria do corpo para contornarmos o problema da troca de corpo, ou modificar a teoria psicológica para contornar o problema da duplicação. Esses são exercícios proveitosos, mas vamos pegar o que já discutimos aqui e ver como podemos usar para discutir super-heróis, em vez de apenas pessoas-"padrão".[69]

Tirando a máscara da teoria do bastão da identidade do super-herói

Quando discutimos Hank Pym e Steve Rogers, falávamos deles como pessoas, não como sua *persona* de super-heróis. Agora vamos retomar a questão com que começamos este capítulo: o que

---

69. Dois trabalhos bem acessíveis em teorias de identidade pessoal são o de John Perry, *A Dialogue on Personal Identity and Immortality* (Indianapolis: Hackett, 1978), e o primeiro capítulo de *Riddles of Existence: A Guided Tour of Metaphysics*, de Earl Conee e Ted Sider (Oxford: Oxford University Press, 2007).

podemos dizer sobre a identidade de super-herói que nos permita abordar casos confusos, como os disfarces heroicos múltiplos de Pym ou os múltiplos portadores do título de Capitão América?

Simplesmente importar diretamente uma teoria da identidade pessoal, como a teoria do corpo ou psicológica, ao caso dos super-heróis funcionaria? Infelizmente essas teorias não captariam completamente o que precisamos. Golias e Vespa são claramente dois super-heróis diferentes, mas Hank Pym tem sido ambos em épocas diferentes. O que seja que torne Pym idêntico a si mesmo no decorrer do tempo não pode ser a mesma coisa que torna um super-herói idêntico a si mesmo ou si mesma no decorrer do tempo, senão teríamos dificuldade em dizer que Golias e Vespa não são identidades de super-heróis idênticas (embora ambos possam ser assumidos pela mesma pessoa). Por outro lado, o Capitão América é uma identidade de super-herói que foi assumida por Steve Rogers (com maior proeminência) e também por outros como John Walker e Bucky Barnes. Se o Capitão América fosse apenas um corpo, ou só um determinado grupo de traços psicológicos, não teria sido possível para diferentes pessoas (que têm características físicas e psicológicas diferentes) "serem" ele. Contudo, existiram claramente múltiplas pessoas, todas usando o nome "Capitão América", de modo que precisamos de uma nova teoria da identidade.

O que poderíamos dizer sobre a identidade de super-herói, se ela não é a mesma coisa que a identidade pessoal? Uma possibilidade seria inferir, a partir do modo como falamos sobre super-heróis, e aplicar à abordagem que usamos com identidade pessoal, respeitando o fato de que é um tipo diferente de coisa ser um super-herói do que ser uma pessoa. Ser um super-herói é como ser uma *persona*, ou usar um *bastão*, como quando dizemos, "David Bowie largou o bastão de Ziggy Stardust no início dos anos 1970, adotando, alguns anos depois, a *persona* do Esquelético Duque Branco". Bowie criou suas *personae* como um artista do espetáculo, e elas foram algo mais do que o próprio Bowie – eram associadas com certos traços que estavam além da pessoa que as interpretava.

O que tem em um bastão que permite sua continuidade no decorrer de um período de tempo? Se não é só o corpo ou a personalidade que o usa, o que é essencial para ser um super-herói? Dois traços diferentes ressaltam quando colocamos a questão desse modo. Um é que o bastão de um super-herói deve ser do *tipo apropriado*, ou seja, deve ser um bastão de *super-herói*. O segundo traço é que o portador do bastão de um super-herói deve ter certa *legitimidade*. Não é qualquer um que pode colocar o uniforme do Capitão América e *ser* Capitão América, de fato. Existe um processo que deve ser seguido para se tornar determinados super-heróis. Ambas as características – ser apropriado e ter legitimidade – nos levam além dos tipos de teorias que vemos para a identidade pessoal.

Vamos explorar esses dois traços com maior detalhe. O aspecto da apropriabilidade de um bastão é simplesmente o tipo de papel que associamos tradicionalmente com super-heróis. Antes de tudo, deve existir alguma forma de superpoder ou habilidade extraordinária associada a ele, tal como superforça, velocidade da luz, habilidade extraordinária com uma arma, e por aí vai. Um super-herói precisa ser extraordinário de um modo ou de outro. Um super-herói deve ser um *herói* sob alguma descrição razoável, para distinguir super-heróis de supervilões. Então, por "apropriado" eu quero dizer simplesmente o que nós esperaríamos – um bastão de super-herói está associado a alguma habilidade (ou habilidades) extraordinária e algum tipo de heroísmo, a razão de chamarmos uma pessoa de super-herói.

Essa questão do que é portar esse bastão "legitimamente" é difícil de se especificar, mas podemos pensar no bastão de um super-herói utilizando o conceito de propriedade intelectual. Se eu invento um novo produto, tenho a reivindicação legítima àquele produto, em virtude do fato de que é minha própria criação; ou se crio algum tipo de arte, do mesmo modo possuo uma reivindicação legítima àquela arte. Os exemplos de David Bowie ilustram bem esse ponto, porque ele tem a única reivindicação legítima pelo bastão de Ziggy Stardust. Talvez ele pudesse passá-lo para outra pessoa que pudesse fazer *shows* ou álbuns como Ziggy Stardust, mas seria ilegítimo se outra pessoa o fizesse sem a autorização de Bowie (ou seja, nós não pensaríamos que tal pessoa *seria* de verdade Ziggy Stardust, como Bowie foi). Falando em termos mais gerais, a legitimidade de um bastão pode ser traçada até sua origem ou *pedigree*; a pessoa tem de ter "recebido" o bastão, seja criando-o ou tendo sido ele concedido a ele ou ela por alguém com autoridade (como quando o Capitão deu a Kate Bishop o bastão – e arco e flechas – de Gavião Arqueiro durante as "mortes" de Clint Barton).[70]

Agora temos uma teoria em substituição – nós a chamamos de teoria do "bastão" – que nos permitirá abordar os casos de Hank Pym e Capitão América com um pouco mais de detalhes. Nosso objetivo com essa teoria é capturar a essência do que é ser um super-herói, do mesmo modo como a teoria do corpo e a psicológica têm como alvo capturar a essência do que é ser uma pessoa. Se pudermos fazer isso com sucesso, então alguns dos casos enigmáticos se tornarão menos enigmáticos.

Caso de Estudo 1: o supersoldado

Capitão América é um dos super-heróis mais icônicos no Universo Marvel, e Steve Rogers é a primeira e a mais proeminente pessoa a usar a roupa patriótica. Mas ele não é o único. Em 1987, John Walker assumiu a tarefa, depois que Steve Rogers deixou de ser o Capitão América, embora Rogers tenha reassumido o trabalho após um ano e meio. Mais tarde, em 2007, Steve Rogers supostamente morreu, desaparecendo por alguns anos, o que levou seu antigo companheiro, Bucky Barnes, a se tornar o novo Capitão América. Quando Rogers voltou, Bucky continuou como Capitão América até sua morte aparente lutando contra Pecado e a Serpente durante o evento "Tema Sozinho", depois do que Steve, de novo, vestiu a bandeira americana.[71]

John Walker e Bucky Barnes foram, *realmente*, o Capitão América? Ou deveríamos dizer que eles foram três super-heróis diferentes, todos chamados "Capitão América"? De acordo com o ponto de vista do bastão, nós temos duas coisas principais a considerar para determinar se eles foram um e o mesmo super-herói: apropriabilidade e legitimidade. Cada pessoa usou o bastão apropriado, e eles o adquiriram legitimamente?

---

70. *Young Avengers* #12 (agosto de 2006), reeditado em *Young Avengers: Family Matters* (2007).
71. *Fear Itself* #3 e 4 (agosto-setembro de 2011), reeditado em *Fear Itself* (2012). Sem conhecimento de Rogers na época, Bucky foi trazido de volta da proximidade da morte por Nick Fury e mais tarde reassumiu sua identidade pré-Capitão de Soldado Invernal (*Fear Itself* # 7.1, janeiro de 2012).

A questão da apropriabilidade tem a ver com se o portador do bastão tem os tipos certos de habilidades e se o portador é heroico. Com Capitão América, as habilidades são uma coleção de traços físicos extraordinários, tais como a força e agilidade que foram dadas a Rogers por meio do programa de supersoldados. (Alguma proficiência com o escudo redondo também é um elemento-chave.) Tanto Walker quanto Barnes satisfizeram essas exigências, acrescentando seu caráter próprio e singular ao bastão (Walker era consideravelmente mais forte que Rogers e Bucky carregava uma arma). Ambos também agiram com o tipo apropriado de heroísmo enquanto portaram o bastão. Nem Walker nem Barnes tinham um passado de limpeza fulgurante, mas é comum em heróis terem seus momentos não heroicos. O importante é que, enquanto eles portarem o bastão de super-herói, seja esperado deles serem heróis; a falha repetida neste quesito colocaria sua condição de super-heróis em risco.

Legitimidade é a questão mais interessante quando se consideram múltiplas pessoas sendo o Capitão América. Para Walker, o momento surge quando uma comissão do governo, cujo trabalho é administrar os "recursos super-humanos" na América, procura uma substituição para Rogers como Capitão América. O governo está preocupado com a má repercussão na imprensa que eles podem obter com Rogers despedindo-se em um ato de protesto; então, eles o substituem por Walker, outro americano-total que está construindo uma reputação, sozinho, como o Superpatriota, um herói capitanesco. Eles oferecem a Walker o papel como Capitão América e ele aceita, enquanto tem a conversa a seguir com um membro da comissão, Valerie Cooper:

> Walker: Eu não poderia simplesmente fazer o trabalho sem mudar meu nome ou roupa...?
>
> Cooper: Não, Capitão América é uma tradição que remonta a décadas. Nós queremos preservá-la. E então?
>
> Walker: Hum... Madame, se o Tio Sam quisesse que eu fosse o Mickey Mouse, eu sou esse tipo de americano – o tipo com o qual você pode contar. Quando eu começo?[72]

---

72. *Captain America*, vol. 1, #333 (setembro de 1987). O mandato de Walker como Capitão América começou aqui e durou até *Captain America,* vol. 1, #350 (fevereiro de 1989), e foi reeditado totalmente em *Captain America: The Captain* (2011).

No fim do número, Walker está usando a roupa do Capitão América e todos o chamam por esse nome. Parece que agora ele é realmente o Capitão América.

Em relação a Bucky, temos um tipo de momento diferente, mas tanto quanto esclarecedor e decisivo. Bucky pegou o bastão disponível de Capitão América em 2008, apoiado por Tony Stark, que era diretor da S.H.I.E.L.D. na ocasião. Depois, em 2009, quando Rogers voltou, ele endossou publicamente Bucky como Capitão América.[73] Portanto, em 2010, o intervalo de tempo que estamos considerando para Bucky, Steve Rogers agora teve uma identidade de super-herói similar à de Nick Fury (um tipo de superburocrata, com uma licença para recrutamento), e Bucky foi o Capitão América. A legitimidade de Bucky veio primeiro de Stark, ao declarar que Rogers desejaria que Bucky continuasse o legado do Capitão América, e depois do próprio Steve Rogers deu a ele o seu endosso.

Vemos a exigência de legitimidade preenchida de dois modos diferentes aqui – Walker recebeu o bastão por um comitê do governo (que também o retirou dele, dando-o de volta a Rogers) e Barnes o recebeu de Tony Stark e depois de Rogers. Nas circunstâncias específicas, faz sentido por que diferentes mecanismos são legítimos. O bastão de Capitão América de vez em quando é considerado propriedade do governo, embora ele também seja, em algum sentido, propriedade de Steve Rogers. E, em ambos os casos, no de Walker e no de Barnes, vistos sob essa luz, devíamos ficar felizes em dizer que pessoas diferentes de Steve Rogers *realmente foram* o Capitão América.

Estudo de caso 2: partículas de Pym

No caso de Hank Pym, temos uma questão diferente e, talvez, mais sutil relativa à condição de legitimidade. No decorrer dos últimos 50 anos, Pym foi o Homem-Formiga, o Gigante, Golias, Jaqueta Ama-

---

73. A "morte" de Rogers aconteceu na memorável *Captain America*, vol. 5, #25 (março de 2007), e ele voltou na minissérie *Captain America Reborn* (2009-2010). O mandato de Bucky começou em *Captain America*, vol. 5, #33 (fevereiro de 2008), com Rogers endossando-o em *Captain America: Who Will Wear the Shield?* #1 (dezembro de 2009).

rela e Vespa, indo e voltando entre eles de tempos em tempos.[74] Pym é todos esses super-heróis ao mesmo tempo, ou apenas um de cada vez? Como podemos avaliar esse fato? A questão da apropriabilidade é importante, embora não seja o elemento-chave para avaliar a situação; então, eu a discutirei primeiro, resumidamente, e depois as sutilezas da questão da legitimidade em ação no caso de Pym.

Todas essas *personae* são claramente do tipo apropriado para a inclusão como bastões de super-herói. Antes de tudo, Pym foi um herói durante virtualmente todas as cinco décadas passadas, lutando a boa luta com os Vingadores.[75] Depois, é plausível pensar que, em várias épocas de sua história, Pym teve a habilidade de realizar as tarefas super-humanas ou extraordinárias que essa identidade requer. Suas habilidades de mudar de tamanho são baseadas na famosa partícula de Pym, que permite acesso a outra dimensão chamada Kosmos. Pym descobriu como usar essas partículas para enviar massa para Kosmos (encolhendo para o tamanho de uma formiga) e extrair massa dela (crescendo ao tamanho gigante). Suas outras habilidades, tais como comunicar-se com as formigas por meio de seu capacete de Homem-Formiga ou "queimar" pessoas eletricamente e voar quando ele é Jaqueta Amarela, são avanços tecnológicos que derivam de sua própria habilidade como cientista extraordinário; portanto, é razoável vê-lo como tendo essas habilidades em qualquer tempo também.

A questão-chave para decidir se Pym é um super-herói de cada vez, ou muitos ao mesmo tempo, é realmente um problema conceitual ligado à noção de legitimidade. Pelo lado do bastão, a questão "Pym pode ser múltiplos super-heróis ao mesmo tempo?" torna-se a pergunta, "Pym pode, legitimamente, usar várias capas de superherói de uma vez?". Uma pergunta similar surge em questões sobre identidade

---

74. A primeira aparição de Pym como Homem-Formiga foi em *Tales to Astonish*, vol. 1, # 35 (setembro de 1962), enquanto a primeira entrada em cena do Gigante em *Tales to Astonish*, vol. 1, #49 (novembro de 1963), ambas reeditadas em *Essential Ant-Mana Vol. 1* (2002). A nova identidade de Pym como Golias surgiu primeiro em *Avengers*, vol. 1, #28 (maio de 1966) e Jaqueta Amarela nasceu em *Avengers*, vol. 1, #59 (dezembro de 1968), reeditado em *Essential Avengers Vol. 2* e *Vol. 3*, respectivamente (2000 e 2001); e ele se tornou Vespa em *Secret Invasion: Requiem* #1 (janeiro de 2009).

75. Digo virtualmente porque Pym teve alguns esgotamentos mentais no decorrer dos anos que o levaram a raptar Janet van Dyne (pouco antes de eles se casarem) em *Avengers*, vol. 1, #59, e escandalosamente atingindo-a em *Avengers*, vol. 1, #213 (novembro de 1981), reeditado em *Secret Invasion: Requiem*.

pessoal: suponha que Pym desenvolva um distúrbio de personalidade múltipla e nós indaguemos qual das personalidades conta como pessoa distinta. De acordo com a teoria do corpo de identidade, a questão "Pym é uma pessoa múltipla?" dependeria de ele ter ou não múltiplos corpos, o que ele não tem; enquanto, na teoria psicológica, dependeria de ele ter múltiplos conjuntos de traços psicológicos, tais como lembranças e personalidade, o que ele pode ter.

Como decidimos se Pym pode, legitimamente, usar múltiplos bastões de super-herói ao mesmo tempo? Pense no que significa usar um bastão ou *persona*. David Bowie pode vestir ambas suas *personae* de Ziggy Stardust e Esquelético Duque Branco ao mesmo tempo? Não, com certeza não. Essas *personae* parecem e se comportam de modo totalmente diferente. Ziggy é um alienígena cheio de brilhos e o Esquelético Duque Branco é um louco em roupas clássicas. Além do fato de essas duas *personae* serem radicalmente diferentes, o próprio conceito de uma *persona* requer que digamos que uma pessoa só pode adotar uma de cada vez. Sua *persona* – quanto ela for glamourosa ou mundana – é o rosto que você coloca para o mundo, e você só pode ter um rosto de cada vez.

O bastão de um super-herói é muito parecido com a *persona* de Bowie, e isso limita a transferência a uma *persona* de cada vez ao bastão de super-herói também. Pym não pode, com coerência, ser tanto o Homem-Formiga e o Gigante ao mesmo tempo, pela simples razão de que o primeiro é um super-herói que encolhe e o último é um super-herói que aumenta. O prognóstico do ponto de vista do bastão de que alguém pode ser apenas um super-herói de cada vez é apoiado pelo modo como os próprios personagens lidam com as transições. Mesmo em casos menos claros, tais como quando Pym muda de identidade de Gigante para Golias (uma mudança principalmente de nome e roupa), nós ainda vemos que os super-heróis – inclusive Pym – o encaram como tendo mudado a *persona* do Gigante e assumido o bastão de Golias.[76]

---

76. Algumas vezes ele usa ambas as habilidades de encolhimento ou crescimento em sucessão, tais como na recente série de desenho animado *Avengers: Earth's Mightiest Heroes*. Aqui, ele veste a roupa de Homem-Formiga e usa este nome, mas também fica maior de vez em quando, o que leva alguns a se referirem a ele como Homem-Formiga/Gigante. O que poderíamos dizer neste caso? No momento, parece que Pym está rapidamente mudando

Por exemplo, pouco depois de Pym tornar-se Golias, acaba preso a uma altura de 30 metros, o que é muito desconfortável para ele. Um médico é chamado para fazer um *check-up* nele, e temos esse intercâmbio quando o médico chega e é deixado pelo Capitão América e Mercúrio:

> Doutor: Eu cheguei aqui o mais rápido que pude, Capitão! Onde está o paciente?
>
> Capitão América: Major Carlson! Eu sabia que você não nos decepcionaria! Você considerará este um caso incomum! Você já ouviu falar do... Gigante?
>
> Doutor: Claro! Então é ele que eu devo tratar?
>
> Mercúrio: Ele não é mais o Gigante, Capitão. Ele mudou seu nome para Golias... lembra?[77]

Claro, quando super-heróis mudam de identidade, as pessoas naturalmente escorregam e usam nomes antigos, mas a correção de Mercúrio indica fortemente que agora o Gigante se foi, substituído por Golias.

Nós também vemos isso quando outro Vingador, Clint Barton, abandona sua identidade de Gavião Arqueiro e se torna Golias. (Nesta altura, Pym é Jaqueta Amarela, então não temos dois Golias ao mesmo tempo, embora mais tarde venha outro Golias.) Quando Barton se revela para seus colegas Vingadores como Golias, depois de tomar o soro de crescimento de Pym em segredo, Pym pergunta: "Mas Gavião Arqueiro... e a sua carreira como um arqueiro?"; Barton responde quebrando seu arco pela metade, depois do que Pym diz: "Então, o Vingador chamado Gavião Arqueiro não existe mais! E, uma vez que eu tive de jurar me desligar da coisa de crescimento – parece que temos um novo Golias em nossas fileiras!".[78] Como

---

de Homem-Formiga para Gigante e voltando, muito rápido para tornar uma mudança de roupa prática. No fim, se ele mantém isso, devemos esperar dele que abandone ambas as *personae* e adote uma nova, consistente com as habilidades tanto de encolher quanto de crescer como parte de uma só *persona*. (Afinal, ele é um gênio.)

77. *Avengers*, vol. 1, #29 (junho de 1966), reeditado em *Essential Avengers Vol. 2*.

78. *Avengers*, vol. 1, #64, (maio de 1969), reeditado em *Essential Avengers Vol. 3*; para saber mais sobre a crise de identidade de Barton, veja o capítulo de Mark D. White intitulado "O Caminho da Flecha: Gavião Arqueiro Encontra os Mestres Taoistas", neste volume.

vemos, parece natural para todos que, quando Barton pega o bastão do Golias, ele abandona o de Gavião Arqueiro. E quebrar seu arco, significativamente, torna claro que ele não está tentando combinar dois bastões para criar um novo super-herói, um arqueiro gigante – ele está deixando ambos os bastões como eles são e apenas mudando de um para o outro.[79]

Você é o próximo Golias?

Depois de ver como as características da teoria do bastão ilustram e explicam o caso interessante de pessoas com identidades de super-herói múltiplas e super-heróis interpretados por múltiplas pessoas, o que devemos pensar? Esta é a única maneira de explicar a identidade de super-herói?

Claro que não, porém ela é mais consistente do que as teorias de identidade pessoal discutidas no início. Já que super-heróis não são apenas pessoas – eles são *personae* adotadas pelas pessoas –, não devíamos esperar uma teoria de identidade pessoal de super-heróis ordenadamente ajustada. (Eles têm muita dificuldade para encaixar pessoas normais!). Mas olhando para essas teorias, vemos coisas que nos empurram ao tipo de discussão que deveríamos fazer quando investigamos a identidade de um super-herói – felizmente, não precisamos falar sobre as fantasias dos super-heróis, ou teríamos de gastar todo um livro só em Janet van Dyne, a Vespa original.[80]

---

79. Também parece significativo que seja Pym a pessoa que criou o super-herói Golias, quem, explicitamente, endossa Barton como o novo Golias, emprestando a Barton a legitimidade necessária para tornar a transferência bem-sucedida.
80. Devo muitos agradecimentos às discussões e comentários úteis durante a escrita deste ensaio aos filósofos Roy T. Cook, Peter W. Hanks, Ian Stoner e Jason Swartwood, e aos fãs de super-heróis Brandon Bueling, Casey Garske, Sandra Marble e Matt Nelson.

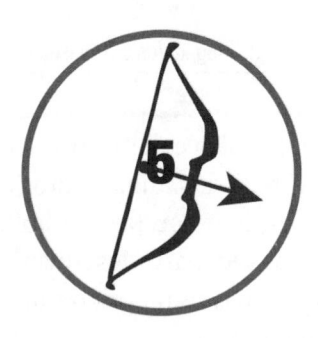

Eu Sou Feita de Tinta: Mulher-Hulk e Metaquadrinhos

Roy T. Cook

Jennifer Walters, também conhecida como a Sensacional (antes, a Selvagem) Mulher-Hulk, é uma advogada, caçadora de recompensas, atriz, Vingadora e ex-membro do Quarteto Fantástico. Jen é uma das super-heroínas principais da Marvel e, melhor ainda, ela sabe ser.

Mas espere: o que, exatamente, Jen sabe? Não é o mero fato de ela ser a mais proeminente e, possivelmente, poderosa super-heroína mulher no mundo (ficcional), que ela compartilha com Homem-Aranha, Capitão América e seu primo, o Incrível Hulk. Além disso, Jen *sabe* ser um personagem em um gibi e é capaz de tirar vantagem desse conhecimento de modos surpreendentes. Colocando de maneira simples, Jen é a estrela de um *metaquadrinho*. Ao explorar esse "superpoder" interessante de Jen, veremos o que sua autoconsciência diz sobre a própria natureza dos quadrinhos.

O que é um metaquadrinho?

Para se compreender o termo *metaquadrinho*, ajudará começar com o início. No campo da filosofia, "meta" tem pelos menos dois significados distintos, porém interligados. O mais simples entre os dois – que se aproxima bastante do significado original grego do termo – simplesmente significa "além" ou "a respeito". Por exemplo, *metafísica* envolve teorizar sobre a natureza fundamental da realidade, um tipo de teoria que vai além da física e das outras ciências. *Metaética* envolve teorizar sobre a natureza dos julgamentos e práticas éticos, em vez de meramente agir eticamente ou fazer escolhas éticas específicas. O termo *meta-humano*, usado para descrever personagens em histórias em quadrinhos que possuem poderes além dos mortais comuns, também cai nessa categoria.

Contudo, existe outro uso mais especializado de "meta". Quando é aplicado a algum termo X, significa aproximadamente "X a respeito de X". Portanto, *metadados* são dados relativos a dados; *metamatemática* é o estudo matemático dos próprios sistemas matemáticos; e uma *metalinguagem* é uma linguagem usada para descrever e estudar outras linguagens. De modo semelhante, um metaquadrinho é um quadrinho que é, em um sentido ou outro, sobre quadrinhos. Um metaquadrinho é um tipo de *metaficção,* o que a crítica literária contemporânea Patricia Waugh descreve como qualquer "escrito de ficção que sistemática e autoconscientemente atrai atenção para sua condição como um artefato para colocar questões a respeito do relacionamento entre a ficção e a realidade".[81] Ou seja, um metaquadrinho é qualquer quadrinho que atraia atenção sobre alguns aspectos de si e de sua criação, em que esse aspecto "meta" da história tenha a intenção não apenas de impulsionar a história, mas também forçar o leitor a pensar sobre, ou questionar, a própria natureza da narrativa.

Um jeito simples de transformar um quadrinho em metaquadrinho é tornar o protagonista consciente de que ele ou ela é um personagem em um quadrinho. Esse tipo de autoconsciência em geral é exibido "quebrando a quarta parede", em que o personagem metaficcional autoconsciente fala diretamente ao leitor ou com os escritores, ilustradores e editores. No decorrer do *The Sensational She-Hulk* de John Byrne, e (mais sutilmente) no período de Dan Slott no mais recente *She-Hulk,* Jen possui esse tipo de autoconsciência. Contudo, a quebra autoconsciente da quarta parede não torna Jen singular, mesmo entre os personagens do Universo Marvel. A assassina mutante Deadpool também fala diretamente à audiência e percebe

---

81. Patricia Waugh, *Metafiction: The Theory and Practice of Self-Conscious Fiction* (London: Routledge, 1982), p. 2.

ser um personagem em uma história em quadrinhos.[82] Contudo, as habilidades de Jen não estão meramente limitadas à percepção de si mesma como personagem de ficção. Além disso, ela também é capaz de usar esse conhecimento para manipular o mundo da história em quadrinhos de modos singulares.

Por que os Vingadores metafisicamente conscientes seriam de interesse para os filósofos? A *Estética*, o estudo filosófico da natureza da arte, recentemente, mudou de um foco em questões gerais sobre a arte em geral[83] para uma abordagem que foca nas próprias artes individuais, incluindo uma ênfase nas diferenças entre uma forma de arte e outra.[84] Como resultado, não é de surpreender que filósofos e outros acadêmicos tenham começado a pensar sobre quadrinhos e metaquadrinhos.[85]

Em comparação com a maioria das formas de arte, os quadrinhos parecem particularmente saturados com elementos convencionais. Balões de fala e pensamento, efeitos sonoros textuais, linhas de movimento e bordas de quadro são todos artifícios convencionais que facilitam a representação de som, movimento, tempo e espaço em um meio artístico que consiste em silêncio, imagens estáticas impressas em uma página bidimensional. Quanto mais compreendemos esses aspectos convencionais da narrativa dos quadrinhos, melhor seremos capazes de avaliar e entender os quadrinhos que estamos lendo. O estudo do metaquadrinho promete ser uma ferramenta extremamente valiosa nesse empreendimento. Afinal, qual o melhor modo de compreender como essas convenções de narrativa funcionam do que ver o que acontece quando elas são dobradas, quebradas ou subvertidas pela Sensacional Mulher-Hulk!

---

82. Sobre a discussão a respeito das aventuras metaficcionais de Deadpool, veja "When You Know You're Just a Comic Book Character" de Joseph J. Darowski, em *X-Men and Philosophy: Astonishing Insight and Uncanny Argument in the Mutant X-Verse*, ed. Rebecca Housel e J. Jeremy Wisnewski (Hoboken, NJ: John Wiley & Sons, 2009), p. 107-123.

83. Por exemplo, a questão "O que as obras de arte têm em comum que as torna arte?".

84. Veja, por exemplo, Peter Kivy, *Philosophies of Arts: An Essay in Differences* (Cambridge: Cambridge University Press, 1997).

85. Veja, por exemplo, *Anything Can Happen in a Comic Book: Centennial Reflections on an Art Form*, de M. Thomas Inge (Jackson: University Press of Mississippi, 1995) e "Comics Are Not Film: Metacomics and Medium-Specific Conventions", de Roy T. Cook, in: *The Art of Comics: A Philosophical Approach*, ed. Aaron Meskin e Roy T. Cook (Hoboken, NJ: John Wiley & Sons, 2012).

Sua capa foi explodida, Jen

A loucura metafísica do período de John Byrne, em *The Sensational She-Hulk,* começa na capa do número 1 (maio de 1989), que retrata Jen segurando um punhado de gibis dos X-Men e dizendo ao cliente da loja de revistas: "Tudo bem, agora. Esta é a sua segunda oportunidade. Se você não comprar a minha revista desta vez, eu vou à sua casa e rasgo todos os seus X-Men".[86] Jen sabe que é o personagem principal dessa revista em quadrinhos, e está quebrando a quarta parede para convencer o comprador hesitante a adquirir a revista. Porém, ela também está se referindo com esperteza a fatos bem conhecidos sobre a indústria dos quadrinhos no mundo – ou seja, *nosso* – real. Ela está, de algum modo, ciente de que suas séries anteriores, *The Savage She-Hulk*, não venderam bem, enquanto na mesma época quadrinhos relacionados aos X-Men venderam tiragens recordes. Isso mostra que Jen não só está ciente do que acontece em seu mundo, mas também percebe o que acontece no nosso!

Capas em geral se desviam dos conteúdos literais do quadrinho que elas cobrem. Portanto, se essa capa fosse o único exemplo do conteúdo metafísico em *The Sensational She-Hulk*, talvez ela não fosse tão digna de nota. Mas não temos de esperar muito para que o conteúdo metaficcional apareça no próprio gibi. Por exemplo, próximo do final da edição 1, Jen descobre que o Mestre do Picadeiro e seu Circo do Crime foram contratados para testar os limites de seu poder. Então, ela se queixa: "Algum cara mau anônimo está disposto a gastar 3 milhões de dólares para descobrir quanto eu sou durona... e sei como essas coisas funcionam! Vão se passar pelo menos três números antes de eu descobrir quem é! Embora vocês leitores provavelmente descobrirão na próxima página". E, é claro, nós descobrimos.

Os dois números seguintes também têm conteúdo metaficcional. Na capa do número 2 (junho de 1989), Jen faz descobertas sobre a vida de seu primo Bruce Banner lendo números do *The Incredible Hulk*, e brinca com a ideia de que, dentro do Universo Marvel, as revistas de quadrinhos são registros históricos de acontecimentos reais.

---

86. *Sensational She-Hulk* #1 (maio de 1989), reeditado em *Sensational She-Hulk* (2001), que inclui os primeiros oito números da série.

Mais interessante, entretanto, é um episódio no número 3 (julho de 1989), em que Jen readquire consciência depois de ser atacada no fim do número 2. Inicialmente, ela teme ter ficado nocauteada durante um mês, o intervalo de tempo usual entre números de uma revista semanal como a dela. No fim, Jen tranquiliza-se por não ser, necessariamente, este o caso, baseada nas diferenças entre o jeito como o tempo funciona dentro de um quadrinho (apenas dias ou até horas se passam entre os números) e como o tempo funciona no mundo real. Esse conhecimento, combinado com o fato de que seu astro convidado, o Homem-Aranha, já apareceu (o que significa que já estamos a meio caminho do presente número), permite a ela concluir que menos do que um dia passou desde que ela foi nocauteada. Resumindo, Jen usa o seu conhecimento de como o tempo é retratado no interior dos quadrinhos para extrair conclusões sobre o que aconteceu enquanto ela estava inconsciente.

"Tem um leitor lá fora agora!"

Esse fato é estranho o suficiente, mas as coisas ficam muito mais esquisitas no número 4 (agosto de 1989). Na página seis, Jen fez uma entrevista de emprego com o incrível Advogado do Distrito Towers. Depois da entrevista, Jen menciona que ela não esperava encontrar seu interesse romântico tão rapidamente. Nessa altura, a assistente de Towers, Louize "Wezzie" Mason, informa a Jen que Towers está casado. No primeiro quadro da página seguinte, Jen pergunta: "Desde quando ele está casado?" E Weezie responde: "Desde *agora*, eu suponho. Esta é a primeira vez que isso é mencionado". A resposta de Weezie demonstra que ela, como Jen, está consciente de que é um personagem de revista em quadrinhos, mas também reflete uma intuição profunda sobre o modo como a verdade funciona na ficção. Embora Jen não os tenha encontrado, tanto Weezie quanto Towers apareceram nos números 2 e 3 da revista. Já que a condição marital de Towers não é mencionada nesses números anteriores, na época em que eles foram publicados não existia o fato concreto relativo a ele ser ou não casado. Afinal, Byrne poderia ter escrito uma versão diferente do número 4, em que Towers é solteiro e começa um romance com Jen. Weezie está ciente de que seus comentários nas páginas anteriores criaram o fato de que Towers é casado. Mais adiante, Weezie presumivelmente não quer dizer que Towers se casou neste exato minuto. Em vez disso, ele já estava casado, embora o fato de ele ter se casado apenas se torna verdade (retroativamente) como resultado dos acontecimentos do número 4.

A estranheza metaficcional continua no segundo quadrinho. Aqui Jen grita, "O quê?!? Byrne!! Que tipo de jogo você está jogando?!?", enquanto ela tenta pular para fora do quadrinho para atacar Byrne fisicamente. Weezie, segurando-a, tenta acalmá-la com as palavras: "Jen! Controle-se! Estamos com contorno e cores! Impressos! Agora tem um leitor lá fora!". Existem várias coisas interessantes acontecendo aqui, incluindo a continuada autoconsciência metaficcional exibida tanto por Weezie quanto por Jen, e o fato de que Jen se dirige a Byrne diretamente (nós temos de esperar até o número 50 para ver Byrne aparecer em um quadro junto com Jen). Esse quadro também sugere que Jen pode *ver* Byrne. Normalmente, tratamos os quadros como um tipo de janela unidirecional. Podemos olhar através desses pequenos retângulos para ver acontecimentos dentro do mundo de Jen, mas os personagens das revistas de quadrinhos não são considerados capazes de olhar de volta, a partir do outro lado, e nos ver, muito menos subir pelo quadro para nos atacar.

A coisa mais interessante nesse quadro, contudo, é o dialogo de Weezie. Weezie está reconhecendo que a natureza impressa dos quadrinhos coloca a condição marital de Towers não apenas fora do controle de Jen, mas também do controle de Byrne. Quando esses acontecimentos estão acontecendo, a revista foi impressa, embalada, e comprada pelo leitor. É notável que as três coisas que Weezie menciona explicitamente – contorno, colorido e impressão – são aspectos da criação de uma revista em quadrinhos que não estão sob controle direto de Byrne como escritor e esboçador. Como resultado, não existe nada que nenhum deles possa fazer para mudar as coisas – nem mesmo Byrne! Weezie está ciente de que, em certo sentido, ela não tem livre-arbítrio, e que seus pensamentos, declarações e ações pelas próximas 15 páginas do número 4 já foram determinados, uma vez que já estão com contorno, cor e impressos. Seu futuro já foi lançado e está fixado permanentemente em tinta.

Pulando quadros e mais histórias fantásticas

Vamos considerar o terceiro e quarto quadros nessa página juntos, já que eles são em um sentido significativo uma unidade. No terceiro quadro uma Jen confusa gagueja: "Mas... mas... mas..."; a que Weezie responde: "É óbvio que você está perturbada demais para ir para casa agora. Venha... eu vou comprar-lhe um almoço e poderemos conversar". Diferente dos dois quadros anteriores, não existe nada fora do comum no diálogo aqui. O que é incomum, entretanto, é como Weezie, arrastando Jen atrás dela, viaja de seu escritório no terceiro quadro para o restaurante no quarto painel. Weezie cruza essa distância em um passo, pulando sobre a divisão entre os quadros, seu pé direito tocando o chão do escritório e seu pé esquerdo tocando o piso do restaurante. Obviamente, o restaurante e o escritório não estão localizados a meros dois ou três passos de distância um do outro dentro do mundo ficcional que Jen e Weezie habitam. Mas eles estão localizados à mera fração de uma polegada um do outro na página. Aqui, Weezie e Jen são capazes de tirar vantagem do fato de que as localizações distantes umas das outras dentro de seu mundo, de vez em quando, estão bem próximas na página. Como resultado, é mais rápido e mais conveniente para elas viajar pela página do que pela cidade.

Quando Jen e Weezie violam as convenções da revista em quadrinhos, saltando pela borda, elas nos forçam a pensar sobre como se opera a transição de um quadro para o seguinte em revistas-padrão e não em **meta**quadrinhos. Nós normalmente fazemos certas pressuposições relativas à passagem do tempo e da distância quando um personagem é representado em duas localizações diferentes em dois quadros adjacentes – uma pressuposição subvertida pelo modo de transporte de Weezie e Jen saltando a borda. A habilidade de Jen e Weezie de lidar com o espaço em branco entre as imagens, como se fosse parte de *seu* mundo e não parte do *nosso,* ilustra o papel crítico que as transições entre quadros, e nossas pressuposições a respeito delas, têm em nossa compreensão das revistas em quadrinhos.[87]

---

87. Para uma discussão esclarecedora sobre o papel da borda nas revistas em quadrinhos, veja *Understanding Comics: The Invisible Art*, de Scott McCloud (New York: Harper, 1993), ch. #3.

No quinto quadro, Weezie começa a explicar coisas para uma Jen confusa e exasperada. Weezie, anteriormente, era a Loira Fantasma, personagem de uma revista em quadrinhos da Era de Ouro, publicada pela Timely Comics, de 1946 a 1949 (*The Blonde Phantom* era uma revista em quadrinhos de verdade, e a Timely Comics, no fim, tornou-se a Marvel Comics).[88] No fim, ela se aposentou da luta contra o crime e casou-se com seu chefe, o detetive Mark Mason. Não aparecendo mais em uma revista em quadrinhos semanal, ela e seu marido começaram a envelhecer. Depois de ver seu marido morrer enquanto outros heróis da Timely Comics, tais como o Capitão América e Namor, o Príncipe Submarino, foram revividos, Weezie decide manipular os acontecimentos para que ela possa aparecer nas revistas de quadrinhos de Jen e parar de envelhecer.

A estratégica funciona, e Weezie não envelhece mais. De fato, ela até recupera sua juventude em números posteriores! Weezie, de novo, tem uma clara percepção de, e capacidade para tirar vantagem de, convenções de histórias em quadrinhos, incluindo o fato de que os personagens de revistas em quadrinhos tipicamente não envelhecem. Sua presença em *The Sensational She-Hulk* também nos fornece uma oportunidade para refletir sobre o desenvolvimento das correntes principais das histórias em quadrinhos de super-heróis nas últimas oito décadas. Um exemplo particularmente ressonante ocorre mais tarde nesse mesmo número. Depois de Weezie perguntar por que as roupas de Jen não rasgam de uma maneira imodesta e inapropriada durante as batalhas, Jen mostra a Weezie a etiqueta com o código de quadrinho costurada por dentro de sua camisola, mostrando-nos que a imposição de autocensura da indústria com o código não existia quando Weezie aparecia em sua própria revista.

Não deixe a Mulher-Hulk com raiva...

Números posteriores da temporada de Byrne na *The Sensational She-Hulk* contêm meandros metaficcionais adicionais estranhos. Jen é capaz de viajar entre dimensões, bem como ressurgir depois de ter sido apagada da realidade, rasgando o papel em que a revista é

---

88. *The Blonde Phantom* #12-22 (dezembro de 1946-março de 1949).

impressa e pulando pelo buraco.[89] Ela é capaz de reconhecer regiões do espaço profundo ao perceber que Byrne reutilizou a arte do fundo de um número anterior.[90] Uma das histórias de metaficção mais interessantes, entretanto, ocorre no último número de Byrne da revista.

O número 50 (abril de 1993) começa com Renee, o editor de *The Sensational She-Hulk*, informando a Jen que Byrne morreu e que eles precisam selecionar um novo artista para a revista. Depois são mostradas a Jen uma porção de páginas de prova (retratadas como páginas inteiras da revista em quadrinhos), em que um número de criadores de quadrinhos influentes – Terry Austin, Howard Chaykin, Dave Gibbons, Adam Hughes, Howard Mackie, Frank Miller, Wendy Pini e Walt Simonson – fornece sua própria e distintiva abordagem do personagem. A contribuição de Terry Austin é particularmente interessante: um artefinalista que colaborou com frequência com Byrne, ele retrata Jen e uma hoste de outros personagens no estilo da tira de *Thimble Theatre* (Popeye) de E. C. Segar, com Dudu como Galactus, devorando a lua em um sanduíche dentro de um imenso pão de hambúrguer. Ao ilustrar Jen e sua corte como personagens *Thimble Theatre*, Austin nos força a confrontar as diferenças entre as revistas de grande circulação de super-heróis e as tiras de quadrinhos dos jornais. Em particular, essa página ressalta o fato desconcertante de que as tiras de quadrinhos dos jornais diários são tipicamente mais bobas do que as revistas de histórias em quadrinhos, embora tradicionalmente tenham sido consideradas em um patamar cultural mais elevado do que as revistas de super-heróis de grande circulação. O número 50 acaba com Jen descobrindo Byrne amarrado e trancado em um banheiro. Quando Jen, finalmente, lê sua nova abordagem na revista – uma que a renomeia como Pequena Mulher-Hulk e a retrata, e seu elenco de apoio, como criança –, ela joga Byrne pela janela, matando ironicamente o seu "criador".

The Sensational She-Hulk só durou dez números depois da partida de Byrne. Jen teve de esperar até 2004 para estrelar em outro título solo, mas a espera valeu a pena. Durando de 2004 a 2007, a interpretação do personagem de Dan Slott em *She-Hulk* continuou

---

89. *Sensational She-Hulk* #5 (setembro de 1989) e #37 (março de 1992).
90. *Sensational She-Hulk* # 40 (junho de 1992).

com a abordagem metaficcional da Amazona de Jade, embora com mais sutileza. Nas histórias de Slott, Jen é capaz de usar as revistas em quadrinhos, que carregam o selo do Código dos Quadrinhos, no tribunal como documentos históricos legalmente admissíveis.[91] De novo, uma capa mostra Jen ameaçando rasgar seus gibis favoritos se você não comprar a revista dela (mas, desta vez, são variações da Guerra Civil e não revistas dos X-Men).[92] Tendo como fio condutor o novo emprego de Jen como advogada especializada em defender supervilões capturados, fornece o pano de fundo para uma paródia prolongada dos conceitos e convenções de uma história de revista em quadrinhos.

Quais são os poderes da Mulher-Hulk?

Refletir sobre ambas as abordagens de Byrne e Slott das aventuras solo de Jen coloca mais questões em cena. Os aspectos metaficcionais bizarros das histórias de Byrne e Slott realmente acontecem? Se sim, Jen também tem esses poderes metaficcionais quando aparece nas revistas dos Vingadores e simplesmente escolhe não usá-los? Ou são as aventuras solo metaficcionais de Jen meras histórias imaginárias em uma linha similar à das séries de quadrinhos de longa duração *What If*? Ou, talvez, são meras ilusões que Jen e Weezie compartilham?

Podemos colocar essa questão em termos um pouco mais precisos. Uma obra de ficção, tal como um romance ou história em quadrinhos, pode ser vista como uma descrição parcial de um mundo imaginário ou ficcional, onde as coisas ocorrem como são retratadas dentro da ficção. A maior parte das histórias publicadas pela Marvel Comics se entrecruza e sobrepõe de jeitos complicados, com o propósito de ser compreendida descrevendo um mundo ficcional muito complexo e único – o Universo Marvel. Jen não parece possuir nenhuma habilidade metaficcional estranha quando aparece em *Avengers* ou *Fantastic Four*; porém, nas poucas revistas em quadrinhos em que ela exibe essas características, ou seu comportamento

---

91. *She-Hulk*, vol. 1, #2 (abril de 2004), reeditado em *She-Hulk Vol. 1: Single Green Female* (2004).
92. A capa alternativa para *She-Hulk*, vol. 2, #8 (maio de 2006), reeditado em *She-Hulk Vol. 4: Laws of Attraction* (2007).

confunde outras personagens não-"meta", ou ela é retratada como estando um pouco louca.[93]

Como resultado, existem disputas de longa duração sobre se as histórias da Mulher-Hulk que nós discutimos realmente aconteceram, no sentido de descreverem acontecimentos ficcionais que ocorrem no mesmo universo ficcional como os acontecimentos mostrados em histórias mais tradicionais dos Vingadores, ou se são descrições de algum outro mundo ficcional (talvez um que Jen imagine ou esteja iludida, pensando lá habitar). Como você pode imaginar, a era da internet apenas intensificou essas divergências. Felizmente, não precisamos ficar atolados em discussões de fórum de fãs *on-line*, já que existe uma fonte de maior autoridade para a qual podemos nos voltar: o *Official Handbook of the Marvel Universe*.

A versão original do *Official Handbook* foi publicada em 1982, e numerosas versões atualizadas e acréscimos foram publicados desde então. O *Official Handbook* consiste em biografias detalhadas e dados para personagens principais e menores no Universo Marvel, e trechos relevantes desse livro de referências ímpar são frequentemente incluídos como "material de bônus" no fim de coleções reeditadas de edições encadernadas. Se, como parece razoável, podemos tratar o *Official Handbook* como a fonte definitiva a respeito do que é ou não o caso no Universo Marvel, então apenas precisamos consultar o verbete para Jennifer Walters (na verdade ela é listada como Mulher-Hulk) e consultar a descrição de seus poderes e habilidades.

Na verdade, as coisas não são tão simples. Novas edições do *Official Handbook* não apenas contêm informações adicionais que não estavam disponíveis em edições anteriores. De fato, acontecimentos em edições anteriores podem não ser mais fatos em edições posteriores por meio de um processo chamado continuidade retroativa ou *retrocontinuidade*, em que histórias posteriores (em geral envolvendo viagem no tempo ou seres cósmicos todo-poderosos) mudam os fatos de histórias passadas, ou pelo menos nossa interpretação de tais fatos. Jen foi vítima de tal retrocontinuidade. Em *Uncanny X-Men* #435 (dezembro de 2003), ela é retratada fazendo sexo com Juggernaut (o Fanático), mas mais tarde é revelado que na verdade era um

---

93. Por exemplo, veja *Damage Control*, vol. 2, #3 (janeiro de 1990).

duplo de Jen Walters de uma dimensão paralela.[94] De qualquer modo, enquanto fatos sobre o que aconteceu ou não no passado possam ser mudados por acontecimentos estranhos no futuro, resultando em revisões ao *Official Handbook*, presumivelmente mudanças em que poderes que um determinado personagem possua em um ponto no tempo em particular não devem mudar. Ou é o que se pode pensar.

Se consultarmos o *Official Handbook*, acontece que mesmo essa fonte definitiva é menos definitiva do que poderíamos esperar. O verbete de Jen no *Official Handbook,* incluído em maio de 2002, na entrada única *Thing and She-Hulk: The Long Night,* afirma que:

> A determinada altura, a Mulher-Hulk e [Weezie] Mason compartilharam a crença de que elas e os que as cercavam eram personagens em uma revista em quadrinhos, mas essa ilusão pouco refreou as habilidades de luta da Mulher-Hulk, e ela parece não ter mais sofrido desse mal.[95]

Vários anos depois, contudo, o verbete do *Official Handbook* para Jen, incluído na *Marvel Encyclopedia: The Avengers,* em 2008, contém a seguinte informação sobre seus superpoderes:

> Ela pode trocar de físico com outros humanos usando técnicas mentais de Ovoide e parece ter a habilidade de perceber seres extradimensionais observando-a, um poder similar ao da habilidade de seu primo de ver formas astrais; Jen tende a minimizar esta última característica, já que falar com uma audiência não vista tende a perturbar os que estão à sua volta.

Essa última descrição não apenas lista a autoconsciência metaficcional como um de seus superpoderes, como também tenta legitimar como um superpoder razoável nos limites do Universo Marvel ao compará-lo com a habilidade do Incrível Hulk de perceber entidades sobrenaturais.

---

94. *She-Hulk*, vol. 2, #21 (setembro de 2007), reeditado em *She-Hulk Vol. 5: Planet Without a Hulk* (2007).
95. *Thing and She-Hulk: The Long Night,* entrada única (maio de 2002), reeditado em *The Thing: Freakshow* (2005).

Talvez Jen esteja lendo este capítulo agora mesmo

Eu não tentarei determinar, definitivamente, se as aventuras metaficcionais de Jen realmente aconteceram, embora pareça improvável que uma mulher altamente iludida pudesse com sucesso equilibrar uma carreira como advogada e papéis tanto nos Vingadores como no Quarteto Fantástico. Ressaltarei, no entanto, que a questão não é meramente uma preocupação infantil de um fã sobre os detalhes da continuidade Marvel (não que exista algo de errado com isso!). O enigma é de maior monta. Se os aspectos metaficcionais das aventuras solo de Jen são imaginários ou ilusórios, então eles colocam em dúvida a confiabilidade da metaficção, assumida como um registro rigoroso do que acontece no mundo ficcional, supostamente sendo descrito. Como resultado, precisaremos reavaliar o papel que o conteúdo metaficcional tem na descrição dos mundos ficcionais que esse tipo de ficção se propõe a descrever. Dada a crescente frequência e importância da metaficção nos quadrinhos e outras formas de arte, incluindo literatura e filmes, isso promete ter um grande impacto no modo como compreendemos as narrativas em geral. Mais significativo, talvez isso tenha um impacto profundo em como entendemos Jennifer Walters, a Sensacional Mulher-Hulk – e, talvez, como ela entende a si mesma.[96]

---

96. Agradecimentos a Rob Callahan, Alice Leber-Cook, Stephen Nelson e uma plateia na University of Minnesota-Morris pelo *feedback* de grande ajuda sobre este material.

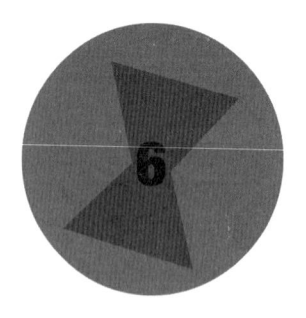

A Autocorrupção de Norman Osborn: Uma História Admonitória

Robert Powell

É provável que essa tenha sido a ameaça existencial mais grave no Universo Marvel: os Skrulls haviam lançado uma das campanhas mais sofisticadas para cumprir sua profecia religiosa de conquistar a Terra. Usando suas habilidades como transmorfos, eles se infiltraram no mundo de nossos heróis, substituindo heróis confiáveis e icônicos em preparação para uma invasão em larga escala. A batalha subsequente pela Terra iria moldar a condição do Universo Marvel pelos anos seguintes.

Um dos muitos efeitos arrepiantes da invasão Skrull – além dos elos de confiança e solidariedade entre os heróis do mundo serem partidos – foi a completa falha e corrupção das instituições protetoras da Terra. Como consequência da invasão Skrull, a S.H.I.E.L.D. foi desmantelada e Norman Osborn, o ex-Duende Verde, recebeu as "chaves do reino": a diretoria da segurança nacional. Imediatamente, ele transformou a S.H.I.E.L.D. em M.A.R.T.E.L.O., consolidou uma sociedade secreta de vilões maquiavélicos e reuniu sua própria equipe de Vingadores – os Vingadores Sombrios –, feita de substituições dos verdadeiros heróis, como Wolverine e o Homem-Aranha. Como veremos neste capítulo, o "Reino Sombrio" de Osborn é uma história admoestatória com uma lição filosófica.

A oratória de Osborn e o Reino Sombrio

A subida ao poder de Osborn espelha alguns temas específicos nos diálogos de Platão (429-347 a.C.), que destacam Sócrates (469-399 a.C.), seu professor, e Górgias (485-380 a.C.), um orador ateniense. Górgias foi um dos primeiros *sofistas*, que desenvolveu uma escola de retórica interessada na persuasão, e a quem Sócrates criticou por negligenciar o valor intrínseco da verdade em favor da busca do autointeresse.

Sócrates faz uma distinção crítica entre *técnica* (ou arte) e *habilidade*. A anterior é um esforço genuíno destinado a produzir algo de valor, enquanto a última é uma mera simulação da técnica. Atos de sofismos, tais como a retórica de Górgias, corrompem o indivíduo limitando sua capacidade de buscar a verdade e corrompem a sociedade, ao trocar um esforço verdadeiro por um substituto frágil. O protegido de Górgias, Pólus, defende com veemência a empreitada sofista, afirmando que qualquer um iria invejar e admirar os sofistas com o poder de persuasão que os capacitou a aprisionar quem eles quisessem e confiscar propriedades. Aos olhos de Pólus, tal personagem representa o ideal sofista e prova o valor dessa "arte". Sócrates mantém-se firme, contudo, apontando que tais sofistas devem ser dignos de pena, em vez de serem admirados, já que eles não têm controle sobre si mesmos e, no fim, nenhum poder.

Norman Osborn tem muito em comum com o ideal sofista de Pólus. Ele não apenas usa sua nova posição para buscar seu próprio bem-estar ao custo da sociedade como um todo, mas o faz subvertendo instituições de heróis estabelecidas, como a S.H.I.E.L.D e os Vingadores, substituindo uma cópia pela "coisa real". Mais ainda, tanto durante como depois da invasão Skrull, Osborn prova ser ele mesmo um esperto na mídia, favorecendo o uso estratégico da retórica para disfarçar a verdade. Sua defesa do capital nacional tem duração bem específica e é bem documentada, e seu tiro que derruba a Rainha Skrull é capturado pela câmera minutos depois de Tony Stark ser observado abandonando a batalha para consertar seu traje – e ambos asseguram a subida de Osborn à liderança da M.A.R.T.E.L.O.[97] É digno de nota que, ao manter o paradigma sofista, nunca é revelado

---

97. *Thunderbolts* #125 (dezembro de 2008), reeditado em *Thunderbolts Vol. 3: Secret Invasion* e *Secret Invasion* #8 (janeiro de 2009), reeditado em *Secret Invasion* (2009). Para saber mais sobre a manipulação de Osborn da confiança do público nos Vingadores, veja o capí-

durante todo o Reinado Sombrio o que significa a M.A.R.T.E.L.O. de verdade. Independentemente disso, ela carrega a imagem de uma organização que responde à insegurança e à ansiedade difundidas, e uma que não parará diante de nada em nome da segurança.

A primeira recrutada para a M.A.R.T.E.L.O. por Osborn é Victoria Hand, uma mulher conhecida nas altas esferas da S.H.I.E.L.D. por sua crítica às políticas "amenas" de Nick Fury. A Hand é oferecida a posição de diretora-geral e Osborn lhe dá a primeira missão:

> Eu quero acabar com os descontentes. Eu quero um exército de homens e mulheres prontos para retomar o mundo. E aqueles que não estiverem preparados serão substituídos. Eu quero um relatório completo sobre a iniciativa do quinto estado... eu quero que você pegue esse Porta-Aviões Filão de Verbas da Starktech e eu quero que ele seja eliminado...Você usa meus projetos. Você os coloque em plena produção. Eu quero esse vermelho e dourado fora das vistas.[98]

Osborn planeja deixar sua marca no mundo de um jeito territorial, salvaguardando de modo ciumento e vigilante seu "reino" contra qualquer um que ouse se opor a ele. Para esse objetivo, ele também reúne seus Vingadores Sombrios, incluindo muitos vilões colocados nos papéis de Vingadores (tais como Mercenário posando de Gavião Arqueiro) e alguns Vingadores especialmente voláteis e desequilibrados (tais como Ares e Sentinela, respectivamente). Por fim, Osborn adapta alguns restos da armadura de Stark em um motivo vermelho, branco e azul e se autoapelida de Patriota de Ferro.

A identidade dividida de Osborn

A grande confiança e, talvez, dependência de Osborn da mídia cria um simulacro irreal em que ele mesmo se prendeu ao renunciar a qualquer forma de autoaperfeiçoamento. É importante lembrar que

---

tulo intitulado "Fazendo Brilhar a Luz sobre os Vingadores Sombrios", de Sarah Donovan e Nick Richardson, neste volume.

98. *Dark Avengers* #1 (março de 2009), toda a série foi reunida no capa dura *Dark Avengers* (2011).

sua subida ao poder envolveu o roubo de informação ou equipamento de outros heróis. De fato, muito de sua estratégia ao subir ao poder envolveu manipular ou corromper estruturas que já estavam prontas. Com relação a isso, as intenções e o comportamento de Osborn espelham os de Alcebíades no diálogo de platão *Alcebíades*, focado na importância da autenticidade.

Alcebíades é um nobre ateniense jovem e arrogante que fica chocado ao descobrir, depois de sua discussão com Sócrates, que sabe muito pouco sobre justiça. Com uma série de questões muito bem construídas, Sócrates revela a completa ignorância de Alcebíades sobre a raiz de conceitos de coisas sobre as quais ele deseja falar em público com autoridade. Sócrates tenta persuadir Alcebíades em uma direção mais virtuosa, advertindo-o de que sua ganância e sede por fama estão fora de lugar e são consequência de sua falta de autoconsciência. Alcebíades compara-se e compete com seus colegas oficiais de Atenas. Em resposta, Sócrates ressalta que Alcebíades, na verdade, está se prejudicando e negligenciando os problemas que recobrem a cidade. Ele diz a Alcebíades que alguém só pode crescer por meio da autorreflexão crítica, tipicamente com amigos que vigiam por seu melhor interesse e não cairão presa da lisonja.[99]

Falta a Osborn o *insight* que Sócrates transmite a Alcebíades, e serve como uma história admonitória. Como Alcebíades, Osborn busca impor sua influência em qualquer lugar que possa, à custa de mais opções socialmente benéficas e colaborativas. Ele aborda seu novo papel com todas as suas vendetas pessoais expostas e ao mesmo tempo mascaradas sob o disfarce de segurança nacional. Por exemplo, no período logo após o evento Utopia, Osborn busca vingança pessoal contra Namor, massacrando atlantes em nome da segurança nacional.[100] Infelizmente, ninguém o avisa, como Sócrates preveniu Alcebíades. Em vez de cultivar a companhia de verdadeiros amigos que o manterão na linha, Osborn cerca-se principalmente de companheiros

---

99. *Alcibiades*, em *Complete Works*, Platão, ed. John M. Cooper (Indianapolis: Hackett, 1997), 132e-135e. A paginação-padrão é dada sempre que Platão for citado, de modo que você possa encontrar as passagens relevantes em qualquer tradução respeitável.
100. *Dark Reign: The List – X-Men* (novembro de 2009), reeditado em *Dark Reign: The List* (2010).

de vilania, que não criticarão suas metas e ações e estão a postos para tirar vantagem de sua falha iminente.

Na superfície, Osborn parece ser um servidor civil são e leal, mas por baixo ele é simplesmente tão monstruoso como sua *persona* alternativa, o Duende Verde. Nesses termos, ele é como Robert Reynolds, o Sentinela, que tinha uma segunda personalidade chamada Vácuo. Para Reynolds (como na física), cada ato benéfico executado pelo Sentinela resulta em um ato de malevolência equivalente pelo Vácuo.[101] Uma versão amplificada do soro de supersoldado que criou o Capitão América deu a Reynolds o "poder de 1 milhão de sóis explodindo", mas por outro lado também criou a *persona* do Vácuo, com quem ele lutou durante anos para manter controle sobre seus poderes. Mais tarde, é revelado, na série dos Vingadores Sombrios, que Osborn se ofereceu para "ajudar" Reynolds dando-lhe uma nova fórmula, uma que, de fato, deu ao Vácuo o controle sobre o Sentinela.[102] É apropriada a escolha de Osborn por corromper o Sentinela, um homem cuja aflição espelha a sua própria. Muitas vezes, Osborn luta com o Duende Verde pelo controle de sua mente, particularmente em tempos de tensão.

Durante suas primeiras missões, Osborn assegura a Reynolds que não existe nenhum Vácuo, mas, quando Reynolds expressa hesitação em massacrar os terroristas atlantes, Norman diz a ele: "Você não tem de fazer nada, Bob... Nós precisamos dele para isso. Nós precisamos da Mão de Deus para mandar esses bastardos para o inferno".[103] Não é por acaso que Osborn joga com a mente de Reynolds, enquanto o livra da responsabilidade pelas ações de Vácuo. Depois de descobrir que o heroico Noh-Varr, seu Capitão Marvel, deixou sua equipe de Vingadores, Osborn retira-se para seus aposentos privados, onde ele luta com sua *persona* Duende: "N..n..não... Eu estou no controle. Eu. Não você. Eu. Eu estou no controle", a que o Duende responde: "Ó, Norman... Norman, Norman, pare de iludir-se. Eu estou aqui, eu sempre estou aqui".[104] Ao libertar o lado maligno do Sentinela, Osborn pode estar limpando o caminho para deixar o Duende sair

---

101. *Sentry* #1-5 (2000-2001), reeditado em *The Sentry* (2005).
102. *Dark Avengers* #13 (março de 2010).
103. *Dark Avengers* #6 (agosto de 2009).
104. *Ibid.*

também, absolvendo-se de qualquer responsabilidade pelo que faz em seguida.

Sacuda o Duende

> Você vai conseguir... você é à prova de balas. Intocável.
> Os líderes do mundo livre levarão décadas
> para entender o que você realizou.
>
> Loki[105]

Com sua equipe de Vingadores e uma autoimagem de herói devotado protegendo seu país, o que falta à equação de Osborn é uma guerra não autêntica. Tudo fica redondo quando Loki – disfarçando-se como a *persona* Duende Verde – incita um Osborn mentalmente frágil a lançar um ataque a Asgard sem uma sanção presidencial.

O Cerco de Asgard é o monumento definitivo ao sofisma de Norman Osborn, porque ele coloca o país em perigo de propósito em nome da segurança nacional. Para parecer bem-sucedido em seu dever de proteger a nação, ele escolhe colocá-la em risco ativamente, criando o problema para o qual ele pode fornecer a solução. Significativamente, não existem salvaguardas institucionais prontas para funcionar que o impeçam de fazê-lo, um fato de que ficamos convencidos quando vemos a Casa Branca arquitetando sua reação ao Cerco. Totalmente ciente da insubordinação de Osborn, o presidente questiona sua equipe sobre as opções que eles têm.[106] Um de seus subordinados lamenta que comumente eles chamariam os Vingadores em tal caso, porém, ironicamente, eles estão sob comando de Osborn.

Antes de começar o Cerco, a esposa do Sentinela, Lindy, revela como seu marido foi um adicto de narcóticos antes que o soro o transformasse em Sentinela:

> Em vez de drogas... transformou-se em poder. Ele ficou viciado no Sentinela. E ele tinha tanto controle sobre essa adicção quanto tinha da outra. Então, isso responde à pergunta, certo? Quem é o Sentinela? Quem é o Vácuo?

---

105. *Siege: Loki* #1 (março de 2010), reeditado em *Siege: Battlefield* (2010).
106. *Siege* #1 (março de 2010), reeditado em *Siege* (2010).

É o que acontece quando alguém que não merece o poder consegue poder.[107]

A análise e julgamento de Reynolds que Lindy faz para Osborn, e o restante de seus Vingadores também, coloca o Cerco de Asgard em perspectiva e destaca o porquê de tudo caminhar para chegar a tal desastre. Depois de interrogar o Vácuo, Osborn descobre que Lindy é a última fonte remanescente de controle consciente de Reynolds. Com o objetivo de proteger sua arma mais preciosa, Osborn faz o Mercenário (seu falso Gavião Arqueiro) ceder aos seus instintos assassinos, matando Lindy.[108] Com todas suas armas funcionando, Osborn começa seu Cerco, destruindo por fim a cidade de Asgard com um Sentinela enraivecido controlado por Vácuo.

Durante o Cerco, Ares descobre que Osborn o havia manipulado para que liderasse o assalto contra seus colegas deuses. Ele fica chocado e raivoso quando Heimdall, o asgardiano que vê todos os nove reinos, informa-lhe que ele não estava salvando Asgard da loucura de Loki, mas, sim, ajudando-o.[109] Em resposta a seu amotinamento, o Vácuo literalmente rasga Ares em dois, o que é transmitido ao vivo pela televisão e visto pelo filho de Ares, Fobos (um dos Guerreiros Secretos de Nick Fury). Em retaliação, o jovem deus ataca a Casa Branca. Incapaz de confrontar pessoalmente o presidente, Fobos deixa uma nota reprovando-o pelas escolhas que ele fez e que levaram à situação atual com Osborn:

> Caro Mortal líder de Estado, eu vim aqui para explicar-lhe a verdade e a total consequência de suas ações durante os últimos meses... Certamente, o destino favorece a você e aos homens por mim poupados com prazer. Mas, antes de lavar suas mãos do sangue de meu pai, eu o encorajaria a refletir sobre o que nos levou a este ponto. Você sacrificou a honra por conveniência. Você trocou intensões por ação rápida. Você estava errado e todos nós sofremos por seu erro.[110]

---

107. *Dark Avengers* #13.
108. *Dark Avengers* #14 (abril de 2010).
109. *Siege* #2 (abril de 2010), reeditado em *Siege*.
110. *Siege: Secret Warriors* #1 (junho de 2010), reeditado em *Siege: Battlefield*.

A carta de Fobos fala não apenas ao presidente dos Estados Unidos, mas também ao sistema mais amplo que permitiu que indivíduos que não merecem o poder, e não estavam preparados para ele, o adquirissem. Também é adequado que o Cerco forneça uma oportunidade para os heróis da velha guarda colocarem de lado suas diferenças do passado e trabalharem juntos em um momento crítico, acabando com o Reinado Sombrio e iniciando a Era Heroica.

Preso em sua própria armadilha

Por fim, Osborn – o proverbial sofista e Alcebíades – é vencido por sua própria avareza, quando ele é traído pelas mesmas instituições que criou (tais como os Vingadores Sombrios e o maligno Cabal) para assegurar o poder. Sua falta de autocontrole e adicção destrutiva ao poder espelha as de Sentinela, e é adequado que seja publicamente revelado que ele está sob influência do Duende Verde depois de o Vácuo ser revelado controlando o Sentinela.

Osborn poderia ter se tornado um herói se tivesse reinado sobre suas paixões e se comprometido à genuína integração e desenvolvimento de seu caráter. Infelizmente, ele tinha poucos pares honestos, como Victoria Hand, em seu regime, e suas oportunidades para a autorreflexão crítica foram poucas e raras. Quando encarcerado depois do Cerco, analisa as razões de ter conduzido seu dever do jeito que conduziu, mas é uma racionalização distorcida, conduzida por uma avaliação exagerada dos perigos no Universo Marvel.[111] O calcanhar de Aquiles de Osborn é sua insegurança, que o leva a reagir com aspereza a fontes de poder diversas e independentes. Em vez de integrar e compreender fontes potenciais e poderosas de poder, ele tentou barateá-las, possuí-las e subvertê-las. Por fim, suas ambições e inseguranças eclipsaram todo seu potencial heroico. Ele teve grande poder, mas nunca assumiu a grande responsabilidade que veio com esse poder – especialmente consigo mesmo.

---

111. *Dark Avengers* #16 (julho de 2010) e *Osborn* #1-5 (janeiro a junho de 2011, reeditado em *Osborn: Evil Incarcerated*, 2011).

Parte 3

OS VINGADORES DEVERIAM FAZER MAIS DO QUE VINGAR?

Reunião dos Clementes

Daniel P. Malloy

A primeira revista em quadrinhos que comprei foi um número do *West Coast Avengers*, um subproduto de longa duração da revista principal *Avengers*. Eu não me lembro do tema ou que número era. Só me lembro de três coisas: ele me custou 75 *cents* (!), acabou em uma situação de suspense de algum tipo – e tinha uma capa muito boa, razão pela qual eu o comprei. A capa exibia um desenho ótimo de um cara vestido de roxo e segurando um arco e flexa. Não percebi na época, ou mesmo depois de ter lido a revista (muitas e muitas vezes), mas aquele cara na capa era um vilão. Não naquela revista em quadrinhos, é claro, naquela época ele era um herói bem estabelecido, mas muito antes em sua carreira, vestido de roxo. Anos mais tarde descobri que o personagem cujo desenho e armamentos haviam despertado meu interesse por história em quadrinhos – Clint Barton, o herói chamado Gavião Arqueiro – havia, de fato, iniciado sua vida como um vilão.

Gavião Arqueiro não é o único ex-vilão entre as fileiras dos Vingadores. Vários outros membros da equipe notória no decorrer dos anos – a Feiticeira Escarlate, Mercúrio, Visão, Homem-Maravilha e a Viúva Negra, para citar alguns – começaram sua vida do lado errado da lei. É claro que outras equipes de super-heróis recrutaram das fileiras de seus inimigos, mas não com tanta frequência e proeminência quanto os Vingadores. Esse fato digno de nota nos dá oportunidade de explorar dois dos mais fascinantes, e ao mesmo tempo perturbadores, tópicos da filosofia moral – perdão e redenção –, questões com as quais se deve lidar juntas. Sem o perdão não pode haver redenção, e a clemência que não produz redenção é vazia.

Viagens no tempo, continuidade retroativa e perdão

No universo das revistas de quadrinhos, diferentemente do mundo real, é possível mudar o passado. De vez em quando, heróis ou vilões voltam no tempo para mudar ou preservar o curso da história – esse é o *modus operandi* de Kang, o Conquistador. Com mais frequência, os escritores decidem que algo aconteceu no passado, que eles falharam em mencionar ou seus personagens ignoravam a respeito, então eles preenchem os vazios, sem mudar tanto a história, mas completando-a (depois do fato). Nos casos mais extremos, os escritores julgam que a história de seus personagens não funciona mais, por alguma razão, então eles criam uma nova. Fãs – em geral em tom crítico – chamam esse processo de *retcon*, contração para continuidade retroativa, mudar histórias do passado para torná-las consistentes com as histórias presentes. Essa habilidade fantástica possuída por criadores de histórias em quadrinhos é uma das razões pela qual poucos heróis e vilões das histórias em quadrinhos permanecerem mortos para sempre – se os escritores não encontrarem um jeito de trazê-los de volta à vida em histórias atuais, eles mudam as anteriores de modo que eles não tenham morrido de verdade.

Infelizmente, nós, no mundo real, estamos muito bem presos ao passado como ele foi. Ah, podemos negar ou mentir a respeito dele, mas não podemos, realmente, mudar os fatos passados – o que aconteceu, aconteceu, e é assim que sempre será. Isso é o que a filósofa Hannah Arendt (1906-1975) chamou de "proposição da irreversibilidade".[112] Uma vez que um acontecimento tenha ocorrido, ou a ação desencadeada, não existe volta. Essa proposição nos afeta mais pessoalmente quando o que gostaríamos de reverter é alguma ação que seja nossa ou uma que nos tenha afetado. Quem não gostaria de voltar atrás e retratar aquelas palavras ofensivas ou recuperar aquela resposta mordaz em que você só pensou depois de deixar a festa? Quem não gostaria de evitar ser agredido ou traído? Entretanto, não

---

112. Hannah Arendt, *The Human Condition* (Chicago: University of Chicago Press, 1998), p. 236-243.

podemos fazê-lo. O melhor que podemos fazer é administrar como nos sentimos sobre aquele fato.

Por estarmos falando em perdão, vamos focar em um caso em que uma pessoa prejudicou outra – ou, pelo menos, em que uma pessoa sente que foi prejudicada por outra. Considere Simon Williams, o Vingador conhecido como Homem-Maravilha, e originalmente como Gavião Arqueiro, um vilão. Com a ajuda do vilão Barão Zemo, Simon foi exposto à "energia iônica" e adquiriu superpoderes em uma tentativa de realizar vingança contra Tony Stark (conhecido também como o Homem de Ferro). As Indústrias Stark estavam em competição direta com a Inovações Williams, de propriedade da família de Simon. Stark não competia injustamente com Williams – ele simplesmente oferecia produtos melhores a preços mais baratos, ou alguma combinação do gênero. Mesmo assim, Williams acreditou ter sido ofendido por Stark e tornou-se o Homem-Maravilha para buscar vingança.[113]

Existem vários modos de lidarmos com ofensas recebidas, mas todos começam de uma reação básica, talvez até instintiva: o ressentimento. Ressentimento não é algo ruim em si. De fato, é uma parte concebível e importante da autopreservação – pelo menos de acordo com o filósofo e teólogo Bispo Joseph Butler (1692-1752). Nos sermões de Butler sobre o ressentimento e o perdão, ele argumenta que o ressentimento não deveria ser visto como uma falha moral. Ele é, simplesmente, uma reação necessária a ser ofendido ou prejudicado, e nos ensina a evitar situações similares no futuro.[114] O ressentimento pode, contudo, tornar-se uma falha moral, se permitimos que o ressentimento excessivo controle nossas ações, como no caso do Homem Maravilha.* O ressentimento excessivo leva à vingança – e o antídoto para ele é o perdão.

Os argumentos de Butler para a ligação entre perdão e ressentimento foram tomados como evangelho (tentativa de trocadilho – por favor, perdoem-me) pela maioria dos filósofos contemporâneos que pensam sobre o perdão, embora eles também, tipicamente, afirmem

---

113. *Avengers*, vol. 1, #9 (outubro de 1964).
114. Bishop Joseph Butler, "Sermões VIII e IX", em *Fifteen Sermons*, (London: Ware, Longman, e Johnson, 1774).
*N.R.: No Brasil, o Homem Maravilha (Wonder Man) também é conhecido como Magnum.

que a definição de Butler é correta, porém incompleta. Por exemplo, desculpas colocam um problema em específico na explicação de Butler. Por desculpas, eu não quero dizer as clássicas como "o cachorro comeu minha tarefa escolar" ou "eu estou com dor de cabeça". Nesse contexto, uma desculpa é uma razão por ter agido ou falhado em agir que mitigue ou elimine a responsabilidade moral (ou legal).[115] Por exemplo, já que Visão era um "sintetizoide" criado e programado por Ultron para destruir os Vingadores, plausivelmente ele não era responsável por aquelas ações, então ele tinha uma desculpa em nossa acepção.[116] O problema com as desculpas de acordo com a explicação de Butler sobre o perdão tem a ver com elas também suprimirem ou reduzirem o ressentimento, mas de um jeito completamente diferente. Temos de acrescentar à explicação de Butler que o perdão não nega a responsabilidade do ofensor por suas ações.

Ao mesmo tempo, o perdão, como as desculpas, mantém uma aura de desaprovação. Quando eu perdoo alguém, devo manter que a ação pela qual estou perdoando foi errada, para início de conversa. Ela não é transformada em correta pelo meu perdão – o perdão não sanciona uma ação. Este pode parecer um ponto bastante óbvio, mas não evita que as pessoas fiquem confusas a respeito. Por exemplo, pegue o caso do segundo Cavaleiro Negro moderno, Dane Whitman. Tentando provar seu valor para os Vingadores e expiar os malfeitos de seu tio (seu predecessor vilão, o Cavaleiro Negro), Dane se infiltra e depois trai a segunda encarnação dos Mestres do Mal.[117] Bem, como seria de se esperar, Dane teve de fazer algumas coisas bem desagradáveis para se unir ao grupo – afinal, eles são Mestres do *Mal*. Bem no finalzinho, sabemos que Dane teve de mentir para seus colegas Mestres do Mal. Esses feitos, porém, não precisam ser perdoados. Nós fecharíamos os olhos para eles; qualquer mal que Dane tenha feito, no fim das contas, no interesse de prevenir até um mal maior pelos Mestres do... bem, você sabe.

---

115. Para uma discussão filosófica brilhante das desculpas, veja "A Plea for Excuses", de J. L. Austin, em *Philosophical Papers* (New York: Oxford, 1979), p. 175-204.
116. *Avengers*, vol. 1, #57 (outubro de 1968), reeditado em *Essential Avengers Vol. 3* (2001).
117. *Avengers*, vol. 1, #54-55 (julho-agosto de 1968), reeditado em *Essential Avengers Vol. 3* (2001).

O Capitão pode perdoar o resto de sua Quadrilha?

Portanto, o perdão é o ato de abandonar o ressentimento contra o malfeitor sem negar sua responsabilidade pelo mal feito (como o seria desculpá-lo), ou a incorreção da falta (como no caso da aceitação do mal feito). Existem (pelo menos) duas razões para oferecer o perdão. Primeiro, o perdão beneficia quem perdoa, porque sustentar o ressentimento é permitir ao malfeitor mais poder sobre si do que ele merece. Segundo, ao perdoar os malfeitores, tornamos possível a reconciliação entre nós e eles. Oferecer o perdão é um passo ao reestabelecimento do relacionamento entre o malfeitor e a pessoa a quem o mal foi feito. Por isso que responder a pergunta no título desta parte – "O Capitão pode perdoar o resto de sua Quadrilha?" – é capcioso, porém essencial para compreender o segundo alinhamento mal-afamado dos Vingadores, bem como o próprio perdão.

No número 16 de *Avengers* (vol. 1, maio de 1965), os membros fundadores da equipe decidem que eles precisam dar um tempo. Eles não estão desfazendo a equipe ou deixando-a totalmente – simplesmente precisam de algum tempo de descanso (depois dos primeiros 15 números cansativos). Então, procuram substitutos, e eles os encontram bem depressa na forma de três *supervilões* reabilitados: Gavião Arqueiro, Mercúrio e Feiticeira Escarlate. Anteriormente, Gavião Arqueiro havia sido um antagonista menor do Homem de Ferro (sob influência da Viúva Negra, pasmem, também uma vilã na época), e Mercúrio e a Feiticeira Escarlate haviam sido membros da Irmandade original de Magneto (seu pai), os Mutantes do Mal (perceba a palavra "mal"). Juntos com o membro fundador honorário Capitão América (a quem os "verdadeiros" membros fundadores degelaram de um bloco de gelo no quarto exemplar da série), esses malvados transformados em bonzinhos se tornaram a nova equipe dos Vingadores.

O problema com a Quadrilha do Capitão América, como essa encarnação dos Vingadores ficou conhecida, é que eles, de certo modo, se tornaram heróis "da noite para o dia". Em retrospecto, várias décadas e centenas de histórias mais tarde, não existem dúvidas de que eles eram sinceros, embora Mercúrio ainda permaneça um idiota arrogante de cabeça quente, o Gavião Arqueiro – bem, ele é um arrogante idiota de cabeça quente também – e a Feiticeira Escarlate, bem, ela tem seus próprios problemas, dos quais falaremos mais tarde. (Em contraste, o Capitão simplesmente morreu algumas vezes, mas agora ele está melhor.) Apesar de tudo, ainda devíamos nos preocupar com o fato de que esses três foram responsáveis por feitos maléficos. Um vilão não pode simplesmente dizer "Ah, bem, olhe, eu pensei a respeito e, bem, agora eu sou um cara do bem". Os malfeitos não desaparecem quando alguém mudou de opinião, nem desaparecem simplesmente por alguém dizer que está tudo bem. Nesse caso, é apropriado ter sido o Homem de Ferro quem introduziu a nova equipe dos Vingadores, porque toda a carreira criminosa do Gavião Arqueiro basicamente se consistiu em desafiá-lo. Então, o Homem de Ferro tinha o que a filósofa contemporânea Claudia Card chama de "poder moral" de perdoar o Gavião Arqueiro: sendo vítima dos crimes do Gavião Arqueiro, o Capacete de Aço tinha a autoridade de conceder absolvição e perdão.[118]

Quem perdoará os Mutantes?

Porém, Mercúrio e a Feiticeira Escarlate – os irmãos mutantes Pietro e Wanda Maximoff – constituem mais que um problema. Para falar a verdade, existem fatores atenuantes no caso deles: por exemplo, eles só se uniram à Irmandade dos Mutantes do Mal como retribuição por uma dívida com Magneto, por ele ter salvado a vida de Wanda de uma multidão antimutante.[119] Para demonstrar sua gratidão, Wanda e Pietro juraram sua lealdade à causa pró-mutante de Magneto, e se tornaram supervilões. Quando eles decidiram que seus débitos haviam sido saldados, eles deixaram o serviço de Magneto e, mais tarde, (naturalmente) bateram à porta dos Vingadores, prontos para servir. Portanto, cometeram crimes quando estavam com Magneto, embora com relutância, e nunca foram punidos. Então, temos de presumir que seus crimes foram perdoados ou desculpados. Por quem? A única pessoa com qualquer poder óbvio para perdoar ou desculpar são as vítimas, e nós nunca vimos ou ouvimos nada delas. Sem isso não temos como dizer que o perdão foi concedido.

---

118. Claudia Card, *The Atrocity Paradigm: A Theory of Evil* (New York: Oxford University Press, 2002), capítulo 8.
119. *X-Men*, vol. 1, #4 (março de 1964), reeditado em *Essential Uncanny X-Men Vol. 1* (2010).

Existem casos atípicos, contudo, em que o perdão pode ser dado sem a concordância das vítimas. Por exemplo, suponha que Pietro e Wanda tivessem, no curso de suas carreiras como supervilões, acidentalmente, causado a morte de um segurança chamado Stanley. É óbvio que, no caso de morte, a vítima não pode perdoar ou desculpar o que aconteceu. Se Stanley não está disponível para perdoar Pietro e Wanda, quem pode perdoá-los? Talvez ninguém, caso em que seu feito maléfico ficará para sempre em suas mentes. Porém, talvez o segurança tivesse uma esposa. Caso que, é claro, torna seus crimes piores, mas há aí um lado otimista. A esposa de Stanley também é uma vítima do crime dos Maximoff e, como tal, ela tem o direito de falar não apenas por si, mas também por seu marido. Ela pode, se assim escolher, conceder o perdão a Pietro e a Wanda.

Este é um caso descomplicado do que chamamos de *perdão da terceira parte*. As coisas tornam-se mais complicadas quando a terceira parte não é uma vítima direta ou indireta do crime, como quando os Vingadores concedem um tipo de absolvição a Mercúrio e à Feiticeira Escarlate, ao permitirem a eles que se reúnam à equipe. Para perceber por que isto é um problema, repense a análise do Bispo Butler em que o perdão é abrir mão da vingança e superar o ressentimento. Uma terceira parte que não foi afetada pelo malfeito não tem motivos para sentir ressentimento e nenhum motivo para vingança. Portanto, parece que não pode haver uma coisa do tipo perdão de terceiro, e os Vingadores, mesmo o Capitão, não podem absolver Mercúrio e a Feiticeira Escarlate por seus crimes.

Essa compreensão do perdão, contudo, assume uma visão estreita do que é ser prejudicado por um crime. Um crime é uma violação da lei, e nosso dever de obedecer a leis, morais ou outras, não depende apenas de nosso relacionamento com quaisquer pessoas ao acaso que possamos ferir ao não obedecer a elas. Esse dever está relacionado de um modo mais geral à comunidade – razão pela qual podemos ser punidos por crimes em que não existem vítimas específicas. Quando atravesso a rua desatento, por exemplo, não estou prejudicando ninguém – apenas estou cruzando a rua de um jeito ilegal. De fato, é provável que a única pessoa a sofrer algum ferimento corporal pelo meu hábito de ignorar as faixas de pedestres sou eu (se não fosse por minha constituição hercúlea, é claro). Independentemente disso, ao ignorar as leis sobre onde e quando eu posso cruzar as ruas, estou prejudicando a comunidade como um todo: estou interrompendo o fluxo ordenado do tráfego e a harmonia da comunidade em geral. Admitamos, é provável que outros a estejam atrapalhando mais: incendiários, sequestradores e farsantes, bem como supervilões (e farsantes), todos vêm à mente como exemplos excelentes de influências disruptivas em uma comunidade. Mas minha travessia da rua sem cuidado também é prejudicial – apenas não é na mesma proporção (em especial se comparada aos farsantes).

Uma vez que a comunidade como um todo está sendo prejudicada por um crime (o que, como se pode notar, tem sua rima), ela parece ter o poder moral de perdoar, pelo menos na falta de uma vítima direta. E os Vingadores são representantes, de certo modo, da comunidade; portanto, eles têm algum direito de perdoar Wanda e Pietro por seus crimes. Perceba, então, que esse direito da comunidade tem importância menor do que os direitos das próprias vítimas. Se as vítimas estão em uma posição em que são capazes de oferecer perdão (ou seja, quando elas não estão mortas ou comatosas, ainda em posse de suas faculdades, e não estejam praticando falcatruas) e se recusam a perdoar, a comunidade deve respeitar seu gesto (até certo grau). Existem casos em que a recusa a perdoar seria totalmente desarrazoada, e outros para quem provavelmente o perdão nunca deveria ser oferecido. (Aqui está uma dica: *simulação*.)

Perdoe-me!

Uma vez que saibamos quem tem ou não o direito de perdoar o crime, a questão seguinte é: quando alguém *deveria* perdoar um crime? Esta questão pode ser a mais capciosa entre todas.

De fato, ela tem dois lados: primeiro, que tipos de crimes podem ser perdoados e sob quais circunstâncias, e segundo, se existem crimes que sejam simplesmente imperdoáveis.

Ao pensar sobre o primeiro problema, temos de perceber que, embora as vítimas de um crime tenham o direito de perdoar, elas não são obrigadas a isso. Apenas a vítima pode decidir quando e se um crime deve ser perdoado. Ainda assim, é possível estabelecer algumas diretrizes amplas sobre o perdão. Alguém não pode ser muito lento, ou rápido demais, ao perdoar. Perdoar rápido demais demonstra uma falta de autorrespeito, enquanto ficar excessivamente relutante em perdoar manifesta um ressentimento empedernido. Em cada um dos casos, a vítima do crime está concedendo poder demais sobre si mesma ao perpetrador. A vítima que perdoa instantaneamente está quase concordando com o perpetrador de que a vítima valia pouco, o suficiente para justificar o crime. A pessoa que perdoa devagar demais, ou se recusa absolutamente a perdoar, permanece para sempre definida como a vítima do outro.[120]

Para decidir o que deveria ser perdoado e quando, precisamos considerar não apenas a vítima, mas também o perpetrador. Com frequência, ouvimos vilões reabilitados falarem sobre "ganhar o perdão", mas essa noção é falsa. Ganhar algo é adquirir o direito a tal coisa, e não existe o direito ao perdão. Tal direito implicaria uma obrigação por parte das vítimas de perdoar, e esse direito simplesmente não existe. Porém, ao demonstrar remorso, executar um ato de arrependimento, ou fazer uma reparação, um perpetrador pode tornar mais razoável para a vítima perdoar, mesmo no ponto em que pareça desarrazoado manter o perdão.

Pegue como exemplo o Gavião Arqueiro: em seus tempos como criminoso, ele prejudicou Tony Stark; portanto, Stark teve o direito de perdoá-lo – algo que ele faz bem rápido (talvez rápido demais). Mas suponha que Stark não tivesse sido tão rápido no perdão – a que altura sua recusa teria se tornado desarrazoada? Não existe uma resposta clara, mas, no caso de Gavião Arqueiro, ele se arrependeu claramente de seu comportamento criminoso anterior e mudou seu jeito, tornando-o um candidato provável ao perdão. Uma vez que ele ajudou a salvar o mundo uma ou duas vezes, tornou-se ainda mais apto. Já que ele salvou a própria vestimenta de Tony de transformá-lo em bacon algumas outras vezes, parece que Tony teria sido pouco razoável se ele ainda se ressentisse pelas ações anteriores do Gavião Arqueiro.[121]

---

120. Para saber mais a respeito, veja *Forgiveness: A Philosophical Exploration*, de Charles Griswold (New York: Cambridge University Press, 2007).
121. Para as próprias questões de Tony quanto ao perdão e reparação, veja "Can Iron Man Atone for Tony Stark's Wrongs?", de Christopher Robichaud, em *Iron Man and Philosophy*, ed. Mark D. White (Hoboken, NJ: John Wiley & Sons, 2010), p. 53-63.

O Gavião Arqueiro é um caso bastante simples (se é que existe tal coisa como um caso "simples" de perdão). Suponha que olhamos para algo um pouco mais difícil – e se o perpetrador de um crime não se arrepende? Poderia, por exemplo, o Capitão perdoar o Caveira Vermelha, ou o Quarteto Fantástico perdoar o Doutor Destino?[122] A partir do que já dissemos, a resposta é sim, claro que eles *poderiam*, mas a verdadeira questão é se eles *deveriam*. A resposta parece ser não, a não ser que tenham boas razões para acreditar que tal perdão pudesse realmente incitar ao vilão em questão tornar-se arrependido. Parte do propósito do perdão é restabelecer um relacionamento harmonioso. Se o perpetrador não se arrepende e parece permanecer assim, então o perdão terá falhado em seu propósito. Por outro lado, se o perpetrador admitiu o malfeito e expressou remorso por ele, ou parece provável que o faça mediante o encorajamento adequado, então o perdão pode servir a esse propósito. Perdoar o Caveira Vermelha, ou o Doutor Destino, haja vista seu imenso orgulho por seus atos criminosos (bem como sua recusa em admitir quaisquer erros, acreditando-se corretos e nobres), seria equivalente a sancionar seus atos. Mas perdoar alguém que está prestes a se arrepender de seus atos pode ser a última parcela de encorajamento necessária para começar a reabilitá-los.

O perdão na casa de M

Já discutimos as linhas gerais para o perdão em termos das pessoas envolvidas em um crime, as vítimas e os perpetradores, mas negligenciamos a questão do próprio crime. É uma coisa o Gavião Arqueiro criar reparações para seus ataques ao Homem de Ferro, mas é outra a Vespa perdoar seu pai, Hank Pym, por atirar nela, ou para o Universo Marvel perdoar a Feiticeira Escarlate por distorcer a própria realidade.[123] Existem vários graus de crimes a considerar, alguns dos quais são mais facilmente perdoados que outros. Também existe uma variedade de fatores a ser considerada, inclusive a severidade do dano e o número de pessoas impactadas por um crime em

---

122. Quanto a isso, *alguém* pode perdoar um mímico?
123. O quê? Sem piada de mimetização? Não consegue pensar fora da caixinha? Há, há...

específico. Para encurtar a questão, portanto, consideremos se existe algum crime que simplesmente não deve ser perdoado, nunca.

Quando consideramos a possibilidade de um crime imperdoável, podemos ter uma entre duas abordagens. A primeira afirma que certos crime são imperdoáveis por sua própria natureza: existe algo inerente aos próprios crimes que torna o perdão impensável. Por exemplo, podemos afirmar que o abuso de Hank Pym sobre sua esposa foi imperdoável, não pelo dano físico real infligido por ele, mas pela violação de seu relacionamento representado pelo crime. A partir desta lógica, Janet van Dyne nunca deveria ter perdoado Hank ou, pelo menos, estava agindo de forma pouco razoável quando perdoou. Também, algumas dicas de histórias em que a Feiticeira Escarlate possa ter sido molestada quando criança.[124] Se for verdade que Wanda foi molestada quando criança, o perdão para o perpetrador pode simplesmente estar fora de questão. O próprio crime é terrível demais para ser perdoado, independentemente de quaisquer circunstâncias em qualquer exemplo em particular dele.

A outra abordagem a crimes imperdoáveis afirma que não existe crime que seja imperdoável por sua natureza, mas existem alguns crimes que são imperdoáveis dependendo de seu grau. Por exemplo, um assassinato unitário pode ser perdoável, mas tentativa de genocídio não deveria ser. Podemos olhar de novo para a Feiticeira Escarlate: nas minisséries *House of M* (2005), Wanda usou seus poderes de distorção da realidade para, bem, distorcer a realidade, mas dessa vez em grande escala. Ela tentou conceder a cada herói ou heroína sua ou seu mais caro desejo. Em teoria, isso soa ótimo, mas, na realidade, significou forçar todo o mundo a viver uma mentira, uma que roubou a cada uma e a todas as pessoas suas histórias e identidades individuais. Existem alguns fatores atenuantes: Wanda estava no meio de um esgotamento nervoso e talvez não fosse totalmente responsável por seus atos. Se aceitarmos isso, então não existe crime a ser perdoado, porque ele é desculpável. Se, contudo, a distorção da realidade foi voluntária e intencional, sem desculpa disponível, então podemos ter um crime imperdoável.

---

124. Por exemplo, em *Avengers*, vol. 1, # 401 (agosto de 1996).

Essas duas abordagens em geral vêm combinadas, o que traz à mente as contribuições do irmão de Wanda, Mercúrio, em toda essa questão da distorção da realidade. Nos últimos estágios de *House of M*, é revelado que, na verdade, foi Pietro quem causou toda a bagunça – apesar de ter sido com as melhores das intenções. Com os poderes de distorção da realidade de Wanda se expandindo, e sua sanidade entrando em colapso, muitos dos heróis do mundo se juntaram para decidir o que deveria ser feito a seu respeito. Quando Pietro soube que alguém havia sugerido matá-la para salvar o mundo, ele foi até sua irmã e sugeriu a parcela de distorção da realidade que começou toda a história. Ao fazê-lo, pode-se afirmar que Pietro executou um tipo de crime imperdoável. Por um lado, ele foi indiretamente responsável pela distorção da realidade na maior escala jamais imaginável e, por outro, manipulou sua irmã instável para conseguir executar essa distorção.

O paradoxo do perdão

Para ser claro, nem todos aceitam a existência de tal coisa como um crime imperdoável. O filósofo francês Jacques Derrida (1930-2004) afirmava que, se o perdão deve ter algum significado, ele deve ser concedido ao (aparentemente) imperdoável.[125] Perdoar o perdoável é (relativamente) fácil, e é acompanhado de benefícios; ao perdoarmos o amigo arrependido e cheio de remorsos, por exemplo, recuperamos a amizade, gerando um tipo de troca. Porém, perdoar o imperdoável é a única forma "pura" de perdão (semelhante ao altruísmo "puro"), em que não existe expectativa de recompensa. Perdoar o que não pode ser perdoado é perdoar sem esperança, ou necessidade, ou vontade. Se for assim que compreendemos o perdão e o imperdoável, então os crimes que examinamos até agora não foram imperdoáveis. Em cada caso, aqueles que seriam conclamados a perdoar têm a possibilidade de estabelecer ou restabelecer um relacionamento com a pessoa perdoada. Para descobrir um crime imperdoável, pela lógica de Derrida, não precisamos de um tipo de crime em particular, mas um tipo específico de criminoso: ou seja, aquele que não se arre-

---

125. Jacques Derrida, *On Cosmopolitanism and Forgiveness*, trad. de Mark Dooley e Michael Hughes (New York: Routledge, 2001), p. 32-33.

pende. Ou, para tornar a situação perfeita, um criminoso que não se arrepende e já faleceu seria o ideal – neste caso não existe esperança de o criminoso perdoado ter mudado de opinião.

A discussão de Derrida do perdoável expressa o que alguns chamaram de *paradoxo do perdão,* embora ele seja na verdade o paradoxo do perdão e arrependimento. O paradoxo é mais ou menos assim: você não pode perdoar um criminoso que não se arrepende, porque então você estará simplesmente desculpando o crime. Ao mesmo tempo, não existe necessidade de perdoar um criminoso arrependido, porque, ao arrepender-se do crime, o criminoso já deu os passos para eliminá-lo.[126]

Vingadores, perdão!

Existe um conflito potencial entre o perdão e a equipe chamada de "Vingadores" que precisamos mencionar. Vingar e perdoar parecem opostos. Vingar é punir para consertar um erro, enquanto perdoar é abrir mão da punição – ou assim parece. De fato, vingar-se e perdoar podem ser unidos. Perdoar não envolve abrir mão da punição – envolve abrir mão do ressentimento e da vingança. Vingar-se e acertar as contas são relacionados, mas distintos. Acerto de contas tem a ver com justiça e pode ser buscado por qualquer um, não apenas as vítimas de um crime ou malfeito. Os super-heróis em geral buscam a justiça em nome das pessoas que eles juraram proteger, não para si mesmos. Vingar-se, por outro lado, é pessoal. Eu não posso vingar-me de um malfeito contra você – sem ofensa, mas é provável que eu nem conheça você. Não posso sentir o tipo de injúria personalizada necessária à vingança.[127]

Não existe conflito entre acerto de contas e perdão porque os Vingadores (e retribuidores em geral) podem perdoar tanto quanto punir. Por exemplo, aconteceram duas ocasiões em que um Vingador recebeu a punição máxima – a expulsão da equipe – apenas para ser readmitido mais tarde. O Homem de Ferro foi expelido no início das

---

126. "The Paradox of Forgiveness", de Leo Zaibert, *Journal of Moral Philosophy* 6 (2009), p. 365-393.
127. Para saber mais a respeito da distinção entre justiça (ou *retribuição*) e vingança, veja Robert Nozick, *Philosophical Explanations* (Cambridge, MA: Harvard University Press, 1981), p. 366-370.

Guerras de Stark, depois de ele ter causado a morte do Gremlin,[128] e Hank Pym foi expulso por uma variedade de atos bizarros, incluindo atacar um antagonista que já havia se rendido.[129] Mais tarde, ambos receberam as boas-vindas, eles foram punidos e depois perdoados.

Tal é possível porque a punição e o perdão servem a objetivos distintos. O perdão é principalmente para o restabelecimento de relacionamentos, enquanto a punição em geral tem a ver com retribuição. Ao violar as regras, esses Vingadores adquiriram débitos com o restante da equipe, e, quando eles foram punidos, essas dívidas foram pagas. Portanto, Tony e Hank podem ser readmitidos, uma vez que pagaram por seus crimes. Punição e retribuição podem ser pensadas como fazer a reparação por um crime – um passo na estrada do perdão. Ainda assim, embora possamos pagar uma dívida sendo punidos, deveríamos manter em mente que o perdão não pode ser ganho como um prêmio ou cheque de pagamento, que a pessoa merece, mas deve ser dado voluntariamente pela vítima.

No fim das contas, é o que devíamos retirar dessas reflexões sobre os Vingadores: não podemos exigir o perdão por passos mal dados no passado, nem o perdão pode ser exigido de nós. Podemos, contudo, tornar mais (ou menos) razoável ganhar o perdão por meio de nosso comportamento subsequente. Simplesmente pedir perdão talvez não seja meritório, mas com certeza ajuda, se o pedido demonstrar à vítima que o criminoso reconhece e assume o crime. Aqueles Vingadores, como Gavião Arqueiro, que são ex-criminosos e vilões, nunca negam o que fizeram em suas vidas pregressas, e seu serviço contínuo como heróis mostra que eles são dignos de perdão.

---

128. *Iron Man,* vol. 1, #229 (abril de 1998), reeditado em *Iron Man: Armor Wars* (2007).
129. *Avengers,* vol. 1, #213 (novembro de 1981).

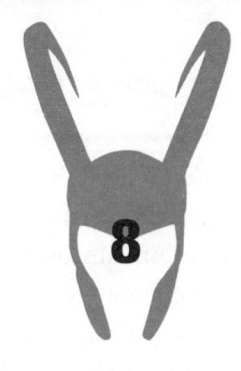

Deuses, Feras e Animais Políticos: A Razão da Assembleia dos Vingadores

Tony Spanakos

O mundo precisa do que sempre precisou. Heróis.
Não agentes da S.H.I.E.L.D, não M.A.R.T.E.L.O.
Agentes. Vingadores. Agora, talvez mais que nunca.
Steve Rogers[130]

Quando o título *Avengers* foi relançado em 2010, disseram-nos que "Os Maiores Heróis da Terra se uniram contra uma ameaça comum! Naquele dia, nasceram os Vingadores – para lutar contra os inimigos que nenhum herói podia enfrentar sozinho!".[131] Não constituiu surpresa, uma vez que Stan Lee disse aos fãs de fato crentes essencialmente o mesmo no original *Avengers* #1, em 1963. Mas a afirmação é equivocada, se não imprecisa. Os Vingadores podem acreditar que se "reúnem" para enfrentar grandes inimigos, mas vai além disso.

Quando não Vingadores, eles executam grandes feitos salvadores do mundo por sua conta, mas desejam camaradagem e se enfraquecem emocionalmente. (Mesmo suas atividades solo como super-heróis muitas vezes são feitas conjugadas com companheiros

---

130. *Avengers,* vol. 4, #1 (julho de 2010), reeditado em *Avengers by Brian Michael Bendis Vol. 1* (2011).
131. *Ibid.*

Vingadores, na grande tradição do "time Marvel".) Então, qual a verdadeira razão de os Vingadores se reunirem? Aristóteles (384-322 a.C.) diria que, ao trabalharem juntos como uma comunidade, os Vingadores agem com excelência (*arête*) e desenvolvem amizade (*philia*).[132] No fim das contas, por meio de sua ação comum, eles florescem (*eudaimonia*). E esta é a razão de eles se juntarem.

Reunião por necessidade ou perfeição?

Podemos facilmente descartar a afirmação de que os Vingadores se reuniram por necessidade, para enfrentar um supervilão que não poderiam vencer sozinhos. A evidência para isso é que os Vingadores, originalmente, se reúnem para lutar contra Loki, que os confunde para que lutem contra Hulk.[133] Porém, até os leitores casuais de Quadrinhos Marvel sabem que Thor enfrentou Loki sozinho por toda sua longa carreira nos quadrinhos. Portanto, Loki não é um inimigo cuja derrota só poderia ser assegurada pela ação conjugada dos Vingadores. O mesmo poderia ser dito de Kang, Modok, o Mergulhador e muitos outros vilões Vingadores, que também lutaram contra Vingadores solo. A necessidade dificilmente sustenta os Vingadores; deve existir algo além dela que faça com que continuem se juntando.

Vamos olhar para a explicação de Aristóteles para a criação da cidade-estado (*polis*) para sugestões. O homem, não suficiente por si para viver em isolamento, necessita da *polis* para assegurar a reprodução, a estabilidade, a segurança e a possibilidade de trocas.[134] Porém, embora a necessidade possa levar à formação de uma *polis*, ela é mantida por razões que vão bem além da necessidade. A *polis* ou cidade-estado é a comunidade política que respondeu a algo mais fundamental nas vidas dos gregos. Colocado de modo ameno "Uma pessoa não pode ser um ser humano, exceto no contexto de uma

---

132. Embora *philia* seja traduzido em geral como "amizade", hoje em dia essa palavra sugere um relacionamento voluntário que Aristóteles não teria compreendido. Também, *philia* não é puramente amizade, mas também um sentido de identidade ética e social comuns, razão pela qual Aristóteles pode falar em uma forma de *philia* cívica entre os cidadãos em uma *polis*.
133. *Avengers*, vol. 1, #1 (setembro de 1963), relançado em *Essential Avengers Vol. 1* (1998).
134. Veja Aristóteles, *Politics*, 1252b29-1252b30 (qualquer tradução respeitável incluirá essa paginação padrão) e também Christopher Shields, *Aristotle* (New York: Routledge, 2007), p. 352.

polis,"¹³⁵ e o homem fora da *polis* é um deus ou uma fera.¹³⁶ Um deus não precisa da *polis* e uma fera não tem utilidade ou valoração para ela. Para o homem moral, no entanto, a *polis* é o lugar onde o companheirismo (*philia*) é encontrado, a excelência (*arête*) é promulgada e a prosperidade humana (*eudaimonia*) é desenvolvida e aperfeiçoada.

O argumento de Aristóteles está baseado em sua crença de que o homem é um "animal político" (*zoon politikon*). Contudo, muitos dos Vingadores não são seres humanos comuns. Eles são deuses, mutantes e máquinas – um é até uma Fera. Não importa. Alguém pode se reunir aos Vingadores pela mesma razão que se une à *polis* de Aristóteles, a necessidade. Porém, a pessoa também permanece nos Vingadores pela mesma razão que alguém permanece na *polis* pela boa vida.

Lições elementares de grego
(Aprovadas pelo Código dos Quadrinhos)

Com todo o respeito devido ao nosso bom amigo Ares, a elaboração a seguir sobre alguns poucos termos do grego antigo pode ajudar. A *polis* era diferente de outras comunidades baseada em seu tamanho e o papel dos cidadãos em sua vida social e política.¹³⁷ Também, o uso de Aristóteles para a palavra "político" é bem mais amplo do que seu uso atual. Tendo suas raízes na vida da *polis*, a política para Aristóteles abrange os aspectos sociais, econômicos e (o que chamamos) políticos da vida em comum com os outros. Essa distinção é importante porque, à parte alguns exemplos, tais como os de Tony Stark como secretário da defesa e chefe da S.H.I.E.L.D., a maior parte dos Vingadores evita a "política", embora eles possam ser bastante políticos. Capitão América, por exemplo, é a incorporação viva e símbolo do espírito americano, mas ele se recusa a se candidatar a presidente, apenas ressentindo-se de servir como chefe da segurança americana em seguida ao "Reino Sombrio" de Norman Osborn. De fato,

---

135. Veja "Politics", de C. C. W. Taylor, em *The Cambridge Companion to Aristotle*, ed. Jonathan Barnes (Cambridge, U.K.: Cambridge University Press, 1995), p. 233-258, esp. p. 239.
136. *Politics*, de Aristóteles, p. 1253 e *Nicomachean Ethics*, 1097b6-1097b16. Quando cito da *Nicomachean Ethics*, eu uso a tradução de H. Rackham, disponível em *Aristotle: Nicomachean Ethics* (Cambridge, MA: Harvard University Press, 1934).
137. Taylor, "Politics", p. 235.

ele evita com frequência a política formal para engajar-se em ações "políticas" mais significativas e diretas (salvar as vidas dos cidadãos, defender o país de invasão estrangeira/alienígena, ou simplesmente ser um modelo exemplar para gerações de americanos).

Os Vingadores não formam sua própria *polis* no sentido de uma unidade política independente (como Genosha ou os vários lugares de residência dos Inumanos), mas eles se engajam em uma comunidade política. A razão para fazerem isso – e o motivo de se manterem retornando aos Vingadores – é que a vingança lhes permite um caminho para conseguirem *eudaimonia,* que é uma maior perfeição do que a que podem conseguir em suas carreiras solo. Comumente traduzida como felicidade ou satisfação, *eudaimonia* "consiste... na satisfação dos desejos que são *necessários* que um homem tenha para viver uma vida completa, rica".[138] Porém, compreender *eudaimonia* como "felicidade" no sentido do século XXI pode distorcer seu significado de dois modos: primeiro, felicidade pode ser compreendida de um modo hedonista e, segundo, pode ser vista como uma condição interna. Aristóteles iria desautorizar ambas. A primeira pode ser descartada porque uma vida plena é baseada na razão, e não no prazer; e a segunda pode ser descartada porque a felicidade não é uma sensação, mas uma maneira de ser. Especificamente, a compreensão de Aristóteles da felicidade (*eudaimonia*) envolve virtude ou excelência (*arête*), ação que é praticada e desenvolvida no decorrer do tempo. *Arête* é excelência ao *fazer* algo, não simplesmente uma característica da alma.[139] Embora seja utilizada em um sentido moral, *arête* também pode ser usada para caracterizar a excelência de um carpinteiro em termos da construção de uma casa. Em outras palavras, é uma excelência relativa à habilidade ou função do artesão, e ela alcança seu átimo no campo da vida ética e política porque é função de *todos* os humanos.[140]

Se *arête* é encontrada na ação no interior da comunidade, ela suplementa e é suplementada pelo desenvolvimento do companheirismo

---

138. Jonathan Lear, *Aristotle: The Desire to Understand* (Cambridge: Cambridge University Press, 1998), p. 155.
139. *Ibid*., p. 153. A ideia de virtude como algo no interior da alma é associada com a influência da ética cristã.
140. *Nicomachean Ethics,* 1097b16-1097b20.

ou amizade, *philia* (a última palavra em grego, eu prometo), entre os cidadãos. Na *Nicomachean Ethics*, Aristóteles afirma que "o homem feliz [*eudaimoni*] deve ter sociedade... E é obviamente preferível associar-se com amigos [*philon*] e com homens bons a unir-se com estrangeiros e companheiros ao acaso. Portanto, o homem feliz requer amigos".[141] *Philia* pode desenvolver-se por razões diferentes: vantagem (eu sou seu amigo porque você pode me arranjar um emprego), prazer (o Snooki de *Jersey Shore* gosta de andar com Sitch e JWoww porque eles são muito engraçados), ou virtude (você é meu amigo porque você quer o que é bom para mim, pelo meu bem).[142] Essa última forma de *philia*, "desejar para alguém o que a pessoa acredita ser bom, para o bem do outro e não seu próprio bem, e estar inclinado, o máximo que puder, a fazer tais coisas por ele", é o nível mais alto de amizade.[143] Em sua versão da amizade, a pessoa vê o seu, ou a sua amiga, como "outro *self*", e encontra nele ou nela alguém também comprometido com a *arête*, "Já que é necessário para qualquer um que esteja comprometido com a felicidade [*eudaimonisonti*] ter amigos excelentes [*philon*]".[144]

Super-heróis, é óbvio, executam atos super-heroicos de excelência regularmente, sejam eles membros dos Vingadores ou não. Porém, mesmo que possam impedir crimes e vilões superpoderosos em suas carreiras solo, suas vidas e atos são necessariamente incompletos. Inevitavelmente, o desejo por *eudaimonia* os leva a voltar para os Vingadores, ou pelo menos para interações regulares e agrupamentos.

Srta. -ando seus amigos

Jessica Jones: Lembra de quando você impediu o... sol de explodir?

Miss Marvel: Você sabe o que fiz em seguida? Eu fui para casa e sentei no meu traseiro por seis meses, comendo Ben&Jerry e assistindo a filmes antigos.[145]

---

141. *Ibid.* 1169b16-1169b22.
142. *Ibid.* 1168b11-1169a7.
143. John M. Cooper, "Aristotle on Friendship", em *Essays on Aristotle's Ethics*, ed. Amélie Oksenberg Rorty (Berkeley: University of California Press, 1980), p. 301-339.
144. *Nicomachean Ethics*, 1170b14-1170b19.
145. *Ms. Marvel*, vol. 2, #1 (maio de 2006), reeditado em *Ms. Marvel: Best of the Best* (2006).

Acompanhando a história "Casa de M", Carol Danvers "percebeu que não estava realizando todo o seu potencial como Miss Marvel" e decidiu enfatizar suas aventuras solo.[146] Contudo, seis meses mais tarde, quando ela derrota Metaloide em batalha, ele não a reconhece e seu editor recentemente contratado lhe consegue um quadro no programa de TV *Superpoderes* chamado "Onde eles estão agora?".[147] Ela se queixa a respeito com Jessica Jones, outra ex-Vingadora, dizendo-lhe que deixou os Vingadores porque, como uma Vingadora, ela esperava por pessoas para salvar, enquanto, por sua conta, ela sai "em patrulha" e "descobre sua necessidade antes que seja preciso".[148] E mesmo assim, quando ela vê alguns alienígenas verdes nas duas páginas seguintes, seu primeiro instinto é chamar o Capitão América. De fato, todo o primeiro número de sua nova série de quadrinhos é moldado não por suas aventuras solo, nem por forjar sua própria identidade, mas por sua inabilidade de fugir de ser uma Vingadora.

Outro Vingador importante na vida de Carol é o Homem de Ferro (Tony Stark), que não é só um companheiro na luta contra o crime, mas também um alcoólico em recuperação (como Carol) e o padrinho de Carol nos Alcoólicos Anônimos.[149] Portanto, quando ele lhe pede para fazer parte e liderar sua equipe de Vingadores depois da "Guerra Civil" do Universo Marvel, o convite vem de mais do que alguém que *também* luta contra o crime.[150] O convite vem de um amigo em vários níveis, alguém que a compreende como poucos outros podem compreender. Afinal, eles não apenas agem com excelência juntos (na luta contra o crime), mas também encontram felicidade com a excelência um do outro (por exemplo, permanecendo sóbrios).

No primeiro ano da carreira solo, Carol tenta encontrar-se e perceber seu potencial. Aristóteles diz que a função humana é chegar à *eudaimonia*, e, em sintonia, Miss Marvel identifica sua função

---

146. *Ms Marvel*, vol. 2, #13 (maio de 2007), reeditado em *Ms. Marvel: Operation Lightining Storm* (2007).
147. *Ms. Marvel*, vol. 2, #1.
148. *Ibid.*
149. *Ms. Marvel*, vol. 2, #13.
150. *Mighty Avengers* #1 (março de 2007), reeditado em *Mighty Avengers: The Ultrom Initiative* (2008).

dizendo que os "heróis precisam de... Eu preciso fazer diferença".[151] Ironicamente, ela apenas chega a essa compreensão quando decide voltar aos Vingadores liderá-los. Antes de tomar essa decisão, os supervilões não a reconhecem, os produtores de TV a consideram coisa do passado e ela não tem nada parecido com uma "vida normal".[152] Talvez ela não possa levar uma vida normal – não por ser uma super-heroína, mas especificamente por ser uma ex-Vingadora.

Carol tenta explicar-se para seu editor que, por fim, não a compreende e não pode criar um laço de *philia* com ela. Por contraste, Jessica Jones realmente a *"entende"* em um nível pessoal e Carol também tem conversas significativas e profundas com o Capitão América e Tony Stark. Quando ela se engaja na *arête* de um super-herói, em geral, Carol o faz com outro ex ou atual Vingador (Doutor Estranho, Tigra, Valquíria).

Portanto, embora ela continue a agir como uma heroína solo, não é capaz de florescer como havia esperado. Quando, por fim, compreende qual é o seu propósito, ela o satisfaz como uma Vingadora. Na capa de *Mighty Avengers* #1 e na página de abertura, Miss Marvel desliza para a batalha, completamente confiante, e lidera os Vingadores Supremos, incluindo veteranos, tais como Vespa, Homem Maravilha, a Viúva Negra e o Homem de Ferro, todos eles heróis amadurecidos. Ela encontra *eudaimonia* entre aqueles com os quais compartilha *philia*, os Vingadores.

Conseguindo sua arête juntos

Você estava uma bagunça... você não era metade da mulher que se tornou nos últimos dois anos.

Luke Cage para Jessica Jones[153]

---

151. *Ms Marvel*, vol. 2, #13.
152. Em termos de sua vida amorosa, Carol teve só um encontro com um cara "normal", que foi (é claro) interrompido por super-heroísmo (*Ms Marvel*, vol. 2, # 11, março de 2007), reeditado em *Ms. Marvel: Operation Lightning Storm*). Carol faz um par mais apropriado com Simon Williams (Homem Maravilha), a quem ela e o Homem de Ferro recrutaram para os Vingadores Supremos, e que lhe mostra a verdadeira *philia* com sua devoção à *arête* como herói. (Veja a mudança deles em *Mighty Avengers: The Ultron Initiative*, 2008.)
153. *The Pulse*, #14 (maio de 2006), reeditado em *The Pulse Vol. 3: Fear* (2006).

Luke Cage (Poderoso) usa essas palavras, entre outras, para convencer Jessica de que ele realmente deseja casar-se com ela. Ela *era* uma bagunça, e é um dos personagens mais intrigantes e convincentes no Reino Marvel. Ela é perpetuamente infeliz, autodepreciante e tem uma falta absoluta de autoconfiança. Jessica obteve seus poderes quando foi exposta a produtos químicos em seguida a um acidente automobilístico que matou seus pais e irmão.[154] Antes do acidente, ela era uma solitária miserável – tanto que teve uma atração por Peter Parker e nem *ele* a notou –, mas ela está ainda mais assim depois de seu acidente, dada sua culpa por tê-lo causado parcialmente. Depois de sua convalescença no hospital, Jessica recebe as boas-novas de que pode voltar para seu antigo colégio e que uma família deseja adotá-la.[155]

Quando Jessica volta, ela está mais alienada do que nunca, tratada como uma esquisita pelas líderes de torcida, humilhada pelos esportistas e tendo a pena da parte de Peter Parker.[156] Em sua frustração, ela foge e descobre que tem superforça e pode voar, mas ainda está completamente insatisfeita. Descrevendo suas atividades anteriores como super-heroína, Jessica diz que elas a tentaram "por mais ou menos uma semana. E não foi uma boa semana. Foi uma semana raivosa. Mas eu continuei me dizendo, existem pessoas com necessidade. Pessoas causando encrenca. Essa foi a desculpa, mas, na verdade... eu só queria bater nas coisas".[157] Anos mais tarde, ela desiste do "jogo de super-heroína" e torna-se uma detetive particular.

Jessica parece estar perpetuamente procurando por *eudaimonia*. Provavelmente, mais ainda do que qualquer personagem Marvel, ela é uma solitária. Sua repulsa fundamental em ser uma super-heroína faz parecer improvável que ela necessitaria se tornar uma Vingadora. Contudo, como sua amiga Carol Danvers, ela fica miserável quando *não* é uma Vingadora. Ela bebe em excesso, tem encontros sem sentido (repetidamente), usa linguagem imprópria e fuma como uma chaminé. Não existe *eudaimonia*. Ela até grita com Carol quando esta

---

154. *Alias* #22 (julho de 2003), reeditado em *Alias Ultimate Collection Book 2* (2010).
155. *Ibid*.
156. *Alias* #23 (agosto de 2003), reeditado em *Alias Ultimate Collection Book 2*.
157. *The Pulse* #14.

estimula Jessica a pegar um caso.[158] Apesar de sua explosão, ela sabe que Carol é sua amiga. É por isso que Jessica, que não confia em ninguém, pode contar a Carol sobre ter ficado uma noite com Luke Cage (um ex e futuro Vingador). Ironicamente, quando Carol conta a ela que Luke é um "caçador de capas" (que só tem encontros com super-heroínas), ela tenta juntar Jessica com Scott Lang, um ex-Homem-Formiga.[159] Em outras palavras, embora Carol critique Luke por apenas marcar encontros com heroínas, Jessica parece capturada pelo mesmo padrão – e não apenas as "capas", mas Vingadores em particular.

Na série *The Pulse*, Jessica já está grávida do filho de Luke, e muitos de seus companheiros Vingadores dão uma mão para ajudar. Carol organiza um almoço com Jessica e Sue Richards (a Mulher Invisível), porque Jessica está preocupada em como será o seu filho, tendo dois super-heróis como pais.[160] Sue, também uma ex-Vingadora, acalma os medos de Jessica dizendo-lhe sobre os dois filhos que ela tem com o Senhor Fantástico. Mais tarde, Carol leva Jessica e Luke para o estúdio de *design* da membro fundadora dos Vingadores, Janet van Dyne (a Vespa), para ajudar Luke a encontrar um novo uniforme de super-herói.[161] Quando a bolsa de Jessica rompe, Carol a leva voando para o hospital e, quando Luke não pode chegar ao hospital por causa do trânsito intenso, Jan lança o chamado "Vingadores, Reúnam-se!".[162] Em seus momentos de necessidade humana, Jessica e Luke, ambos ferozmente independentes, conseguem uma ajudinha de seus amigos – todos eles Vingadores.

Mais tarde, a mulher encarregada do hospital insiste em tirar Jessica de lá porque "nós não podemos fazer o parto de seja lá o quê ela tem lá dentro! Não sabemos que tipo de mutante irá sair! Ela poderia dar à luz uma bomba atômica ou... um veneno!!".[163] Quando sugere enviar Jessica para o Edifício Baxter da S.H.I.E.L.D., ela é interrompida pelo Capitão América, que diz: "Isso não será necessário... Nós

---

158. *Alias* #24 (setembro de 2003), reeditado em *Alias Ultimate Collection Book 2*.
159. Veja *Alias Ultimate Collection Book 1* (2009).
160. *The Pulse* #11 (novembro de 2005), reeditado em *The Pulse Vol. 3: Fear*.
161. *Ibid.*
162. *The Pulse* #12 (janeiro de 2006), reeditado em *The Pulse Vol. 3: Fear*.
163. *Ibid.*

a levaremos".[164] O Capitão, cercado pelos Novos Vingadores, leva-a para a casa do Doutor Estranho, um ex-Vingador, que faz o parto. Durante o nascimento, Miss Marvel está bem ao lado dela, mantendo uma compressa em sua cabeça.[165] Enquanto os *paparazzi* esperam lá fora, o impotente jornalista Ben Urich se pergunta, "quem é a pessoa por trás da máscara... quem precisa de ajuda e amigos e amor como todos nós... Quem estará lá para ajudá-los quando as coisas são saem como eles esperam? Quando a tragédia bate à porta?".[166] Como se a questão precisasse de maiores esclarecimentos, a narrativa de Urich é combinada com imagens de Luke, do Capitão América, do Homem Aranha, da Mulher Aranha e do Homem de Ferro.

Junto com Luke e uma bebezinha, Jessica torna-se menos sombria, ela até é feliz de vez em quando. Interrompendo seu casamento com Luke, ela insere seus próprios votos, dizendo-lhe:

> Eu realmente acredito que juntos nós somos muito melhores do que quando separados... Eu não fico perdida em minha própria mente como costumava ficar. Esse mundo é um lugar amedrontador. Você ser um Vingador – é tão... assustador. Todos os dias tem algum idiota diante de nós tentando arruiná-lo. E, desde que ficamos juntos, eu simplesmente nem ligo.[167]

Esta é uma declaração incrível vinda de uma (ex) Jessica Jones que se detesta, aquela que observa o estilo de vida do super-herói. Ao fazer parte da comunidade dos Vingadores – melhor amiga do líder, casada com outro, e ela mesma uma ex-Vingadora –, ela sente *philia*. Em sua foto de casamento, Jessica brilha no meio dos Novos Vingadores, claramente entre os seus e, o mais importante, tendo encontrando sua *eudaimonia*.[168] De fato, quando Clint Barton (Gavião Arqueiro) é capturado e Luke ainda está se recuperando, Jessica se junta à Mulher

---

164. *Ibid.*
165. *Ibid.*
166. *Ibid.*
167. *New Avengers Annual* #1 (junho de 2006), reeditado em *The Pulse Vol. 3: Fear.*
168. *Ibid.*

Aranha, Mimo e Miss Marvel para, de novo, realizar uma batalha como Vingadora.[169]

O original e irremediável Homem-Formiga

Eu... parei de tentar entender os Pyms há muito tempo. Eu tenho quase certeza de que eles... me levaram a beber, antes de tudo.

Tony Stark[170]

No decorrer das últimas cinco décadas, Henry (Hank) Pym tornou-se um dos heróis Marvel mais falhos e repulsivos. Quando ele surgiu pela primeira vez em *Tales to Astonish*, vol. 1, #27, em janeiro de 1962, ele decidiu que seu soro era "perigoso demais para ser usado por qualquer ser humano de novo!".[171] Mesmo assim, ele voltou oito números mais tarde porque "uma descoberta tão grande não deve se transformar em nada!".[172] E, de fato, Pym tem sido um personagem em conflito entre fazer a coisa certa e ir atrás de sua ciência, mesmo quando ela consistentemente leva a resultados desastrosos, tais como fisicamente abusar de sua esposa Janet van Dyne, ou colocar a equipe em perigo em seus esforços mal-articulados para conseguir ser convidado de volta para os Vingadores depois de ser expulso.[173]

Depois de um de seus estragos, Tigra o chama de "rato" e diz a Jarvis que ela está feliz por ver que ele foi embora. Sempre a voz da sensatez, Jarvis previne Tigra – e ao leitor – sobre julgar em excesso. Apesar do fato de, nas palavras do Capitão América, Pym ser culpado de "má conduta diante do inimigo", Jarvis diz: "Ele é um herói! Os homens são falíveis – até os heróis".[174] Quando Pym tenta desculpar-se com Jan, ela diz a ele: "Eu tenho pena de você... Você é um homem profundamente perturbado! Você precisa de ajuda!".[175] No fim, ele é reintegrado, primeiro como consultor e depois como um membro

---

169. *New Avengers Annual* #3 (fevereiro de 2010), reeditado em *New Avengers Vol. 13: Siege* (2010).
170. *Might Avengers* #1 (março de 2007).
171. Reeditado em *Essential Ant-Man Vol. 1* (2002).
172. *Tales to Astonish*, vol. 1, #35 (setembro de 1962), reeditado em *Essential Ant-Man Vol. 1*.
173. Veja *Avengers*, vol. 1, #212-214 (outubro a dezembro de 1981).
174. *Avengers*, vol. 1, # 214 (dezembro de 1981).
175. *Ibid*.

dos Vingadores da Costa Oeste.[176] Naquela sede, ele tem encontros com Tigra – sim, a mesma Tigra –, contempla a possibilidade de suicídio e, por fim, volta para Jan (pela milésima vez). Embora ela seja bonita, heroica e uma Vingadora, Tigra não é Jan, o amor de sua vida e a mulher com quem ele cofundou os Vingadores. Do mesmo modo que Carol e Jessica, a *eudaimonia* de Hank é consumada ao ser um Vingador e estar *com* os Vingadores, especialmente Jan.

A última reconciliação de Hank com os Vingadores acontece quando Hércules e Amadeus Cho querem reunir novamente uma nova equipe de Vingadores depois que Norman Osborn forma sua própria equipe de Vingadores (conhecida pelos fãs de quadrinhos como os Vingadores Sombrios).[177] Eles encontram Jarvis e ele lhes diz: "Existe apenas um homem em quem eu posso pensar como... para liderar a equipe dos novos Vingadores: Hank Pym".[178] Pym, a essa altura, não é o Homem-Formiga, Gigante, Golias ou Jaqueta Amarela, mas o Vespa (uma identidade que ele assume em honra a sua agora falecida ex-esposa). Quando Jarvis diz a ele: "Haverá um dia, senhor, diferente de qualquer outro, em que os mais poderosos heróis da Terra deverão se unir contra uma ameaça em comum", Pym o interrompe com: "Pare. O juramento dos Vingadores, Jarvis. Aquilo não funciona para mim. Quem você pensa que o escreveu na carta de direitos?".[179] Infelizmente, ele ainda é Hank Pym, arrogante e autocentrado. Anteriormente, ele armou todos os tipos de esquemas (que foram um tiro pela culatra) para voltar para os Vingadores. Agora, quando eles o chamam, ele diz: "Eu me sinto lisonjeado. Mas estou no meio de algo. E, realmente? Eu? Tem de ter outra pessoa por aí. Algum outro super-herói".[180]

---

176. *West Coast Avengers*, vol. 2, #21 (junho de 1987), reeditado em *Avengers: West Coast Avengers – Lost in Space and Time* (2012).
177. Para saber mais a respeito dos Vingadores Sombrios, veja o capítulo intitulado "A Autocorrupção de Norman Osborn: Uma História Admonitória", de Robert Powell, e o capítulo intitulado "Fazendo a Luz Brilhar sobre os Vingadores Sombrios", de Sarah Donovan e Nick Richardson, neste volume.
178. *Mighty Avengers* #21 (março de 2009), reeditado em *Mighty Avengers: Earth's Mightiest* (2009).
179. *Ibid.*
180. *Ibid.*

Porém, por mais que Hank recue diante de sua responsabilidade de salvar o mundo, ele permanece um personagem simpático. Ele diz aos outros que está e sempre esteve temeroso de liderar os Vingadores. No princípio, sentia que não podia "medir-se" com Thor, Hulk e Homem de Ferro, até que ele surgiu com o plano que impediu Loki durante sua primeira aventura juntos. "Foi quando eu percebi o que eu trouxe à equipe... Eu, Henry Pym, era o homem mais inteligente na sala. E, caso os outros percebessem ou não, eu era o seu líder."[181] Porém, ele não pôde controlar o soro do Gigante e, um dia, percebeu que Tony Stark era o Homem de Ferro. "Ao lado dele... eu era quase nada. E longe de ser o homem mais inteligente na sala."[182]

Apropriadamente o suficiente, no número seguinte, o Homem de Ferro humilha Pym e diz a ele que está tomando o comando, ao que Pym responde: "Você pode tomar o comando daqui? Você? Tony Stark? O Senhor lutou-contra-o-Capitão-na-Guerra-Civil. Atirou-Hulk-para-o-espaço-e-causou-a-Guerra-Mundial-Hulk, Deu-aos-Skrulls-tudo-que-eles-precisavam-para-invadir-a-Terra. Você está assumindo o comando? Dê-me uma boa razão". Stark responde simplesmente: "Três palavras... Você é Hank Pym".[183] Pym remove sua candidatura, mas, ouvir algo sobre a imprudência quando estava fora (sequestrado pelos Skrulls), ele começa a reconsiderar. Quando Pym toma Chthon, o anteriormente mencionado diz: "Parece que a única coisa maior do que quanto o povo deste mundo acredita em mim é quão pouco eles acreditam em você". Pym diz: "Bem, quer saber? Fodam-se vocês todos! Eu não ligo se alguém entre vocês acredita em mim. Eu sou Hank Pym e eu acredito em mim mesmo. Eu vou consertar isso".[184]

Por fim, Pym vence a batalha, ajudado pelo Visão e os outros Vingadores. Mas a batalha também o desloca de sua arrogância e vitimização. Quando Hércules diz que lhe deve desculpas, Pym retruca: "Não, você fez o que acreditava ser correto. Eu não poderia pedir mais de qualquer Vingador. Quanto ao Homem de Ferro... O

---
181. *Ibid.*
182. *Ibid.*
183. *Mighty Avengers* #22 (abril de 2009), reeditado em *Mighty Avengers: Earth's Mightiest.*
184. *Ibid.*

Tony que eu conheci era melhor do que isso. Tem algo acontecendo com ele. Ele pareceu... fora de seu jogo". Apesar da oportunidade de criticar o homem que o havia humilhado, Pym o defende, mostrando o tipo de *arête* que consideraríamos impossível para ele, sendo também um pilar de virtude para seu companheiro, o Homem de Ferro, como Aristóteles teria esperado. Quando Pym voa depois de Tony, este diz: "Então, você tem se chamado de Vespa? E você liderará uma nova equipe? Esses são grandes projetos a realizar, Hank. Quatro palavras de aviso. Não foda com tudo".[185] Não é exatamente algo animador, mas Tony reconhece a *arête* de Pym e o aceita como um companheiro Vingador e líder de uma nova equipe de Vingadores.

Nem deuses nem bestas, mas animais políticos

"Super-heróis... não se encaixam nas sociedades que protegem", razão pela qual suas vidas pessoais são, ao mesmo tempo, importantes e incompletas.[186] Neste capítulo analisamos os modos como três Vingadores buscaram por realização (*eudaimonia*), envolveram seus companheiros (*philia*) e praticaram a excelência (*arête*) dentro da comunidade dos Vingadores. De modo significativo, Miss Marvel, Jessica Jones e Hank Pym, todos degeneraram em termos morais e, de vez em quando, de moralidade fora dos Vingadores. Encontrar sua *eudaimonia* requereu *philia* e as oportunidades para *arête* tornadas possíveis por vidas entrelaçadas com as Reparações, mesmo se eles, periodicamente, saíram ou foram expulsos dos Vingadores. É digno de nota que a super-heroína que mais se detesta, Jessica Jones, e o super-herói mais repulsivo, Hank Pym, muitas vezes voltam para o centro da vida dos Vingadores e nunca deixam sua periferia. Portanto, para atualizar Aristóteles, os Vingadores têm tanto deuses como bestas, mas mesmo eles não são autossuficientes. Eles necessitam da *polis* para chegar à *eudaimonia*.[187]

---

185. *Ibid.*
186. Vincent M. Gaine, "Genre and Super-Heroism: Batmam in the New Millennium". Em *The 21ˢᵗ Century Superhero: Essays on Gender, Genre, e Gobalization in Film*, ed. Richard J. Gray II e Betty Kaklamanidou (Jefferson, NC: McFarland, 2011), p. 111-128, esp. p. 127.
187. Eu sou grato a Mark White, Photini Spanakos e William Batman Batkay por seus comentários.

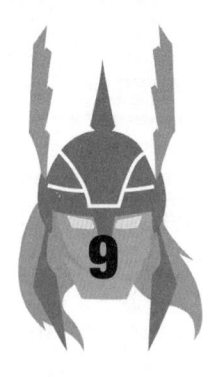

A Quadrilha do Capitão: A Reabilitação é Possível?

Andrew Terjesen

Em *Avengers*, vol. 1, # 16 (maio de 1965), o grupo passou por sua mais importante mudança de composição. Todos os membros fundadores dos Vingadores se despediram, deixando apenas o "novo garoto", Capitão América. Os três novos recrutas foram Gavião Arqueiro, que havia lutado contra o Homem de Ferro várias vezes, e os gêmeos mutantes Mercúrio e a Feiticeira Escarlate, que foram originalmente membros da Irmandade dos Mutantes do Mal. Rapidamente apelidados de "Quadrilha do Capitão", os Vingadores tornaram-se conhecidos por dar uma segunda chance às pessoas para viverem vidas heroicas e virtuosas. Contudo, tal reabilitação é possível?

Um arqueiro pode mudar suas flechas traiçoeiras?

Embora seu relacionamento com seus companheiros Vingadores tivesse sido difícil, dada sua natureza arrogante e sua necessidade de provar seu valor (principalmente para o Capitão), o Gavião Arqueiro é a reabilitação mais bem-sucedida na história dos Vingadores. Ele fez parte dos Vingadores em alguma sede pela maior parte de sua existência e fundou e liderou os Vingadores da Costa Oeste. Se pudermos precisar a fonte do sucesso do Gavião Arqueiro, poderemos ir longe na compreensão da natureza da reabilitação.

A palavra "reabilitação" tem a mesma raiz latina da palavra "hábito". A raiz latina significa "ter, segurar, manter", o que é adequado, já que reabilitar alguém envolve quebrar seus maus hábitos e assegurar que bons hábitos tomem seu lugar. A ideia de que uma boa pessoa possui um caráter fixo e habitual tem uma longa história na filosofia moral, e foi mais bem expressa por Aristóteles (384-322 a.C.) na *Nicomachean Ethics*. De acordo com Aristóteles, uma virtude é uma disposição fixa que leva uma pessoa a escolher o jeito certo de agir em uma determinada situação. Uma pessoa virtuosa não é alguém que apenas é honesto ou corajoso a maior parte do tempo, ou por acaso ou inclinação. Pelo contrário, uma pessoa virtuosa é *sempre* honesta e corajosa porque é o que ele ou ela *é*.

Ser uma pessoa honesta, contudo, não significa sempre dizer a verdade ou nunca ser enganador. Aristóteles reconheceu que o modo correto de agir muitas vezes depende das circunstâncias de uma situação específica, razão pela qual um caráter firme é necessário. Se honestidade ou coragem pudessem ser resumidas em termos de uma regra, simplesmente iríamos dizer às pessoas para seguirem essa regra. Uma pessoa virtuosa tem a experiência e um senso moral bem afinado para saber o que a situação exige. Por exemplo, ninguém negaria que o Capitão América é corajoso, mas sua coragem não é definida por um conjunto particular de regras. De vez em quando, sua coragem exige que ele lute contra Thanos, mesmo quando parece mais provável que ele vá morrer, enquanto, em outras ocasiões, a coragem pede que ele faça um recuo estratégico, ou até se renda (como se rendeu no fim da Guerra Civil).

Se você se incomoda com a ideia de que uma pessoa virtuosa sempre faça coisas virtuosas, você não está sozinho. O filósofo e psicólogo contemporâneo John M. Morris desafiou a noção de caráter de Aristóteles como irrealista, usando estudos psicológicos para mostrar que é impossível desenvolver o tipo de caráter firme que Aristóteles parece exigir.[188] Esses estudos sugerem que fatores situacionais têm uma amplitude maior do que o caráter individual em determinar o comportamento. Por exemplo, em um estudo deplorável conduzido

---

188. Os argumentos de Doris estão resumidos em seu livro *Lack of Character: Personality and Moral Behavior* (Cambridge: Cambridge University Press, 2002).

pelo psicólogo Stanley Milgram, os objetos de estudo foram levados a acreditar que faziam parte de um experimento que testava os efeitos do reforço negativo sobre o aprendizado. Foi dito aos participantes para darem choques nos aprendizes se eles dessem respostas erradas (só que, sem que os participantes soubessem, na verdade, os aprendizes faziam parte do experimento e os choques eram falsos). Milgram descobriu que por volta de dois terços dos participantes estavam dispostos a ir "até o extremo" de choques de 450 volts (que, supostamente, causariam tremenda dor para os aprendizes). Mesmo pessoas que haviam informado terem vidas virtuosas fora do experimento foram ao extremo.[189] Doris afirma que o experimento criou uma situação em que a maioria das pessoas se sentia compelida a continuar com os choques, mesmo acreditando que era a coisa errada a fazer. Elas não estavam agindo de acordo com virtudes ou vícios, como coragem ou crueldade, mas, em vez disso, estavam reagindo a uma situação em particular à mão.

Encontrando um equilíbrio com o Gavião Arqueiro

Doris afirma que, na verdade, não temos traços globais de caráter, como honestidade, coragem ou compaixão, que se apliquem a um número amplo de situações, independentemente de suas circunstâncias específicas. Em vez disso, temos traços de caráter locais, que se aplicam em menor amplitude e em situações específicas como, por exemplo, "coragem diante do fogo", ou a "coragem para falar em público". Então, quem está certo, Aristóteles ou Doris? O caso do Gavião Arqueiro nos mostra que a resposta pode residir em algum lugar entre os dois.

No caso do Gavião Arqueiro, o traço de personalidade relevante parece ser a necessidade de validação ou atenção. Simplesmente, considere sua razão para tornar-se um aventureiro uniformizado: ele tinha ciúme da atenção que o Homem de Ferro obtinha.[190] Essa necessidade de aprovação é uma parte fixa da personalidade do Gavião Arqueiro, é um tema constante em suas histórias solo, bem como em

---

189. Toda a estrutura do experimento de Milgram e uma análise dos resultados podem ser encontradas em seu livro *Obedience to Authority: An Experimental View* (New York: Harper and Row, 1974).
190. *Tales of Suspense* #57 (setembro de 1964), reeditado em *Essential Iron Man Vol. 1* (2002).

suas aventuras com os Vingadores, os Vingadores da Costa Oeste e os Thunderbolts. Pouco depois de doar seu manto heroico, contudo, o Gavião Arqueiro foi desviado para uma carreira criminosa. Depois de ser confundido com um criminoso, seu temperamento explosivo o levou a decidir de forma malévola que, se eles iriam pensar que ele era um criminoso, ele se tornaria um.[191]

Um temperamento explosivo e a necessidade de aprovação são traços de personalidade regionais, estando em algum lugar entre os traços descritos por Aristóteles e os traços locais defendidos por Doris. Nenhum dos traços regionais de personalidade do Gavião Arqueiro mudou de modo significativo quando ele passou de criminoso a herói. Embora suas experiências o tenham temperado, de certo modo, ele permanece o arqueiro uniformizado estereotipado com uma plaqueta em seu ombro e um temperamento ruim. A reabilitação de Gavião Arqueiro de criminoso para herói não erradicou esses traços, em vez disso ele os usou para tentar provar seu valor a seus companheiros heróis tomando a liderança em missões arriscadas e, por seu temperamento, em geral ele é o Vingador que fica mais perturbado quando percebe injustiça e iniquidades.

Avengers Annual #16 (1987) apresenta um dos feitos de heroísmo do Gavião Arqueiro mais memoráveis e notórios.[192] O Grande Mestre havia desafiado os Vingadores a impedirem suas "bombas de vida" de explodirem e destruírem o Universo. Os Vingadores conseguiram, mas o Grande Mestre insiste que eles reencenem o desafio, o que devem fazer até que o Grande Mestre ganhe. Nessa altura, o Gavião Arqueiro o desafia a "sugar canudos" pelo destino do Universo. Neste caso, os "canudos" são as duas últimas flechas do Gavião Arqueiro, uma delas tem uma ligação ardilosa, e aquele que escolher essa flecha será o vencedor. O Grande Mestre não consegue resistir a esse jogo e fica chocado quando ele suga o canudo sem a ligação, deixando-o vulnerável o suficiente para que se acabe com o seu esquema. Como logo percebemos, o Grande Mestre, na verdade, escolheu a flecha com a ligação, mas o Gavião Arqueiro retirou a ligação da

---

191. Para saber mais a respeito das dúvidas íntimas de Gavião Arqueiro e sua necessidade de validação, veja o capítulo de Mark D. White, intitulado "O Caminho da Flecha: Gavião Arqueiro Encontra os Mestres Taoistas", neste volume.
192. Reeditado em *Avengers: The Contest* (2010).

flecha quando o Grande Mestre a pegou. O Capitão critica o Gavião Arqueiro pela fraude e, mais tarde, em um jogo de basquete, ele diz a Thor para observar bem o Gavião Arqueiro porque "ele frauda!". O Capitão compra a ideia da fraude como um traço de caráter global. Como sabemos, o Gavião Arqueiro não é alguém que sempre engana para seu próprio ganho. Pelo contrário, ele tem um traço de caráter regional – digamos, ser alguém que subverte as regras em nome do bem maior –, que motiva suas ações em situações desesperadoras.

Talvez isso esteja no sangue

Os outros membros da Quadrilha não tiveram tanto sucesso em permanecer do lado dos anjos. Nem todos são rápidos o suficiente para agir de modo mais precipitado do que o Gavião Arqueiro, mas Mercúrio não vê problemas em suplantar a natureza rude e temperamental de nosso arqueiro favorito. Ele deixa os Vingadores intempestivamente, depois que sua irmã Wanda é machucada acidentalmente e, por um período breve, se junta de novo com Magneto e até luta contra os X-Men.[193] Mais tarde, ele se torna um inimigo em absoluto dos Vingadores da Costa Oeste. Durante toda a sua carreira, Mercúrio acaba sendo tão imprevisível quanto seu nome sugere. A Feiticeira Escarlate tem uma posição mais fixa nas fileiras dos Vingadores até tornar-se uma de suas grandes ameaças durante a trama dos "Vingadores Desmantelados", quando ela mata vários Vingadores, incluindo seu velho amigo Gavião Arqueiro e seu ex-amante Visão.[194] Depois desse episódio, sob a influência de seu irmão, ela usa seus poderes de alterar a realidade para transformar o mundo na "Dinastia M", quando Magneto governa uma aristocracia mutante que oprime os humanos.[195]

Wanda e Pietro são os filhos gêmeos de Magneto. Será que existe um gene instável ou maléfico que eles herdaram de seu pai? Embora

---

193. Eles saem em *Avengers*, vol. 1, #49 (fevereiro de 1968), reeditado em *Essential Avengers Vol. 3* (2001).
194. *Avengers Disassembled* (2005). Sobre o relacionamento entre a Feiticeira Escarlate e Visão, veja o capítulo de Charles Klayman intitulado "Estilo de Amor entre os Vingadores: Um Android Pode Amar um Humano?", neste volume.
195. *House of M* (2006).

a conclusão seja tentadora, existe uma resposta mais simples.[196] Nós já vimos que o sucesso de Gavião Arqueiro dependeu de redirecionar seus traços de personalidade existentes, mas nenhum deles foi verdadeiro obstáculo à reforma. Se olharmos para Pietro e Wanda, descobriremos que suas experiências os deixaram com alguns hábitos que foram impedimento para que se tornassem membros cumpridores da lei da comunidade.

Como acontece com muitos mutantes no Universo Marvel, Mercúrio e a Feiticeira Escarlate foram perseguidos desde tenra idade. Isso os levou a se unirem à Irmandade dos Mutantes do Mal de Magneto, que parecia menos preocupada em lutar contra o preconceito do que criar esquemas para dominar o mundo. Em função da Irmandade apenas tornar as coisas piores, os gêmeos a abandonaram e escreveram uma carta pedindo para se unirem aos Vingadores. Como é explicado por Mercúrio: "Os Vingadores devem aceitar-nos sem se preocupar por sermos diferentes – sem ficar sempre nos lembrando de que somos mutantes!!".[197] Wanda segue com esse plano com relutância; ela preferiria que eles parassem de usar seus poderes e vivessem na obscuridade. Aqui podemos ver as diferenças entre os dois refletidas em seus traços de caráter regionais. Pietro é arrogante e assume o nome "científico" para os mutantes no Universo Marvel – *Homo Superior* – com paixão. Ele quer se unir aos Vingadores para que possa usar sua supervelocidade sem ser perseguido. Wanda, por outro lado, quer uma vida normal; ela fica mais que feliz ignorando sua natureza mutante.

A arrogância de Mercúrio causa atritos com o Gavião Arqueiro e o Capitão, mas ele desenvolve um respeito rancoroso por ambos no decorrer do tempo. Não é suficiente, contudo, para suprimir seu desagrado pela humanidade em geral. A certa altura, ele diz a sua irmã o que são os humanos, "com sua desconfiança constante com tudo que seja associado à palavra mutante... quem deveria tentar nos agradar!".[198] Esta não é a atitude de um herói e não é surpreendente que

---

196. Para saber mais sobre os efeitos da linhagem de Wanda e Pietro, veja o capítulo de Jason Southworth e Ruth Tallman intitulado: "Os Vingadores: A Família Mais Poderosa da Terra", neste volume.
197. *Avengers*, vol. 1, #16 (maio de 1965), reeditado em *Essential Avengers Vol. 1* (1998).
198. *Avengers*, vol. 1, #45 (outubro de 1967), reeditado em *Essential Avengers Vol. 2* (2000).

a sensação de superioridade de Mercúrio seja responsável por sua decadência para o papel de vilão. Ele sente merecer certo nível de respeito, mas o público em geral permanece com medo dele. Depois de ser erroneamente culpado por uma explosão, ele diz: "Está chegando o tempo em que não suportarei mais seus insultos e suspeitas... mas eu baterei de volta!".[199] Tirando de lado sua arrogância, a característica definidora de Mercúrio é o seu amor por sua irmã gêmea. Quando Wanda é machucada em batalha (que, secretamente, foi causada por Magneto), a reação imediata de Pietro é levá-la para fora e deixar os Vingadores. Quando ele, por fim, volta aos Vingadores, é porque sua irmã corre perigo e ele precisa de ajuda.[200]

Desse ponto em diante, Pietro teve uma associação tumultuosa com os Vingadores. Ele não apenas saiu e voltou várias vezes, mas também entrou em confronto com eles quando tentou realizar tramas nefastas. A maior parte dos períodos de Wanda com os Vingadores é bem mais calma, mas no fim ela usa seus poderes para destruí-los como organização e depois remodela o mundo em um paraíso mutante. A característica mais definidora de Wanda é seu simples desejo de levar uma vida normal – o que ela encontrou com os Vingadores – e, diferentemente de seu irmão, ela está mais do que disposta a suprimir suas experiências passadas de modo que possa focar no presente.

Quando Aristóteles fala sobre caráter, ele distingue uma pessoa virtuosa de uma pessoa *continente*. Uma pessoa virtuosa é alguém que sempre faz o correto porque lhe dá prazer. Por exemplo, uma pessoa corajosa tem prazer em tomar atitudes corajosas. Uma pessoa continente é alguém que toma a atitude corajosa, mas não gosta disso. Eles provavelmente fazem porque "é a coisa certa a fazer", mas consideram que fazer a coisa certa é um fardo. Uma pessoa virtuosa não de distanciará da virtude, mas uma pessoa continente pode tropeçar diante de certas condições. Tanto Mercúrio quanto Wanda parecem ser continentes em oposição a virtuosos. Suas experiências tornam muito difícil para eles retirar um prazer verdadeiro em se comportarem heroicamente. O Gavião Arqueiro, pelo contrário,

---

199. *Avengers*, vol. 1, # 46 (novembro de 1967), reeditado em *Essential Avengers Vol. 2*.
200. *Avengers*, vol. 1, # 75 (abril de 1970), reeditado em *Essential Avengers Vol. 4* (2005).

gosta de ser um herói. Não causa surpresa, portanto, que os filhos de Magneto (em especial Pietro) tenham uma tendência a voltar a uma vida de vilanias (o que os eruditos legais chamariam de *recidiva*).

Cão velho e novos truques

Quando se pensava que os Vingadores haviam sido mortos por Massacre (e foram mesmo, no universo de "Heróis Renascem"), os Mestres do Mal fingiram ser um grupo de super-heróis conhecidos como Thunderbolts.[201] Entretanto, em pouco tempo, alguns da equipe perceberam que gostavam de ser super-heróis e se voltaram contra seu líder, o Barão Zemo. Quando o Gavião Arqueiro lê pela primeira vez sobre a declaração dos Thunderbolts restantes de que eles haviam realmente se reformado, ele fica lívido. Em sua maneira intempestiva usual, ele sai para confrontá-los.[202] Qual a razão de tão grande ceticismo quanto à reabilitação dos Thunderbolts, quando ele havia estado em situação similar quando se uniu aos Vingadores?

Para começar, ele não havia sido um criminoso pouco antes de se reformar, enquanto os Thunderbolts eram em sua maior parte vilões de longa data antes de fingirem (e mais tarde decidirem) ser heróis. Similar à distinção entre virtude e continência é a existente entre vício e incontinência. Vício é resultado de um traço negativo, como crueldade, e incontinência é mais como uma falta de autocontrole a respeito da prática de bons traços (como a bondade) quando bate a tentação de agir de outro modo. Uma pessoa cruel machuca as pessoas e retira prazer nisso, enquanto uma pessoa impulsiva pode machucar pessoas, mas sentir remorso ou arrepender-se do que fez. Uma vez que ele ou ela não é verdadeiramente vicioso, a pessoa incontinente pode aprender a superar maus hábitos e adotar bons hábitos. Por exemplo, o Gavião Arqueiro nunca retirou prazer de suas ações criminosas e sentia-se mal sobre o que fazia quando trabalhava com a Viúva Negra. Portanto, ele ansiava por reabilitação.

Quanto mais tempo uma pessoa se engaja em uma vida de crime, portanto, é maior a probabilidade de elas se tornarem deformadas, tornando-se pessoas viciosas. Podemos ver isso se olharmos

---

201. *Thunderbolts* #1 (abril de 1997), reeditado em *Thunderbolts Classic Vol. 1* (2011).
202. *Avengers*, vol. 3, #8 (setembro de 1998), reeditado em *Avengers Assemble Vol. 1* (2004).

para os Thunderbolts originais. Rocha Lunar passara toda sua vida aprendendo a manipular pessoas para conseguir o que ela quisesse. Então, quando o Gavião Arqueiro se oferece para liderar os Thunderbolts para que eles possam ganhar sua chance de redenção, ela o apoia porque pensa que pode manipular o Gavião Arqueiro. Até tenta seduzi-lo, embora pareça que ela realmente acaba desenvolvendo sentimentos por ele – sentimentos que parecem ir contra sua tendência de manipular, sugerindo a possibilidade de que ela se reformará de verdade. Contudo, o relacionamento entre eles acaba e ela assume seu velho modo de ser. Sua natureza manipuladora é simplesmente o que é, um elemento de sua depravação.

Em contraste, vários outros Thunderbolts foram atraídos para os Mestres do Mal, originalmente por circunstâncias que provavelmente fariam qualquer um se engajar em um comportamento antissocial. Soprano (que começou sua carreira como Mimi Grito) sofreu abuso pelo seu pai e, mais tarde, seu parceiro no crime. Seu comportamento depravado resultante foi simplesmente um modo de proteger-se. Quando começou a sentir-se mais segura, ela considerou mais fácil assumir um estilo de vida heroico e, por fim, tornou-se a guarda carcerária da Raft, a prisão para supervilões, sob o comando de Luke Cage.[203] Parte de sua sensação de segurança veio do relacionamento que ela formou com Abner Jenkins, originalmente o Besouro e depois MACK-1, um mecânico que construiu seu próprio superuniforme para cometer crimes. Segundo admitido por ele mesmo, na verdade estava só tentando conseguir algum respeito, o que encontrou com os Thunderbolts. Então, foi capaz de colocar sua *persona* vilã no passado e tornar-se um herói. Diferentemente de Rocha Lunar, Soprano e Besouro não têm traços de caráter negativos que estejam cristalizados demais para ser reformados; portanto, eles podem ser reabilitados com sucesso e servir ao mundo como heróis.

Vingando ou salvando?

Quando o Gavião Arqueiro assumiu os Thunderbolts, ele mentiu para eles, dizendo que a Comissão de Atividades Super-humanas havia

---

203. *Thunderbolts* #144 (julho de 2010), reeditado em *Thunderbolts: Cage* (2011).

concordado em perdoá-los se eles começassem a operar como heróis. Na verdade, quando o Gavião Arqueiro abordou a comissão sobre anistia, disseram-lhe que era impossível porque eles eram criminosos há muito tempo e ameaças mortais. Um membro da comissão resumiu a objeção com uma questão simples: "Se eles agirem bem a partir de agora, não terão de pagar por seus crimes?".[204] Essa é a essência da objeção da maioria das pessoas à reabilitação como uma alternativa à punição: ela parece uma resposta inapropriada, senão descaradamente errada, ao comportamento criminoso.

A maior parte das justificativas filosóficas à punição cai em um dos dois tipos gerais: dissuasão e retribuição. *Dissuasão* foca na prevenção do crime, punindo os criminosos tanto para evitar que esses criminosos cometam novos crimes (dissuasão específica) e também fornecer incentivos para que outras pessoas não os cometam (dissuasão genérica). Um defensor da dissuasão temeria que os programas de reabilitação pudessem levar a aumento na taxa de crimes, se eles fossem vistos como "suaves" ou fornecessem um jeito de escapar da punição. Por outro lado, os proponentes da *retribuição* sustentam que os criminosos merecem a punição por uma questão de justiça, não por quaisquer consequências benéficas da mesma. Antes de assumir o comando dos Thunderbolts, o Gavião Arqueiro exige que quaisquer assassinos da equipe sejam processados, dizendo que assassinato é "um crime que eu não posso negligenciar. Não é possível fazer vista grossa a ele, independentemente de quão heroico você tenha sido depois".[205] Os retributivistas dão razões diferentes de por que os crimes merecem punição: alguns alegam que a punição restaura o equilíbrio entre o certo e o errado depois que um crime é cometido, enquanto outros ressaltam a importância de expressar condenação ou desaprovação aos delitos.[206]

A relutância em abrir mão de punir um criminoso empedernido é compreensível, mas nossa intuição em geral muda quando se trata de jovens transgressores. Nesses casos, é difícil equilibrar o desejo de dar a pessoas jovens uma oportunidade de se redimirem

---
204. *Thunderbolts* #21 (dezembro de 1998).
205. *Ibid.*
206. Para saber mais sobre a filosofia da punição, veja Antony Duff, "Legal Punishment", *Stanford Encyclopedia of Philosophy*, <http://plato.stanford.edu/entries/legal-punishment>.

com o medo de sugerir a elas que seus crimes não são delitos graves contra a sociedade. Depois de levar o "Reinado Sombrio" de Norman Osborn ao fim, os Vingadores tiveram de decidir o que fazer com as crianças que Osborn havia detido e torturado para desencadear seus superpoderes. Os Vingadores temeram que as experiências das crianças sendo torturadas por Osborn, com os efeitos mortais de seus poderes, as tornariam muito mais propensas a se tornarem supervilãs no futuro.

Para prevenir que isso acontecesse, Hank Pym teve a ideia de que os adolescentes deveriam ser alistados em uma Academia de Vingadores e treinados para ser heróis. Pouco depois, no entanto, os estudantes invadem os arquivos de Pym e descobrem que a Academia não tem o objetivo de treinar aqueles com os maiores potenciais para o heroísmo, mas, em vez disso, tentar intervir com os que têm os maiores potenciais para a vilania.[207] A academia é testada quando vários dos estudantes saem sorrateiramente para atormentar o Capuz, um vilão que havia liderado um assalto contra sua professora, Tigra.[208] Quando Tigra descobre o que os garotos fizeram, sua reação imediata é expulsar todos os envolvidos. Contudo, Pym considera isso duro demais e convoca uma reunião para discutir sua punição. Outro professor da Academia, Speedball, o qual estava envolvido no incidente de Stanford, que matou 600 pessoas (e levou à Guerra Civil), argumenta contra a expulsão porque "essas crianças não fizeram nada de que elas não possam voltar atrás".[209] Os estudantes são colocados em condicional e é dito a eles que, no próximo erro que cometerem, serão chutados para fora da Academia. Eles podem ter tido vidas trágicas antes de chegar à Academia, mas esses garotos não são criminosos empedernidos. A reabilitação parece (ainda mais) justificada em seus casos, porque eles têm toda sua vida para tentar ser pessoas boas e virtuosas.

---

207. Como revelado em *Avengers Academy* #1 (agosto de 2010), reeditado em *Avengers Academy: Permanent Record* (2011).
208. *Avenges Academy* #8 (março de 2011), reeditado em *Avengers Academy: Will We Use This in the Real World?* (2011).
209. *Avengers Academy* #9 (abril 2011), reeditado em *Avengers Academy: Will We Use This in the Real World?*

Esperança para o futuro?

Kang, um dos maiores inimigos dos Vingadores, parece um candidato estranho para a reabilitação, porém vamos dar uma chance ao nosso tirano saltador do tempo favorito. A certa altura, Kang viajou no tempo para o passado, para poupar seu eu mais jovem de ser espancado por abusadores e, depois, foi adiante, para mostrar ao jovem Kang todas as "grandes" coisas que realizaria mais tarde na vida. Porém, o Kang mais velho não contava com o fato de seu eu mais jovem ficar apavorado com o que ele se tornaria.

Em vez de aceitar seu futuro, o jovem Kang roubou de seu eu mais velho sua tecnologia de viagem no tempo e recuou mais ainda no passado. Disfarçado como o Rapaz de Ferro, ele formou os Jovens Vingadores para enfrentar Kang.[210] Para proteger seus amigos, o Rapaz de Ferro matou Kang – ou seja, matou a si mesmo, embora fosse uma versão diferente de si mesmo. Como consequência de matar a si mesmo, Kang cria uma nova realidade em que os Vingadores morreram cedo em suas carreiras e muitos dos Jovens Vingadores nem nasceram. Então, o Rapaz de Ferro percebe que ele teria de voltar para o seu tempo e tornar-se Kang para desfazer sua morte por suas próprias mãos.[211]

A história do Rapaz de Ferro ilustra vários temas deste capítulo. O único modo de um vilão sem remorsos como Kang poder tornar-se um herói seria se ele fosse recrutado muito jovem, antes que sua natureza iníqua tivesse se solidificado. De fato, é revelado que o espancamento severo do qual Kang resgatou seu eu mais jovem foi o catalisador para sua transformação em um vilão. Sem aquela experiência, seu intelecto e apetite por aventuras o levaram para direções diferentes. Nós até temos uma evidência do bom caráter do jovem Kang, porque ele faz o sacrifício supremo para o bem comum: ele desiste de sua existência como herói para salvar seus amigos. Como maior evidência ainda indicando uma mudança fundamental no caráter de Kang, os padrões cerebrais do Rapaz de Ferro tornam-se

---

210. *Young Avengers: Sidekicks* (2006).
211. Para saber mais a respeito dos paradoxos da viagem no tempo (e Kang), veja o capítulo de Andrew Zimmerman Jones, intitulado "Kang Pode Matar Seu Eu Passado? O Paradoxo da Viagem no Tempo", neste volume.

modelo para o Visão revivido que, desde então, se reuniu de novo aos Vingadores como um herói confiável.

Os Jovens Vingadores – pelos menos uma geração distante da Quadrilha do Capitão – nos fornecem um grande exemplo de quando a reabilitação deveria triunfar sobre o castigo. Patriota é o neto de Isaiah Bradley, o "Capitão América Sombrio", de *Captain America: Thruth* (2009). Ele quer ser um herói como seu avô, mas não herdou a fisiologia de supersoldado. Daí, para se juntar aos Jovens Vingadores, o Patriota declara que adquiriu os poderes de seu avô depois de uma transfusão de sangue. Para manter essa versão ardilosa, ele começa a usar a droga HCM (Hormônio de Crescimento Mutante) para dar a si força e durabilidade aumentadas. Uma vez que a droga é ilegal, ele obtém seu suprimento prendendo traficantes de HCM e roubando alguns de seus produtos.[212]

Quando uma tentativa de conseguir um pouco de HCM do laboratório de um supervilão dá errado, as mentiras de Patriota ficam expostas. Embora tivesse cometido um crime de posse de HCM, ninguém exige que ele seja punido, presumivelmente porque suas intenções foram boas e ele não estava engajado nesse comportamento há muito tempo. O mais importante, ele reconhece que deve abandonar os Jovens Vingadores porque mentiu para seus companheiros de equipe. Os traços regionais de caráter de Patriota (seu desejo de ajudar as pessoas, lealdade a seus colegas de equipe e habilidade para inspirá-los) são as sementes de um verdadeiro herói. O resto dos Jovens Vingadores reconhece isso, e eles o convidam a se reunir de novo à equipe, reafirmando o valor da reabilitação sobre a punição em seu caso.

Vingadores, reabilitem-se!

Reabilitação pode ser uma alternativa justificável diante de certas condições. Funciona melhor se for aplicada cedo no desenvolvimento do caráter de uma pessoa, antes de ela desenvolver traços de caráter verdadeiramente viciosos. A reabilitação pode ser apropriada se for em reação a crimes que não são considerados indesculpáveis. E, por fim, é necessário existir uma indicação clara de que a pessoa

---

212. *Young Avengers: Family Matters* (2007), toda a sequência de *Young Avengers* foi reeditada desde então em uma reunião em um número de capa dura, *Young Avengers* (2008).

a ser reabilitada já está tentando resistir aos efeitos negativos de seus traços regionais de caráter. A disposição de Patriota de desistir de seu posto nos Jovens Vingadores sugere o tipo de remorso que merece uma segunda chance, mas o Gavião Arqueiro sempre pareceu um caso estranho. Para tentar impressionar os Vingadores, ele invadiu sua mansão, amarrou Jarvis, e depois o libertou com um tiro ardiloso de uma dificuldade impossível – o que dificilmente parece um jeito sincero e eficiente de anunciar que você abandonou a vida do crime com a esperança de se tornar um dos Heróis Mais Poderosos da Terra![213] Para merecer a reabilitação, é importante que nosso ex-criminoso demonstre os traços heroicos subjacentes, tais como preocupação com os outros e falta de interesse em ser recompensado pelas ações heroicas. Dentre os três membros problemáticos da Quadrilha do Capitão, somente o Gavião Arqueiro mostra evidência clara de reabilitação, porque apenas ele teve o tipo de traços regionais que mostra uma promessa de futuro heroísmo.

---

213. A estranheza da inscrição do Gavião Arqueiro para tornar-se um membro dos Vingadores foi retificada recentemente (*Hawkeye: Blindspot*, 2011). Jarvis deixou Gavião Arqueiro entrar na mansão e foi um participante ativo nessa estranha inscrição para emprego, porque o Gavião Arqueiro havia arriscado sua vida para salvar a mãe de Jarvis de assaltantes. Essa retificação mostra quanto é importante que a oferta de reabilitação vá para alguém que já evidenciou o tipo certo de traços regionais.

Parte 4

OS VINGADORES SEMPRE VÃO LONGE DEMAIS?

Lutando a Boa Luta: Ética Militar e a Guerra Kree-Skrull

Christopher Robichaud

Um dos episódios mais famosos na exploração atual dos Vingadores é seu envolvimento na Guerra Kree-Skrull, um conflito intergaláctico entre duas civilizações alienígenas avançadas, que abarcou galáxias e durou milênios.[214] Quando os poderosos Vingadores confrontam Ronan, o Acusador, a Inteligência Suprema, os transmorfos Skrull e o Sentinela Kree 459, eles parecem adversários superiores e fora de sua confederação. Quando descobrem um plano de Ronan, um Kree, de reverter a evolução dos humanos, ou quando encontram uma conspiração feita pelo governo (fortemente influenciado pelos Skrull) para impugnar os Vingadores com acusações de conspiração, eles parecem malpreparados para vencer as vastas forças alinhadas contra eles e o restante de nós.

É claro que, no fim do dia, os Vingadores prevalecem, com a ajuda de seu amigo Rick Jones, amante dos personagens de super-heróis dos anos 1940. Embora possa parecer óbvio que os Vingadores tinham fundamento em seu envolvimento, algumas

---

214. A história que será discutida neste capítulo está reunida no volume *Avengers: Kree-Skrull War* (2008), que reedita *Avengers*, vol. 1, #89-97 (de junho de 1971 a março de 1972), também reeditada (em preto e branco) em *Essential Avengers Vol. 4* (2005).

questões desafiadoras surgem quando voltamos no tempo para olhar sem piedade para o conflito Kree-Skrull em termos da ética militar.

O ponto de entrada para a Guerra Kree-Skrull

Os Vingadores não tinham percepção da Guerra Kree-Skrull até estarem inconscientemente lançados nela por um encontro com o Capitão Marvel, que havia sido uma vez um renomado soldado Kree chamado Mar-Vell. Este foi enviado à Terra no início de nossa era espacial como um espião para os Kree. Seu alvo era observar o surgimento de super-herois e a explosão de nossos avanços tecnológicos, o que preocupava os Kree. Acontece que Mar-Vell mudou de opinião depois de chegar aqui e recusou-se a seguir suas ordens e, em vez disso, tornou-se o Capitão Marvel, defensor da Terra (e passando a ser visto, imprecisamente, como um traidor pelos Kree).

No início do enredo da história Kree-Skrull em *Avengers*, um verdadeiro traidor Kree, Ronan, o Acusador, havia sido bem-sucedido em derrubar o governo do reino do líder Kree, o computador orgânico conhecido como Inteligência Suprema. Parte de seu esforço foi motivado simplesmente por uma sede de poder, mas ele também pensou que os Kree deveriam ser governados por si mesmos, e não por uma máquina.[215] Reconhecendo a importância estratégica da Terra, e adotando o temor de que os humanos estavam avançando rápido demais, Ronan decide tornar a conquista da Terra uma parte central de sua estratégia para manter o domínio Kree. A oportunidade de derrubar o Capitão Marvel pelo caminho é um bônus para ele.

Então, bem no início do envolvimento dos Vingadores na Guerra Kree-Skrull, eles se veem lidando com um Kree que deseja proteger a Terra e outro que deseja conquistá-la – e os Skrulls nem entraram no quadro ainda! Se tudo já parece um tanto complicado, não se preocupe. O enredo da Guerra Kree-Skrull é notório por fazer com que mesmo os fãs mais duros de matar cocem a cabeça. Contudo, quaisquer que sejam as falhas narrativas do enredo, a partir do ponto de vista da ética militar, essas complicações proporcionam

---

215. Para saber mais a respeito de máquinas orgânicas e sua posição em comparação com os humanos, veja o capítulo de Charles Klayman intitulado "Estilo de Amor entre os Vingadores: Um Androide pode Amar um Humano?", neste volume.

um grau significativo de autenticidade para uma história de guerra de fantasia. Quando se trata de conflitos militares verdadeiros, nada nunca é simples, e raramente as coisas são claras, especialmente em termos de ética.

Com frequência, as nações vão para a guerra usando uma linguagem moral que é preto no branco. Nós somos os caras bonzinhos lutando contra os malvados; nossos soldados são heróis e os deles são os vilões; e por aí vai. Isso tende a fazer com que tudo pareça simples, direto e organizado. Porém, a história da Guerra Kree-Skrull é tudo, menos isso. Ver essa guerra, mesmo quando retratada em uma história em quadrinhos de super-herói, é complicado e pode nos levar a avaliar a complexidade moral da guerra no mundo real. Se por nada mais, aprendemos que nossas estimativas morais dos governos, indivíduos e ações específicas em tempos de guerra precisam ter mais *nuances*, cuidado – e, sim, maior complexidade – do que inicialmente poderíamos esperar.

Está acontecendo uma guerra intergaláctica ...e você foi convidado

Ronan, o Acusador, lidera os Kree em uma guerra contra os Skrulls, e seu plano inclui "degenerar" os humanos, de modo que a Terra possa ser usada como base para seus esforços de guerra. Se for bem-sucedido, isso matará dois coelhos com uma só cajadada: eliminará a ameaça que os humanos, supostamente, representarão um dia para os Kree e fornecerá uma localização estratégica para ser usada contra os Skrulls. Com isso colocado, os Vingadores se veem sendo estapeados no meio de um conflito cósmico. De que lado, se algum, eles deveriam ficar? Para responder essa questão, primeiro os Vingadores precisam determinar se um dos lados está moralmente com a razão para entrar em guerra, o que em geral não é fácil de se determinar como poderíamos esperar. Acontece que, no caso da Guerra Kree-Skrull, os Vingadores não precisam decidir quem tem uma justificativa de cara, porque seu primeiro papel no conflito está claro: proteger a Terra. Na *Doutrina da guerra justa*, esta é a justificativa mais forte para entrar em um conflito: a autodefesa.

Um dos tópicos mais importantes discutido na guerra justa é determinar as condições que justificam que uma nação declare guerra a outra. O filósofo contemporâneo Michael Walzer afirma que uma guerra moralmente permissível deve ter uma *causa* justa.[216] Acadêmicos divergem quanto ao que isso significa exatamente, mas, para nossos propósitos, "causa" pode ser entendida como o que tem importância para alguém, ou pelo que alguém luta: esta é a *razão* para declarar guerra.[217] E, para Walzer, entre outras, a razão moral mais forte que uma nação pode ter para ir para a guerra é defender-se de um ato de agressão.

Um ato de agressão viola a soberania política e, muitas vezes, também a integridade territorial de uma nação. As nações têm o direito a essas duas coisas que, de acordo com Walzer, nascem dos direitos dos cidadãos individuais. Um ato de agressão de uma nação contra outra, portanto, é uma violação dos direitos dos cidadãos que, por sua vez, têm o direito de se defender contra tais violações. Mais significativo, no entanto, nós não temos um direito de autodefesa absoluto. Por exemplo, não nos é permitido defendermo-nos de uma incursão militar completamente aniquiladora ao Alasca pela Rússia; a reação não seria proporcional ao ataque. Também não temos permissão para utilizar a força militar se não tivermos exaurido todas as outras opções, incluindo a diplomacia. Alguns teóricos da guerra justa vão tão longe, a ponto de afirmarem que não nos é permitido defendermo-nos militarmente se tivermos boas razões para acreditar que a guerra não fará com que a agressão cesse, porque mais dano será causado sem muita benesse vinda a partir da guerra.

Ao considerar o envolvimento inicial dos Vingadores na Guerra Kree-Skrull, temos de fazer alguns ajustes. O mais óbvio deles, as nações não estavam tão envolvidas como as pessoas como um todo: os Kree, os Skrulls e a humanidade. O relato de Walzer é baseado na

---

216. Veja seu *Just and Unjust Wars: A Moral Argument with Historical Illustrations*, 4ª ed. (New York: Basic Books, 2006). Para saber mais sobre Walzer e a Doutrina da guerra justa, veja o capítulo de Louis P. Melançon intitulado "Segredos e Mentiras: Comprometendo os Valores dos Vingadores para o Bem do Mundo", neste volume.

217. O livro de Walzer cobre o assunto de modo muito mais detalhado do que seremos capazes de fazer aqui. Para uma introdução resumida e ao mesmo tempo bem acabada à moralidade da guerra, veja Brian Orend, "War", em *Stanford Encyclopedia of Philosophy*, <http://plato.stanford.edu/entries/war>.

ideia de uma nação executando um ato agressivo que viola os direitos de outra nação à soberania política ou integridade territorial. O problema é que a Terra como um todo não tem tais direitos, já que ela não é uma entidade política. A despeito de tudo, podemos considerar um ataque injustificado contra a humanidade como atos simultâneos de agressão contra cada nação da Terra pela "nação" Kree, liderada por Ronan. Reconhecidamente, os esforços de Ronan para degenerar a raça humana começam em uma base remota no Círculo Ártico, mas seu "Plano Atavus" tem o objetivo de apontar contra toda a raça humana.

Quando os Vingadores chegam à cena, o plano já começou. Um ataque está a caminho contra a raça humana e, portanto, uma guerra defensiva – começando com um contra-ataque pelos Vingadores – está moralmente justificada, desde que outras condições estejam presentes. Destruir Ronan vai de encontro à exigência de proporcionalidade? Parece que sim, afinal, eles não têm como objetivo destruir todo o Império Kree. O último recurso é um ataque dos Vingadores? É verdade que não foi perdido muito tempo tentando debater com Ronan, porém, como acontece com muitos vilões de histórias em quadrinhos, ele não se apresenta aberto a uma discussão racional. O ataque dos Vingadores reduzirá o dano generalizado vindo do conflito? Eles enfrentam uma luta e tanto, mas as apostas pela humanidade são extremamente altas e eles não têm uma razão convincente para acreditar que falharão.[218]

Ronan estava em seu direito?

Estivemos presumindo que os esforços de Ronan para nos degenerar são, realmente, um ato de agressão, um ato injustificado de guerra contra o povo da Terra, o que em si justifica uma reação defensiva da parte dos Vingadores. Mas não é como os Kree veem a situação,

---

218. Muitos teóricos da guerra justa também acreditam que uma guerra não pode ser justa, a não ser que as declarações tenham autoridade política. A coisa mais próxima de um organismo internacional que poderia dar legitimidade política às ações dos Vingadores nesse sentido seria a ONU, e eles não estão em cena na época da Guerra Kree-Skrull. Para saber mais sobre os Vingadores e os governos, veja o capítulo de Arno Bogaerts intitulado "Os Vingadores e a S.H.I.E.L.D.: A Questão dos Super-heróis Proativos", neste volume.

é claro: Ronan espera evitar que nos tornemos uma ameaça para os Kree no futuro.

Suponhamos, só pelo argumento, que esta é a única razão para Ronan iniciar seu Plano Atavus. Ele tem moralmente razão para iniciar uma guerra preventiva? Uma guerra preventiva é uma guerra lutada contra uma nação que não é uma ameaça imediata, mas é considerado provável que ela se torne uma ameaça no futuro. Alguns teóricos da guerra justa pensam que tais guerras são moralmente justificáveis em termos consequencialistas, porque poucas vidas serão perdidas se uma guerra de agressão puder ser interrompida antes de ser iniciada.

Um problema óbvio com as guerras preventivas é que, em geral, fica difícil determinar quais são as intenções de uma nação. Sem uma evidência forte e convincente a respeito, parece que iniciar uma guerra preventiva seria totalmente injustificável. Guerras não devem ser declaradas o tempo todo por nada, a não ser por um palpite (ou afirmações do tipo) de que um país pode ter sobre outro país em alguma época do futuro. Estaríamos em um estado de guerra sem fim, dificilmente em um mundo no qual ninguém gostaria de viver. Isso não quer dizer que nunca poderá existir um cenário em que uma evidência sólida como rocha venha à luz a respeito de planos nefastos de longo prazo de uma nação. Mas temos de imaginar que essas situações serão extremamente raras.

Quando se trata dos Kree, é claro que eles não têm evidências suficientes para concluir que nós pretendemos ser uma ameaça para eles no futuro, se e quando, um dia, desenvolvermos a tecnologia necessária para sermos uma ameaça. Até os Vingadores chegarem à cena, o povo da Terra nem sabia que os Kree existiam. Além do mais, parece que os medos dos Kree foram influenciados por sua própria história, não pela nossa. Éons atrás, os Skrulls viajaram para outros planetas procurando por parceiros comerciais. Quando chegaram ao planeta Hala, eles encontraram duas raças, os Cotati e os Kree, que competiram para determinar com quem os Skrulls negociariam. Os Cotati venceram, mas os Kree se voltaram contra eles e os Skrulls, roubando a tecnologia dos últimos; eles usaram-na para desenvolver sua própria tecnologia a fim de lançar uma ofensiva contra os Skrulls. A partir daí começou a Guerra Kree-Skrull.

Baseados em seu próprio comportamento, os Kree devem suspeitar que, uma vez que nosso planeta desenvolva tecnologia suficiente, agiremos de modo tão beligerante quanto eles em relação a outras raças que encontrarmos em nossa exploração da galáxia. Dado que os humanos demonstraram pouca habilidade ou inclinação para viver em paz uns com os outros, isso não parece inteiramente desarrazoado. Do mesmo modo, tais especulações ainda não são suficientes para lançar um ataque aniquilador contra toda uma espécie, como os Kree, no reinado de Ronan, tentam fazer. Até as guerras preventivas, supostamente, devem ser um último recurso em termos de ação, quando a diplomacia tiver falhado, não o uso de uma saraivada de tiros.

Esses Skrulls sorrateiros

Já falamos demais do papel dos Kree em tudo isso – e quanto aos Skrulls? Eles foram simplesmente vítimas dos agressivos Kree? No início, talvez tivessem sido, mas na época em que os Vingadores entraram na briga, os Skrulls já estavam lutando contra os Kree por milhares de anos. Além do mais, por serem transmorfos, eles também se infiltraram na Terra, posando em várias ocasiões como super-heróis, agentes de governos, e até vacas.[219] Como os Kree, eles reconhecem o potencial estratégico da Terra em seu conflito em andamento. Diferentemente dos Kree, e em específico de Ronan – eles não lançaram um ataque direto contra nós. Em vez disso, seu objetivo imediato na história que estamos focando é capturar Mar-Vell e forçá-lo a fazer um instrumento, o Projetor de Ondas-Omni, que eles possam usar como arma contra os Kree.

Vamos supor que os Skrulls estejam lutando uma guerra justa contra os Kree a essa altura, defendendo-se contra um inimigo agressivo que construiu um império em cima da violência e de tecnologia roubada. Mar-Vell não é mais um soldado dos Kree, mas também não está disposto a colocar uma arma de destruição em massa nas mãos dos Skrulls para ser usada contra o seu povo. É bem improvável que possamos justificar o uso de tal arma pelos Skrulls contra os Kree,

---

219. Sim, vacas, embora não por escolha, mas como o resultado de sua batalha contra o Quarteto Fantástico.

mesmo quando a guerra entre eles já tenha durado séculos e séculos, e custado incontáveis vidas. A despeito de tudo, assumir que apenas possuir a arma e ameaçar usá-la levaria a guerra a um fim significa que os Skrulls podem, legitimamente, usar o Capitão Marvel para colocar essa arma em suas mãos? Em termos de ética militar, essa não é uma questão sobre quando é moralmente permissível *iniciar* uma guerra, mas, pelo contrário, sobre o que é moralmente permissível *fazer* durante uma guerra.

A primeira estratégia dos Skrulls é enganar o Capitão Marvel, usando suas habilidades de transmorfos para fingirem ser Carol Danvers (uma aliada de Mar-Vell e a futura Miss Marvel), e ela o convence a construir o Projetor de Ondas-Omni. Ele o constrói, mas logo descobre o ardil deles e imediatamente o destrói, o que é uma boa notícia para os Kree. Ainda assim, a burla dos Skrulls é permissível em si? A maior parte de nós não mantém proibição estrita contra mentir ou outras formas de engano, especialmente se vidas estão em jogo nisso. Supondo que o instrumento, quando em mãos dos Skrulls, poderia levar a guerra ao fim (caso tivesse de ser usado ou não), então a burla pode ser justificada porque resultou em um custo menor em termos de vidas perdidas.[220]

Lógica torturada

Mas a tática seguinte – desta vez por parte dos Skrulls – é mais questionável. O imperador dos Skrulls ameaça matar a Feiticeira Escarlate e Mercúrio, que foram capturados, se o Capitão Marvel não construir a arma para *eles*. Ele não considera isso uma violação da "Convenção de Fornax" que, sem dúvida, é semelhante à nossa Convenção de Genebra, e que proíbe que combatentes na guerra Kree-Skrull sejam torturados pelo inimigo. O imperador está correto nessa avaliação, então? Ameaçar o Capitão Marvel com a execução de seus amigos e aliados – de fato, forçando-o a testemunhar suas mortes, a não ser que faça o Projetor – seria um tipo de tortura?

É plausível que sim – mesmo se o imperador estiver blefando. Uma ação destinada a fazer prisioneiros de guerra sofrerem coerção

---

220. Para saber mais sobre a ética do segredo e do engodo, veja o capítulo de Melançon (citado na nota 216), neste volume.

mental significativa, de modo que eles possam fornecer informações, cai na categoria de tortura. Exemplos incluem regularmente causar humilhação sexual às pessoas, forçá-las a testemunhar a profanação de objetos que elas consideram sagrados, privá-las de sono, ou fazer com que ouçam seus companheiros prisioneiros sofrerem violência física. No caso do Capitão Marvel, ameaçá-lo de ter de testemunhar a morte de seus amigos, a não ser que ele faça algo, é tortura. Então, os Skrulls têm permissão moral para fazer isso?

O fato concreto de essa ação contar como tortura deve ser suficiente para determinar a resposta. Para muitas pessoas, não faz sentido perguntar se tortura é errado. Mas a maior parte da ética militar deixa em aberto se todos os atos de tortura são proibidos, e até pessoas que afirmam que a tortura é sempre errada têm opiniões diferentes quanto à razão de ser errado. Para alguns, tudo é uma questão de consequências. De acordo com esse ponto de vista, a tortura – seja ela praticada ou meramente uma ameaça – leva a mais consequências ruins que boas. Diferentemente da informação útil, o pensamento continua, é obtida uma má informação, levando a ações ineficientes e, talvez, ao abuso retaliatório. Esse ponto de vista se alinha bem com a teoria moral chamada *consequencialismo*, que mantém que ações são certas ou erradas dependendo apenas dos resultados dessas ações: especificamente, caso essas ações maximizem o bem comum.

Em um ponto de vista diferente, a tortura não é permissível mesmo se as consequências forem boas – mesmo se for colhida uma informação valiosa que leve à ação eficiente, e os nossos soldados não fiquem em perigo por causa da tortura. De acordo com esse ponto de vista, a tortura falha em tratar soldados inimigos e combatentes com o respeito moral que todas as pessoas merecem. De acordo com o filósofo Immanuel Kant (1724-1804), os apoiadores dessa posição veem a tortura como tratar pessoas meramente como meios, e não, ao mesmo tempo, como fins em si mesmas.[221] Causar pressão mental significativa a alguém só para fazer com que forneça uma informação útil é equivalente a usar essa pessoa em vez de respeitá-la como um todo. Esse modo de pensar sobre a tortura recai de um modo geral

---

221. Veja *Groundworks of the Methaphisics of Morals,* Parte II, de Kant.

na *deontologia*, que afirma existir mais do que só as consequências na moralidade das ações; em vez das consequências, existe um *status* moral inerente a um ato em si, independentemente de seu resultado.[222]

Deixaremos em aberto qual desses argumentos explica melhor a intuição comum a respeito da tortura, basta reconhecer que várias linhas de raciocínio estão disponíveis para apoiar as oposições a ela. E, se aceitarmos que torturar é errado, poderemos concluir que, mesmo se os Skrulls estiverem lutando uma guerra justa contra os Kree, e mesmo até se o Projetor a levasse a um fim sem o custo de vidas, ainda assim é errado para eles torturarem o Capitão Marvel para atingir o seu objetivo. Se relaxarmos alguns desses pressupostos questionáveis, podemos dizer ainda que, quaisquer que fossem as circunstâncias que levaram os Skrulls a ser arrastados para essa guerra, eles não são mais participantes inocentes dela.

E a guerra é furiosa

Quem ganha a Guerra Kree-Skrull? Na verdade, nenhum dos lados. Na história em particular que focamos, uma conquistada – porém, de jeito algum derrotada – Inteligência Suprema entra na mistura no último minuto e outorga poder ao Vingador honorário Rick Jones para colocar um fim àquela rodada de luta. Porém, como todos os familiarizados com essas duas raças alienígenas sabem, está longe de ser o fim da questão. Mais recentemente, os Skrulls invadiram a Terra, de novo, em *Secret Invasion* (2008-2009), o que criou um quadro ainda mais sombrio de seu envolvimento nas questões terrestres. Por enquanto, entretanto, devemos nos contentar com ter usado a Guerra Kree-Skrull como uma oportunidade para examinar algumas das questões que ocupam o trabalho dos eticistas militares, questões bastante relevantes para todos nós, e sobre as quais uma reflexão cuidadosa ainda é muito necessária.[223]

---

222. Para saber mais sobre consequencialismo e deontologia, veja o capítulo de Mark D. White intitulado "Aula de Ética Super-humana com os Vingadores Primordiais", neste volume.

223. Muitos agradecimentos aos fãs anônimos devotados por aí que, em artigos na *Wikipédia* e em fóruns, me ajudaram a preencher as lacunas de alguns dos ângulos mais recônditos dos personagens que aparecem na "Guerra Kree-Skrull".

Segredos e Mentiras: Comprometendo os Valores dos Vingadores para o Bem do Mundo

Louis P. Melançon

> Os Vingadores não pertencem ao país ou governo de ninguém. Nós somos e temos sido sempre os heróis mais poderosos da Terra. Estamos aqui por cada homem, mulher e criança neste planeta. E eu prometo que faremos o certo por você.
>
> Hank Pym[224]

Super-heróis têm deveres e devem viver de acordo com regras. Por exemplo, se uma mãe e um bebê estão cruzando a rua, não deixar um monstro enlouquecido jogar um sedã do meio dos anos 1970 em cima deles. (Ou, pelo menos, garantir que eles não sejam atingidos pelo sedã.) Com frequência, essas regras são formalizadas quando os super-heróis constituem equipes, e a maioria das encarnações dos Vingadores se encaixa neste caso. Os membros fundadores da equipe original dos Vingadores até se deram ao trabalho de codificar seus

---

224. *Mighty Avengers* #24 (junho de 2009), reeditado em *Mighty Avengers Vol. 5: Earth's Mightiest* (2009).

deveres em um conjunto de regras, uma carta de direitos à qual a maioria das equipes posteriores, exceto a dos Vingadores Sombrios, adere também. (E, uma vez que a equipe dos Vingadores Sombrios estava cheia de assassinos e psicopatas, na verdade eles não contam. Desculpe, Norman.)[225] Sua carta de princípios é uma das coisas que define o que são os Vingadores, bem como o que significa ser um Vingador como indivíduo: sujeito a um conjunto de regras ou padrões. Mas, seja no mundo real ou no Universo Marvel, pode ser difícil ou até impossível aderir a todas elas, o tempo todo.

Em particular, existe uma tensão entre a necessidade de manter as regras e a necessidade de alcançar determinados resultados. De vez em quando devem ser feitos compromissos. Não estamos falando sobre coisas que acontecem no calor da batalha, ou consequências não intencionais do que seria uma ação presa às regras. Estamos falando sobre aquelas decisões e ações deliberadas que quebram as regras pelo desejo de alcançar determinados fins ou condições. Essas decisões e ações podem danificar o que significa ser um Vingador e o que o mundo possa pensar sobre os Vingadores? Existe um ponto em que podemos dizer que tantos compromissos foram feitos – e, caso seja assim, como sabemos qual é esse ponto?

Entendendo as regras

Como é indicado por Hank Pym na citação do início deste capítulo, os Vingadores têm o dever de defender e proteger o povo da Terra de todos os tipos de ameaça. Esse tipo de estrutura ética, que julga a moralidade de uma ação por sua adesão ao dever governado por regras, é chamado de *deontologia*. De fato, aderir a uma estrutura deontológica parece definir o que significa ser um Vingador.

Imaginemos uma linha: em uma ponta temos as regras deontológicas que os Vingadores estabeleceram para governar suas ações e, do outro, temos o *consequencialismo*. De acordo com o consequencialismo, a moralidade de uma ação é julgada por seus resultados em geral, tais como maximizar o número de pessoas que devam sobrevi-

---

[225]. Para saber mais sobre os Vingadores Sombrios, veja o capítulo de Robert Powell intitulado "A Autocorrupção de Norman Osborn: Uma história Admonitória", e o capítulo de Sarah Donovan e Nick Richardson intitulado "Fazendo Brilhar a Luz sobre os Vingadores Sombrios", neste volume.

ver a um ataque Skrull. Uma vez que estamos imaginando isso como uma linha entre dois pontos, vamos usar uma das flechas do Gavião Arqueiro como um marcador para mostrar onde um ponto de vista ou decisão em particular cai entre os dois pontos finais. Se o mundo existisse apenas em preto e branco, a flecha podia simplesmente pousar na ponta deontológica e nossos heróis nunca experimentariam a tensão de ter de questionar a escolha de suas regras. Porém, os Vingadores vivem em um mundo com pelo menos quatro cores, de modo que a flecha, ocasionalmente, se move para longe daquele ponto final, deslizando ao longo da linha em direção ao consequencialismo, sugerindo que os Vingadores podem ter de comprometer seus deveres em prol dos resultados.[226]

Embora a gama potencial de decisões e ações que possam movimentar a flecha do Gavião Arqueiro ao longo de nossa linha seja ilimitada, vamos focar dois em particular: segredos e mentiras. Um segredo é uma informação que um indivíduo ou grupo não quer que (alguns) outros saibam. Um segredo em si pode ser considerado amoral (nem moral, nem imoral): ninguém afirmaria que você tem de contar tudo a todos (só pense nos presentes de aniversário e festas surpresa!). O que importa moralmente é para quem a informação está sendo negada – e o porquê. Por outro lado, mentir – dar a alguém, intencionalmente, uma informação falsa ou distorcida – é inerentemente enganador e, portanto, em geral assumido como imoral. Não é de surpreender que mentiras e segredos, ambos, circulem nos mesmos ambientes, com mentiras em geral sendo contadas para proteger segredos. Embora mentir seja comumente considerado errado, existem situações em que a mentira pode se encaixar dentro da estrutura deontológica em que os Vingadores operam: por exemplo, dar novas identidades a adolescentes assassinos treinados, vítimas

---

226. Quando a flecha de Gavião arqueiro parece ir para fora da linha, é quando o *utilitarismo é regra*, o que recomenda que as pessoas sigam regras destinadas a produzir as melhores consequências dentro do padrão. Em geral, essa posição é considerada mais simples de se seguir, baseada, como é, em regras estabelecidas como princípios básicos ("não minta"), comparados com a *ação utilitarista* (do tipo "normal"), que requer novas considerações cada vez que surge um dilema ético ("será que, desta vez, está tudo bem em mentir?"). Um problema com a regra utilitarista, contudo, é que parece contraproducente seguir uma regra, mesmo quando você determina que ela não produzira boas consequências – e, desde que isso é sempre possível, o ato utilitarista sempre será exigido, de qualquer modo.

de lavagem cerebral, como parte de um programa de realocação de testemunhas.²²⁷ Do mesmo modo que, com um segredo, a vítima e a motivação de uma mentira em geral são de importância crítica.

Ocultação da verdade

Há vários anos, no Universo Marvel, o governo dos Estados Unidos aprovou a Lei de Registro Super-humano, exigindo que todos os super-heróis se registrassem e revelassem suas identidades secretas, resultando em uma "Guerra Civil" enfurecida entre as forças do Homem de Ferro, a favor do registro, e a resistência subversiva do Capitão América.²²⁸ Durante todo esse episódio, o Doutor Estranho, o Mago Supremo das dimensões, fez sua melhor representação da Suíça: ele foi para um lugar coberto de neve e meditou.²²⁹ Não querendo se envolver com a violência que estava para separar a comunidade dos super-heróis, Estranho estava com sua "flecha" bem na ponta deontológica de nosso espectro ético. Participar dos acontecimentos em torno da Lei de Registro, em qualquer dos lados, teria sido uma violação de seus deveres. Mas Estranho não poderia ficar neutro para sempre. A tempestade política acalmou-se um pouco, o Capitão América foi (aparentemente) assassinado, e um time de "Novos" Vingadores surgiu da equipe de Tony Stark. Naquela altura, ele decidiu que precisava movimentar aquela flecha para um pouco mais perto da ponta consequencial da linha, então ele voltou para a disputa para fornecer assistência aos Novos Vingadores, trabalhando secretamente para lutar contra o crime e a maldade.

Para ajudar aqueles Vingadores em liberdade, o Doutor Estranho ofereceu um santuário, disfarçando sua casa como um novo local para uma rede de cafeterias.²³⁰ Como resultado, vilões, outros heróis e até outros utilizadores de magia não sabiam que os Novos Vingadores tinham seu quartel-general no Chez Strange. Por que ele fez isso? Porque ele decidira que a lei, e os métodos para forçar seu cumprimento, estavam no mínimo extraviados, e na pior das hipóteses eram

---
227. *Captain America and the Secret Avengers* #1 (maio de 2011).
228. *Civil War* (2007), reunindo os sete números da série *Civil War* (2006-2007).
229. *Civil War* #6 (dezembro de 2006).
230. *New Avengers*, vol. 1, #28 (maio de 2007), reeditado em *New Avengers Vol. 6: Revolution* (2007).

injustos. Como reação, ele criou uma mentira: o engodo de que seu *Sanctum Sanctorum* havia desaparecido, substituído por um fornecedor de bebidas quentes. As consequências de conduzir esse engodo foi que os Novos Vingadores foram capazes de continuar a lutar contra o crime e a injustiça.

Essa mentira era dirigida a todos, fossem eles o pessoal licenciado pela Lei de Registro Super-humano, agentes da S.H.I.E.L.D., criminosos comuns, ou simplesmente caras andando pela rua – e esta é a razão de nossa dificuldade com essa ação. Em nome do restante dos Novos Vingadores, o Doutor Estranho mentiu para as mesmas pessoas que ele havia jurado proteger: o público em geral. É fácil dizer que "ele teve de fazer isso", mas nós devíamos sentir-nos desconfortáveis com o que ele fez, do mesmo modo como ficamos desconfortáveis quando nossos líderes eleitos no mundo real escondem coisas de seus constituintes – pode ser justificável, mas precisamos explicar a razão. O Doutor Estranho e os Novos Vingadores que se beneficiaram de seu apoio sentiram que esse era um engano aceitável, dado o contexto da Lei de Registro Super-humano. Mas, como veremos, essa decisão teve efeitos secundários sobre Estranho que complicaram as coisas.

Emergência suprema de feiticeiro

Antes de considerarmos os efeitos sobre o Doutor Estranho, contudo, precisamos discutir a *emergência suprema* do filósofo contemporâneo Michael Walzer. De acordo com Walzer, uma emergência suprema é justificativa para atos de guerra que normalmente seriam uma violação da tradição da prática da guerra justa e as normas da sociedade que está lutando em uma guerra, especialmente as regras deontológicas que limitam tais ações. A *tradição da guerra justa* (ou teoria, se você está usando um jaleco de laboratório) estabelece critérios para entrar em uma guerra e conduzi-la de modo ético. No decorrer dos séculos, a tradição da guerra justa desenvolveu-se para ajustar-se tanto a preocupações filosóficas como teológicas. Para nosso propósito, a linha de fundo é que a tradição da guerra justa ajuda as sociedades a manter o traçado de quão longe elas podem mover a flecha do Gavião Arqueiro de sua origem deontológica em direção a sua ponta consequencialista do espectro, em tempos de guerra.

O exemplo normalmente usado pelos acadêmicos para ilustrar a emergência suprema centra-se nos Aliados bombardeando a Alemanha durante a Segunda Guerra Mundial. De acordo com o argumento-padrão, a democracia (na forma do Reino Unido) ficou diante de uma ameaça a sua existência pela Alemanha Nazista. Como reação, as forças Aliadas conduziram operações de bombardeio que podem não ter estado de acordo com a tradição da guerra justa. O Reino Unido estava em um estado de emergência suprema, e uma política estrita de manutenção dos valores do país poderia ter levado à absoluta destruição. Então, um desvio temporário das normas aceitas foi justificável, porque permitiu ao país – e seus valores – continuar, uma vez que a emergência tivesse passado.[231] Atualmente, o exemplo mais discutido é o argumento da "bomba-relógio" para utilizar a tortura para extrair segredos de um suspeito de terrorismo. A justificativa à vista é a mesma: comprometimento de valores apreciados no curto prazo para assegurar a persistência desses mesmos valores no longo prazo.

Claro, o próprio Walzer reconhece que pode ser difícil compreender quando a emergência passou e, o mais importante, pode ser mais fácil simplesmente declarar a existência de outra emergência suprema para justificar desviar-se, repetidamente, das normas aceitas.[232] Isso não significa dizer que essas decisões formam uma rampa escorregadia. Nós simplesmente não queremos que decisões difíceis se tornem as mais fáceis no futuro. O desafio colocado pela adesão a uma estrutura deontológica é que não é suficientemente simples para um país sobreviver. O país também deve merecer sobreviver. E esse valor vem da adesão aos mesmos valores que o país pode ser obrigado a assumir.

O Doutor Estranho esclarece esse perigo ao esgueirar-se por esse caminho. Ele declarou uma emergência para os Novos Vingadores relativa ao modo como a Lei do Registro Super-humano estava sendo forçada. Ele jogou os dados com eles e mentiu para todo o mundo em apoio aos seus esforços. Quando a pressão física e mística cresceu em seu engodo, ele contou, contra seu melhor julgamento,

---

231. Veja Michael Walzer, *Just and Unjust War: A Moral Argument with Historical Illustrations*, 4ª ed. (New York: Basic Books, 2006), p. 251-254.
232. *Ibid*, p. 260.

com poderes maiores e mais sombrios. Com "*World War Hulk*", que começa depois que o Hulk retornou de seu exílio imposto no espaço (sancionado por certo Mago Supremo), Estranho encontra-se em outra emergência suprema. Desta vez, encontramo-lo relativamente confortável em movimentar a flecha por todo o caminho para o fim consequencialista do espectro. Embora, inicialmente, tente outras táticas, ele não hesita por muito tempo antes de oferecer-se para a possessão por demônios para levar o Hulk para fora do planeta.[233] Nessa altura, o Olho de Agamoto determina que Estranho violou tanto as normas de Mago Supremo que ele não se adequa mais para exibir o título e seus poderes associados.[234] Os comprometimentos haviam sido demasiados e o próprio Dr. Stephen Strange não merece mais salvar como o Mago Supremo.

Shhh – reunião dos Vingadores (em segredo)

Segredos não são necessariamente imorais, porém o modo como os protege pode cruzar a linha (ou mexer o ponteiro ao longo de uma). Afinal, os fundadores dos Vingadores reconheceram que algumas coisas podem ser ocultas dos olhos do público: a carta de direitos afirma que nenhum Vingador pode ser forçado a revelar sua identidade civil.[235] Alguns revelaram, é claro: Clint Barton, Hank Pym e Luke Cage, para citar alguns. Mas a maior parte deles tenta manter esse tipo de coisa embaixo dos panos. Existem razões legítimas para isso, tais como proteger entes queridos e permitir algum senso de anonimato quando não está com o uniforme. Com exceção de J. Jonah Jameson, não existem muitos que argumentariam contra a necessidade para os super-heróis de manter esse segredo do público em geral ou até de companheiros de equipe. (Mesmo os apoiadores da Lei de Registro Super-humano não querem tornar suas identidades secretas públicas.) Mas sempre existem segredos maiores.

Os primeiros cinco Vingadores se reuniram para proteger toda a humanidade e permitir aos habitantes da Terra alcançarem "seu

---

233. *World War Hulk* #4 (novembro de 2007), reeditado em *World War Hulk* (2008).
234. *New Avengers*, vol. 1, #54 (agosto de 2009), reeditado em *New Avengers Vol. 11: Search for the Sorcerer Supreme* (2009).
235. Para um texto da Carta de Direitos dos Vingadores, veja <http://marvel.wikia.com/Avengers_Charter>.

destino de direito". Essa é uma causa muito nobre, contra a qual poucos argumentariam. Se existisse uma organização no mundo real como essa, sei que eu a apoiaria enfaticamente. Porém, vamos fazer o papel de advogado do Diabo por um minuto: quem pediu a eles que fizessem isso em nome do mundo? Tecnicamente, nenhum grupo de indivíduos, Estados ou outro corpo político pediu-lhes; simplesmente lhes pareceu uma boa ideia na época. Por eles terem feito esses bons feitos, de modo geral transparentes, os Vingadores mantiveram a boa vontade do homem ou da mulher das ruas e da maioria dos corpos políticos em todo o mundo.

Então, por que, recentemente, eles decidiram que precisam de uma equipe disfarçada que é mantida como segredo para o restante do mundo, e até de outros Vingadores?

Depois que o Cerco de Asgard acabou com o "Reino Sombrio" de Norman Osborn e conduziu ao início da Era Heroica Marvel, Steve Rogers assumiu a tarefa enorme de reestruturar os Vingadores. Ele escolheu meticulosamente a equipe principal (os Vingadores) e a liderança dos Novos Vingadores, criou a Academia dos Vingadores para treinar heróis jovens e criou uma equipe de operações especiais, os Vingadores Secretos – liderados pelo próprio Rogers.[236] Sua ideia para os Vingadores Secretos era conduzir atividades clandestinas e não documentadas contra ameaças à raça humana, de preferência de modo proativo, antes de as ameaças fugirem do controle.[237] Do mesmo jeito que com o Doutor Estranho, existe um grande potencial aqui para estragar o que significa ser um Vingador pelo uso excessivo, ou pelo mau uso, do segredo e os passos dados para protegê-lo.

O mundo sabe sobre os Vingadores, os Novos Vingadores e até a Academia dos Vingadores. No entanto, tudo a respeito dos Vingadores Secretos é mantido oculto do público em geral: a lista de plantão, as capacidades, as missões e a própria existência da equipe. Em batalha, a equipe toma precauções extras para assegurar que a

---

236. *Avengers*, vol. 4, #1 (julho de 2010), reeditado em *Avengers by Brian Michael Bendis Vol. 1* (2011).
237. *Secret Avengers* #1 (julho de 2010), reeditado em *Secret Avengers Vol. 1: Mission to Mars* (2011).

evidência de sua presença não seja deixada.[238] Existem várias razões para isso, tais como evitar que os inimigos conheçam as habilidades usadas contra eles, ou até saberem que eles estão sendo perseguidos pelos Vingadores Secretos. Porém, isso realmente requer um nível de segredo tão intenso e altamente protegido?

De acordo com a Carta de Direitos dos Vingadores, a equipe é uma "força mantenedora da paz sancionada pela... ONU". Essa sanção variou de acordo com as histórias em quadrinhos, mas é razoável que os Vingadores devem assumir os níveis de transparência mais elevados entre os Estados membros da ONU para continuarem a desfrutar essa posição privilegiada. Dentro desse contexto, não parece que os Vingadores Secretos estejam fazendo algo desobediente.

Praticamente todas as sociedades aceitam a necessidade de manter algum segredo no que diz respeito a habilidades e planos para se defender contra ameaças. Em democracias, decisões como essas necessariamente movimentam a flecha do Gavião Arqueiro uma pitadinha mais perto da ponta do consequencialismo, mas, em geral, são acompanhadas por debate público sobre o que deveria ou não ser secreto e o que é um comportamento aceitável por uma organização que lida com segredos.

Em outras palavras, em geral, as democracias criam algo que os Invasores Secretos não têm: vigilância. São instituídos mecanismos para assegurar que a flecha do Gavião Arqueiro não deslize nem um pouco para baixo na linha, sem uma avaliação de riscos reconhecida e deliberada, incluindo ameaças à segurança, bem como riscos para os valores do país. Os Invasores Secretos podem estar conduzindo seus negócios de um modo que é admirável e aceitável para a população do mundo em geral. Contudo, o fato de terem zero de obrigação de prestar contas e vigilância significa que quando – não se – sua existência for tornada pública, é mais provável que aconteça um impacto negativo à reputação de todo o empreendimento dos Vingadores. Questões vão começar a surgir: o que mais eles mantêm em segredo? Eles estão usando segredos para encobrir seus equívocos? E seu segredo realmente protege nossos interesses?

---

238. *Secret Avengers* #8 (fevereiro de 2011), reeditado em *Secret Avengers Vol. 2: Eyes of the Dragon* (2011).

Ser vítima de vazamento na Wikileaks

As coisas ficam interessantes quando um impostor posando como agente dos Estados Unidos rouba e libera uma vasta quantidade de investigações que os Vingadores Secretos e outros estavam usando para desenvolver orientações e planos diante de ameaças por todo o globo. As investigações vazadas mostram que os Invasores Secretos estavam solicitando informações de uma ampla variedade de personagens nefastos sobre as atividades e planos de criminosos, terroristas e supervilões. Como o próprio Steve Rogers colocou: "Alguns fizeram isso pelas razões corretas, alguns para evitar serem presos, alguns simplesmente fizeram por dinheiro".[239]

O agente americano falso justifica suas ações baseadas na falta de vigilância e prestação de contas por parte de todas as equipes dos Vingadores, não só dos Vingadores Secretos. Afirmando que as informações roubadas e os personagens desagradáveis que as forneceram são provas dos malfeitos dos Vingadores, ele clama por transparência e vigilância. Então, os Vingadores estavam errados em extrair informação dada de boa vontade, embora em segredo, por aqueles que eles normalmente combateriam?

É verdade, os Vingadores lutam contra criminosos e supervilões. Porém, como é afirmado na carta de direitos, o julgamento e a punição dos crimes são deixados aos governos, com os Vingadores apenas auxiliando nas prisões, se as habilidades convencionais não forem suficientes. Isso não significa dizer que os Vingadores não possam interagir com os vilões de outros modos. Afinal, alguns vilões foram reabilitados ao se tornarem Vingadores, tais como Mercúrio, a Feiticeira Escarlate e o Gavião Arqueiro.[240] E a carta de direitos diz que os Vingadores compartilharão informação com grupos de imposição da lei, tais como a S.H.I.E.L.D. e o Departamento de Polícia de Nova York, bem como terão autorização de segurança garantida pelo governo dos Estados Unidos, e o que podemos presumir com segurança os capacita a interagir com a comunidade da inteligência americana.

---

239. *Secret Avengers* #12.1 (junho de 2011), reeditado em *Fear Itself: Secret Avengers* (2012).
240. Para saber mais sobre os Vingadores e reabilitação, veja o capítulo de Andrew Terjesen intitulado "A Quadrilha do Capitão: A Reabilitação é Possível?", neste volume.

Além do mais, as forças da lei e as comunidades da inteligência lidam com personagens desagradáveis (tais como os "dedos duros" e, pior ainda, os políticos) como parte de suas atividades diárias. As forças da lei precisam de informantes confidenciais, personagens criminosos ou rudes dispostos a falar para a polícia em segredo sobre as atividades do submundo. E a comunidade da inteligência precisa de indivíduos dispostos a trair seus países e camaradas, fornecendo segredos para outro Estado. A flecha ética movimenta-se em direção ao consequencialismo, é claro, mas isso é amplamente julgado aceito e necessário, uma vez que exista vigilância e algum nível de transparência mais elevado, duas coisas que os Vingadores não têm. Se os sentimentos se voltarem em algum momento contra eles, estarão encrencados.

"Este é o tipo de coisa que vai nos pegar por trás"[241]

Para os Vingadores, aderir às regras-padrão dos fundadores e às expectativas das pessoas que eles protegem pode ser difícil. De vez em quando as regras precisam ser quebradas para assegurar que a missão principal – proteger a raça humana – seja alcançada. Dentro da esfera mais estreita dos segredos e mentiras, os padrões podem dificultar ainda mais. Existe a possibilidade muito concreta de que, com suas ações, os Vingadores possam destruir o que os torna a principal organização de super-heróis do Universo Marvel e os mantém admirados pelo mundo em geral. E, mesmo quando eles possam estar trabalhando dentro das normas e regras aceitáveis, a mera percepção de que possam não estar pode ser tão perigosa quanto.

Essa tensão serve como advertência significativa para aqueles entre nós do mundo real, que são confrontados por decisões que nos tentam a comprometer nossos valores em favor do consequencialismo. Uma reputação de honestidade e integridade que foi adquirida por toda uma vida de heroísmo pode ser destruída por uma simples decisão – portanto, garanta ter uma boa razão para tal (e isso não tem segredo).

---

241. Homem-Aranha em *New Avengers*, vol. 1, #52 (junho de 2009), reeditado em *New Avengers Vol. 11: Search for the Sorcerer Supreme*.

Os Vingadores e a S.H.I.E.L.D.: A Questão dos Super-heróis Proativos

Arno Bogaerts

A última década foi um dos períodos mais cheios de tumultos e acontecimentos na história da Marvel. Entre outras coisas, os Vingadores separaram-se e juntaram-se novamente em várias equipes estilhaçadas, a população de mutantes foi dizimada, uma guerra civil de amplas proporções separou em duas a comunidade de super-heróis, um Hulk muito puto da vida guerreou contra o mundo, os transmorfos alienígenas Skrulls encenaram uma invasão secreta e Norman Osborn iniciou um reino sombrio com uma quadrilha secreta de supervilões. Durante todos esses acontecimentos, duas organizações importantes no Universo Marvel tiveram papéis importantes: os Vingadores, a equipe de super-heróis principal, e provavelmente a mais visível, e a S.H.I.E.L.D., a agência internacional de espionagem, manutenção da lei, antiterrorismo e manutenção da paz global.

    Como os Heróis Mais Poderosos da Terra, os Vingadores enfrentam ameaças que nenhum super-herói poderia suportar sozinho. Essencialmente, eles reagem e afastam os perigos impostos por conquistadores intergalácticos e viajantes do tempo, invasões de supervilões e guerras interplanetárias. A S.H.I.E.L.D., por outro lado, mantém uma abordagem bem mais proativa na obstrução do terrorismo global, conduzindo a espionagem internacional e diminuindo a tensão política. Embora a S.H.I.E.L.D. sempre tenha mantido laços fortes com a comunidade de super-heróis Marvel, em anos recentes ficou muito mais difícil definir o que exatamente os separa, tanto com Homem de Ferro como Capitão América encarregados da S.H.I.E.L.D. em épocas diferentes. Neste capítulo, portanto, exploraremos a instabilidade que pode ocorrer quando super-heróis usam seus poderes e influência de um jeito proativo.

Os Supremos, os Vingadores, e a S.H.I.E.L.D. de Nick Fury

Nick Fury é um veterano da Segunda Guerra Mundial, ex-agente da CIA e superespião. Em seu papel proeminente como diretor da S.H.I.E.L.D., ele serviu como ligação de fato entre os Estados Unidos, a ONU e a comunidade de super-heróis. Na realidade, na continuidade da *Millenium Marvel* – uma reimaginação do Universo Marvel predominante mais sombria e realista – a presença controladora de Fury pode ser sentida em praticamente todas as histórias publicadas. Nessas séries, para começar, a S.H.I.E.L.D. foi responsável por juntar os Vingadores (ou, como eles são conhecidos, os "Supremos"). A equipe foi inicialmente fundada em *The Ultimates* como uma iniciativa de defesa paramilitar de super-heróis sob responsabilidade de Fury (com olhar suspeitoso como o do ator Samuel L. Jackson) e, por extensão, do governo dos Estados Unidos.[242]

Tanto *The Ultimates* quanto sua sequência, *The Ultimates 2*, oferecem-nos um olhar mais sombrio ao que teria acontecido se os supersoldados patrióticos, bilionários de armadura, deuses do trovão asgardianos, gigantes impulsionados a raios gama e cientistas que mudam de tamanho de repente brotassem na América pós-11 de Setembro. Depois de o Capitão América resgatar vários reféns norte-americanos no Meio Oeste, a controvérsia surge rapidamente a respeito da nova equipe favorita de super-heróis. O governo norte-americano e a S.H.I.E.L.D. podiam usar super-humanos – ou como eles

---

242. *The Ultimates* #1-13 (março de 2002 a abril 2004), reeditado em *The Ultimates: Ultimate Collection* (2010). A popularidade desta versão de Fury também pode ser sentida em filmes recentes da Marvel, em que o personagem – com atuação do Sr. Jackson, é claro – faz consistentes aparições por todos os filmes da Marvel, conduzindo-o ao próprio filme dos Vingadores.

são chamados aqui de forma um tanto quanto ameaçadora, "Pessoas de Destruição de Massa" – em assuntos de relações exteriores?[243] Após vários conflitos no interior da equipe, os Supremos remanescentes são usados, principalmente, para "incapacitar uma nação" no Meio Oeste, obliterando completamente seu estoque de armas nucleares.[244] Isso inicia uma reação internacional considerável, depois da qual aprendemos que os inimigos dos Estados Unidos formaram sua própria equipe de super-heróis, os Libertadores, que retalia ao montar um ataque cruel a Washington, D.C., enfraquecendo tanto os Supremos como a S.H.I.E.L.D.. Embora, no final, os Supremos ganhem o dia, o ataque dos Libertadores sobre a capital dos Estados Unidos permanece como um bom exemplo da retaliação massiva que o uso dos super-heróis em ataques iniciais quase sempre traz.[245]

No Universo Marvel principal, também, Nick Fury e a S.H.I.E.L.D., em geral, usam super-heróis em missões proativas. Por exemplo, em *Secret War*, Fury e a Viúva Negra (uma agente da S.H.I.E.L.D. e uma Vingadora) descobrem que Lucia von Bardas, primeira-ministra em atuação na Latvéria, está fornecendo a supervilões e terroristas menos conhecidos uma tecnologia avançada.[246] Determinado a atacar Von Bardas antes que ela possa montar um ataque terrorista em solo americano (e enviar uma mensagem para qualquer um com ideias similares), Fury embarca em uma missão não autorizada para derrubar do poder o governo latveriano. Para terminar o trabalho o mais rápido e eficientemente possível, ele reúne uma equipe de luta cirúrgica, incluindo os Vingadores Capitão América, Viúva Negra, Luke Cage, Homem Aranha e Wolverine (sem ser completamente honesto com eles, devo acrescentar). Eles tiveram sucesso em derrubar Von Bardas (com a maioria do Castelo Destino), mas, exatamente um ano depois,

---

243. *The Ultimates 2* #1-13 (fevereiro de 2005 a fevereiro de 2007), reeditado em *The Ultimates: Ultimate Collection* (2010).
244. *The Ultimates 2*, #6 (julho de 2005).
245. Antes que você diga alguma coisa – sim, eu sei que o que aconteceu em *The Ultimate 2* foi manipulado pelo irmão adotivo perverso de Thor às escondidas, mas seu "toque suave" nos acontecimentos não teve o impacto na questão que estou observando aqui. (Ele também não me disse para dizer isso, não mesmo.)
246. *Secret Wars* #1-5 (abril de 2004 a dezembro de 2005). O monarca mais bem conhecido do país do Leste Europeu, Doutor Destino, foi capturado no inferno na época em virtude dos acontecimentos de *Fantastic Four*, vol. 3, # 500 (setembro de 2003), reeditado em *Fantastic Four Vol. 2: Unthinkable* (2003).

Von Bardas retalia lançando um ataque supervilão massivo em Nova York. Enquanto Luke Cage é enviado para o hospital, depois de ter sido atacado em sua casa, os outros super-heróis, junto com o Quarteto Fantástico, mal conseguem eliminar a ameaça e salvar Nova York. Em seguida, Fury, tendo perdido o respeito de praticamente toda a comunidade de super-heróis, é forçado a recuar para os subterrâneos e é substituído como diretor da S.H.I.E.L.D. por Maria Hill.

Consequências medonhas como essa parecem inevitáveis quando os super-heróis são proativos. Contudo, Nick Fury, a despeito de todo seu relacionamento próximo com a comunidade de super-heróis (e sua própria vida prolongada supernaturalmente), não é um super-herói. Em sua posição de diretor e como um autoproclamado "general em tempos de guerra", ele é forçado a visualizar a situação em seu conjunto.[247] Para completar seu trabalho e salvar vidas, ele não se importa em executar feitos questionáveis ou absolutamente sujos em nome do bem maior – e se isso significa o uso não ético de super-heróis, então, que seja.

Helitransportadores vermelho e dourado?

Talvez, tudo bem para Nick Fury, mas sempre que os super-heróis são forçados a lidar com questões de política mundial do mundo real, burocracia, lutas antecipadas, ou qualquer outro uso proativo de seus poderes, as coisas tendem a ficar difíceis. Pegue Tony Stark, por exemplo, e seus trabalhos nos últimos anos dos acontecimentos Marvel; todos demonstram a patente postura de encarregar-se de forma proativa em relação a... bem, tudo.

Comecemos com a Guerra Civil: a comunidade de super-heróis foi dividida em duas por conta da Lei de Registro Super-humano, o que forçou indivíduos com superpoderes a mostrar suas identidades para o governo dos Estados Unidos e a se tornarem agentes de Estado oficiais (sob as ordens da S.H.I.E.L.D.).[248] Inicialmente, Stark se opôs à ideia, mas no fim tomou uma decisão pragmática para liderar o movimento depois que a passagem da lei se tornou inevitável. Ele

---

247. *Secret Wars* #5 (dezembro de 2005).
248. O evento da Guerra Civil abarcou muitos entrelaçamentos por todo o Universo Marvel, mas foi principalmente contado em *Civil War* #1-7 (julho de 2006 a janeiro de 2007), reeditado em *Civil War* (2007).

liderou as forças pró-registro contra seu ex-aliado e amigo, Capitão América, que viu a lei como violação de liberdades civis básicas.

Depois de um conflito duradouro e sangrento que acabou com a rendição e encarceramento do Capitão (e, no fim, seu assassinato), o Homem de Ferro recebeu as chaves proverbiais do Helitransportador – e usou-as para iniciar um programa de treinamento para jovens (e registrados) heróis, colocou uma equipe de super-heróis registrados em cada Estado (a Iniciativa Cinquenta Estados) e, com o líder do Quarteto Fantástico, Reed Richards, e o camarada fundador dos Vingadores, Hank Pym, implementou várias de suas "100 ideias que poderiam mudar o mundo".[249]

Depois de Stark se encarregar da S.H.I.E.L.D. e reconstituir a equipe dos Vingadores Supremos, foi revelado que ele, com vários heróis, em um grupo proativo e clandestino conhecido como os Illuminati, havia banido o Dr. Bruce Banner (o Hulk) para o espaço a fim de prevenir mais turbulências impulsionadas pelos raios gama.[250] A aeronave de Hulk aterrissou em um planeta selvagem de nome Sakaar, mas, no fim, o Hulk encontrou seu caminho de volta à Terra, com seus amigos gladiadores, onde a batalha subsequente devastou Nova York.[251] Finalmente, a raça alienígena transmorfa imperialista, conhecida como Skrulls, desencadeou uma invasão à Terra em larga escala. A invasão foi tornada possível, e em não pequena parte, pela missão proativa malconduzida pelos Illuminati anos antes, durante a qual os Skrulls aprenderam o suficiente para abduzir e personificar muitos heróis bem conhecidos sem detecção (inclusive os Vingadores Hank Pym e a Mulher Maravilha).[252] Além do mais, porque Tony

---

249. *Civil War* #7 (janeiro de 2007). O número 42, por exemplo, foi a prisão de Zona Negativa usada para aprisionar os heróis e vilões antirregistros, enquanto o número 43 foi limpando a organização S.H.I.E.L.D. Mais tarde, Reed Richards acrescentou a ideia #101 para a lista "Resolver Tudo" (*Fantastic Four*, vol. 3, # 570, outubro de 2009, reeditado em *Fantastic Four by Jonathan Hickman Vol. 1*, 2010). Agora, *isto* é super-heroísmo ambicioso e proativo para você!

250. *New Avengers: Illuminati*, número único (maio de 2006), reeditado em *The Road to Civil War* (2007). Os Illuminati existem desde a Guerra Kree-Skrull, e sua missão foi descrita pelo professor Charles Xavier como encontrar em segredo para "proativamente mudar os acontecimentos catastróficos para que não aconteçam" (*Avengers*, vol. 4, #9, março de 2011, reeditado em *Avengers by Brian Michael Bendis, Vol. 2*, 2011).

251. *World War Hulk* (2008).

252. *New Avengers: Illuminati* #1 (fevereiro de 2007), reeditado em *New Avengers: Illuminati* (2008).

colocou em rede toda a tecnologia usada pela S.H.I.E.L.D., e a Iniciativa Cinquenta Estados na sua própria Stark Tech, os Skrulls foram capazes de incapacitar completamente todas as defesas da Terra em um ataque fulminante.[253]

Embora a Armada Skrull tenha sido rechaçada no final pelos heróis (porém não até depois da morte de Vespa, outro Vingador Primordial), Tony foi culpado por tudo e tornou-se o fugitivo "Mais Procurado do Mundo". A S.H.I.E.L.D. foi transformada em M.A.R.T.E.L.O. e colocada sob o comando do psicótico ex-Duende Verde, Norman Osborn, depois que ele deu o tiro final na Rainha Skrull. Osborn foi elevado à posição de herói público, e no cargo de policial de elite ele mergulhou o Universo Marvel em um "Reino Sombrio" que forçou praticamente todos os ex-Vingadores à clandestinidade. Osborn criou sua própria equipe de Vingadores, com supervilões assumindo as capas de super-heróis, como Miss Marvel e o Gavião Arqueiro, enquanto o próprio Osborn se autoidentificou como Patriota de Ferro e usou uma armadura reserva do Homem de Ferro decorada com o motivo da bandeira do Capitão América.[254]

Não era o que eu queria, honestamente

Por tudo isso, Tony Stark mostrou-se o mais proativo e pragmático herói no Universo Marvel, assumindo o comando quando ninguém mais assumiria e depois sofrendo as consequências, incluindo o desprezo e o ressentimento de seus companheiros heróis, bem como do público em geral (e grande parte da base de fãs de quadrinhos). Mesmo assim, como inventor futurista, CEO de uma empresa de bilhões de dólares e até ex-secretário da defesa, é difícil para ele não olhar para o panorama geral – do mesmo modo que Nick Fury. Então, será que Tony realmente merece a culpa pela cadeia de acontecimentos causal que começou com ações bem-intencionadas (embora excessivas) durante esses vários anos Marvel de acontecimentos cataclísmicos cruzados?

---

253. *Secret Invasion* (2009).
254. *Dark Avengers Vol. 1: Assemble* (2009). Para saber mais sobre Osborn e os Vingadores Sombrios, veja o capítulo intitulado "A Autocorrupção de Norman Osborn: Uma História Admonitória", de Robert Powell, e o capítulo intitulado "Fazendo Brilhar a Luz sobre os Vingadores Sombrios", de Sarah Donovan e Nick Richardson, neste volume.

Sempre que uma pessoa realiza uma ação, podem ocorrer consequências (ou efeitos colaterais), tanto intencionais como não intencionais. Então, os filósofos perguntam: por qual desses efeitos é o ator responsável? Uma resposta é apresentada na *doutrina do efeito duplo*, que se originou nos escritos do filósofo São Tomás de Aquino (1225-1274), e foi elaborada por filósofos modernos como Philippa Foot (1920-2010) e G. E. M. Anscombe (1919-2001). Colocada de forma simples, a doutrina do efeito duplo afirma que de vez em quando é moralmente permissível promover um bom final, mesmo se, sem intenções, mas com previsibilidade – danos graves resultem dela. Contudo, não é permissível causar o mesmo dano intencionalmente.[255]

Considere matar em autodefesa como um exemplo da doutrina do efeito duplo. Se uma pessoa – vamos chamá-la de Nick, sem qualquer motivo – está sendo atacada com intenções de assassinato por parte de alguém – ah, digamos, o Barão von Strucker –, tudo bem para Nick defender-se contra o Barão com força letal (se necessário). Em tal caso, Nick estaria protegendo a própria vida – o bem final – e a morte de Von Strucker seria a consequência prevista, mas não intencional, da promoção de tal final por Nick. Por outro lado, se Nick descobrisse que o Barão está armando para matá-lo, seria moralmente errado para Nick matar o Barão antes, já que essa seria uma ação intencional em si (e existem muitos outros meios para frustrar os planos de Strucker e salvar a vida de Nick). Nos dois cenários, a consequência – um Barão morto – é a mesma; no entanto, somente a primeira ação, matar em autodefesa, é moralmente permissível, porque é um efeito colateral não intencional do ato ético de autopreservação.[256]

A doutrina do efeito duplo faz uma distinção importante entre as consequências pretendidas e aquelas que são meramente antevistas (mas não intencionais). Ainda assim, a linha entre elas nem sempre é clara, nem é sempre claro como "saber" se um efeito

---

255. Para um resumo conciso da doutrina do efeito duplo, veja Alison McIntyre, "Doctrine of Double Effect", *Stanford Encyclopedia of Philosophy*, <http://plato.stanford.edu/entries/double-effect>.
256. Isso também mostra por que o *consequencialismo*, a escola de ética que julga o valor moral de uma ação com base somente nas consequências que essa ação promove, rejeita firmemente a doutrina do efeito duplo, já que a intencionalidade (ou a falta de intenção) não tem impacto no bem advindo dos resultados.

colateral foi realmente não intencional. Outra questão espinhosa é a de determinar simplesmente quantas consequências ruins toleraremos em busca dos bons termos antes de dizermos "basta". Para a doutrina do efeito duplo ser aceita e funcionar de fato, deve existir proporcionalidade entre os efeitos ruins (os meios) e os bons efeitos (o fim). Assumindo que nem Fury nem Stark pretenderam qualquer consequência danosa para suas ações, a questão que permanece é se os fins benéficos que eles estavam buscando foram bons o suficiente para justificar os resultados negativos de suas ações. Com Tony, especialmente, essa questão dividiu a maior parte do Universo Marvel durante o período descrito acima.

E se a doutrina do efeito duplo não sanciona as ações de Tony? Isso implica que ele é responsável pelo resultado negativo dos acontecimentos recentes no Universo Marvel? Nós não temos tempo aqui para lançar uma discussão profunda de causa e responsabilidade. Basta dizer que até mesmo o grande futurista Tony Stark não poderia prever acuradamente as consequências massivas que suas ações teriam no Universo Marvel. Note também que muitas ações de outras pessoas estiveram envolvidas, e, quanto mais para baixo na "cadeia causal" formos a partir das ações de Tony, menor responsabilidade poderemos atribuir-lhe.[257]

Isto muda tudo (até a reversão da mudança)

Como Simon Williams (o Homem Maravilha) ressalta para o Capitão América, a respeito de colocar os Vingadores de novo juntos como uma força global de manutenção da paz:

> ... talvez seja uma daquelas coisas que você não consegue ver quando está mergulhado nela, mas é só você afastar-se e não poderia ficar mais claro. Em minha opinião... a guerra civil dos super-heróis, a dizimação mutante, a Invasão

---

[257]. Para uma visão geral das ações de Tony e responsabilidade moral, especialmente durante a Guerra Civil, veja "Did Iron Man Kill Captain America", de Mark D. White, em *Iron Man and Philosophy: Facing the Stark Reality*, ed. Mark D. White (Hoboken, NJ: John Wiley & Sons, 2008).

Skrull, Norman Osborn... todos eles têm uma coisa em comum... todos são culpa dos Vingadores.[258]

Bem, vamos pegar a sugestão de Simon e dar um passo para fora dos limites do Universo Marvel por um minuto. Realmente, parece que, todas as vezes que um super-herói tenta ser proativo, ele volta para mordê-lo em Asgard, quase como se o gênero em si estivesse prevenindo a proatividade do super-heroísmo.

O conceito de "*status quo*" nas histórias de super-heróis é debatido intensamente. Em um minuto, os fãs são céticos sobre as declarações de que o próximo quadrinho com grandes acontecimentos "mudará tudo o que você conhece – para sempre", porque as coisas sempre parecem se reverter ao normal em pouco tempo; e, no minuto seguinte, os fãs se queixam de que os criadores se afastam muito da amada continuidade estabelecida. Eles querem que os personagens se desenvolvam – mas, ao mesmo tempo, que nunca mudem! Contudo, a retenção de certo *status quo* reconhecível em histórias de super-herói não é apenas algo que a alta gerência da Marvel e da DC prescrevam (para manter a viabilidade econômica de suas receitas de licenciamento fora dos quadrinhos), é algo que está arraigado no próprio conceito do super-herói em si.

Em *Super Heroes: A Modern Mythology*, o historiador de quadrinhos Richard Reynolds escreve que o super-herói está, por definição, "lutando em nome do *status quo*", o que ele vê como os valores de trabalho e positivos da sociedade em que a maioria dos super-heróis opera.[259] Esse *status quo* está "constantemente sob ataque" e, portanto, precisamos de um protetor super-humano lá fora contra as forças exteriores do mal que tentam mudá-lo.[260] A visão de Reynolds parece seguir o que os filósofos Robert Jewett e John Shelton Lawrence chamam de "monomito americano", uma variação do monomito clássico (também conhecido como a "jornada do herói"). O mitologista Joseph Campbell (1904-1987) propôs o monomito clássico como uma narrativa universal em que um herói "aventura-se, vindo

---

258. *Avengers*, vol. 4, #1 (julho de 2010), reeditado em *Avengers by Brian Michael Bendis Vol. 1* (2011).
259. Richard Reynolds, *Super Heroes: A Modern Mythology* (Jackson: University Press of Mississippi, 1994), p. 77.
260. *Ibid.*

do mundo do cotidiano para uma região de maravilha sobrenatural", onde forças fabulosas são encontradas, uma vitória decisiva é ganha, e o herói volta "com o poder para conceder bênçãos para seus companheiros (os homens)".[261]

Jewett e Lawrence transferem esse foco no herói individual para a comunidade. Portanto, no monomito americano:

> Uma comunidade em um paraíso harmonioso é ameaçada pelo mal: instituições normais falham em lutar contra essa ameaça: um super-herói abnegado emerge para renunciar às tentações e consumar uma tarefa redentora: auxiliado pelo destino, sua vitória decisiva restaura à comunidade a sua condição paradisíaca: depois, o super-herói volta para a obscuridade.[262]

Com certeza, isso soa muito como uma história típica de super-herói. Combinado aos comentários de Reynolds de que o *status quo*, essa (levemente exagerada, mas, de qualquer modo, positiva) "condição paradisíaca", da comunidade deve ser defendido repetidamente, o super-herói evita cair na obscuridade simplesmente pegando o supervilão seguinte. Essa adesão ao monomito americano também implica que o super-herói, e o gênero em que opera, é primariamente reativo. Algo precisa acontecer – o *status quo* precisa ser ameaçado – antes que o super-herói salte para a ação.

Mas eu quero ajudar!

Isso significa que é melhor para os super-heróis como os Vingadores simplesmente se sentarem em seus quartéis-generais e não fazer nada até que um supervilão apareça e destrua alguns prédios nas proximidades (em geral seu próprio quartel-general)? Na verdade, sim, mas todos nós sabemos que *isso* não é o que vai acontecer. Seu mundo e o nosso dificilmente são um "paraíso", sempre existe trabalho a ser feito. Não temos necessariamente de concordar com os planos de Tony Stark para ajudar as pessoas por meio de sua tecnologia avançada ou

---
261. Joseph Campbell, *The Hero with a Thousand Faces* (Princeton, NJ: Princeton University Press, 1949), p. 28.
262. Robert Jewett e John Shelton Lawrence, *The American Monomyth* (Garden City, NY, Anchor, 1977), p. xx.

suas ações proativas durante a Guerra Civil, mas também não podemos deixar nossos heróis ficarem parados preguiçosamente e não fazerem nada.

Em sua crítica da doutrina do efeito duplo, Philippa Foot perguntou se existe uma distinção moral entre o que nós fazemos e causamos diretamente por nossas ações e o que nós simplesmente permitimos que aconteça indiretamente por não agirmos, conhecida de outra forma como a questão da *ação/omissão*.[263] Em alguns casos, ela afirmou, não existem tais distinções, como quando um homem assassina seus filhos dando-lhes veneno (e age), ou para de dar-lhes alimento (uma omissão), ambas atitudes erradas (para dizer o mínimo). Em outros casos, contudo, faríamos uma distinção estrita entre agir e permitir. Foot, em outro exemplo, afirmou que a maioria de nós, implicitamente, permite que as pessoas morram de fome em países do Terceiro Mundo. Porém, uma coisa é permitir que pessoas morram em nações distantes, e outra bem diferente é enviar-lhes comida envenenada. De acordo com Foot, "Existe em nosso sistema moral uma distinção entre o que devemos às pessoas em forma de ajuda e o que devemos a elas em forma de não interferência".[264] Ela, então, comparou essa distinção com a existente entre deveres positivos e negativos. *Deveres positivos* descrevem coisas que deveríamos fazer, tais como ajudar outras pessoas, enquanto *deveres negativos* detalham as coisas que não deveríamos fazer, tais como machucar os outros. Foot notou que nossos deveres negativos quase sempre parecem ser moralmente mais fortes do que nossos deveres positivos. Portanto, violar um dever negativo (agindo para matar alguém, por exemplo) em geral é considerado pior que violar um dever positivo (ao não agir para salvar alguém em perigo).

Para os super-heróis, contudo, os deveres positivos parecem ser mais importantes do que os negativos. Todos nós sabemos, pela leitura das revistas do Homem Aranha, que "com um grande poder vem uma grande responsabilidade", e na maioria dos casos isso se traduz por ajudar aqueles que necessitam sempre que você puder.

---

263. Veja Philippa Foot, "The Problem of Abortion and the Doctrine of the Double Effect", em *Virtues and Vices and Other Essays in Moral Philosophy* (Oxford: Basil Blackwell, 1978), p. 19-32.
264. *Ibid.*, p. 27.

Além do mais, a história da origem do Aranha apresenta um caso forte nesse sentido. O tio Ben ainda estaria vivo se Peter Parker tivesse executado uma ação: impedir o ladrão (que, mais tarde, matou seu tio), quando ele teve oportunidade. Mas, para os super-heróis, a responsabilidade maior pode residir em manter outros a salvo de seus poderes. Olhe somente o caso do Hulk: seu pedido famoso para ser deixado em paz mostra que ele não deseja que seu poder incrível fira expectadores inocentes. Ele está mais preocupado em prevenir danos do que em ajudar os outros, e, dada sua natureza singular, isso é perfeitamente compreensível.

Sempre que super-heróis agem muito em seus deveres positivos para ajudar o mundo à sua volta, eles se tornam proativos. E, de acordo com o historiador de quadrinhos Peter Coogan, isso inevitavelmente os coloca em um terreno escorregadio em direção, em essência, à supervilania. Esse é, principalmente, o caso, sempre que super-heróis, como Coogan coloca: "ascendem à governança" e tornam-se partes institucionais da sociedade que eles estão tentando proteger.[265] Certamente vimos esse terreno escorregadio em que acontece a supervilania com retratos demonizados do Homem de Ferro perpassando muitas séries Marvel durante a Guerra Civil e seu período subsequente como diretor da S.H.I.E.L.D. Outros exemplos incluem o período de Thor como "Senhor de Asgard" e mais tarde "Senhor da Terra", durante o qual sua interferência na Terra, no fim, levou a uma regra tirânica que exigiu uma viagem no tempo para desfazer.[266] Considere também o Esquadrão Supremo (uma vez aliado dos Vingadores) que assumiu o controle dos Estados Unidos e tentou refazer a nação em uma utopia. Apesar de suas melhores intenções, a "utopia" criada por eles era mais parecida com um regime totalitário.[267]

---

265. Veja Peter Coogan, *Superhero: The Secret Origin of a Genre* (Austin TX: Monkeybrain Books, 2006), p. 216. (Veja o capítulo 4 em geral para uma análise do relacionamento proativo/reativo entre super-herói e supervilão.)

266. Para esse período, veja *Thor*, vol. 2, #51-79 (setembro de 2002 a julho de 2004), reeditado em uma série de edições encadernadas. Também, sobre as dificuldades com a viagem no tempo e "consertar" o passado, veja o capítulo de Andrew Zimmerman Jones intitulado "Kang Pode Matar Seu Eu Passado? O Paradoxo da Viagem no Tempo", neste volume.

267. *Squadron Supreme* #1 a 12 (setembro de 1985 a agosto de 1986), reeditado em *Squadron Supreme* (1996).

Embora agir de acordo com deveres positivos seja, com certeza, admirável, praticamente todas as vezes que vemos super-heróis tentarem fazê-lo proativamente em larga escala, a natureza reativa do gênero super-herói faz com que eles quebrem a cara. Especialmente em narrativas de longa duração como a dos Vingadores, o *status quo* geral sempre parece voltar. E, embora a equipe tenha visto sua lista de plantão mudar muitas vezes, sua missão em geral e seu lugar na sociedade não devem mudar. Como Reynolds afirma: "O super-herói teve a missão de preservar a sociedade e não de reinventá-la"[268].

A S.H.I.E.L.D. Suprema do Capitão América... bem, ou meio que isso

Depois do encarceramento de Norman Osborn, em seguida ao Cerco de Asgard, um novo "renascido" Steve Rogers surgiu diante do presidente dos Estados Unidos e recebeu o ex-posto de Osborn como policial de elite do mundo livre: "Nós vimos o mundo de acordo com Nick Fury... nós vimos o mundo de acordo com Tony Stark... e, Deus do céu, nós vimos o mundo de acordo com Norman Osborn. Steve Rogers, Capitão... eu estou lhe pedindo que responda ao chamado". Steve aceita, acrescentando: "Mas... Eu vou querer fazer isso do meu jeito".[269] Como Capitão América, Steve Rogers certamente provou a si mesmo repetidamente ser um líder capaz, talvez até o líder super-herói mais capaz no Universo Marvel. Mas ele também, do mesmo modo que Nick Fury e Tony Stark, antes dele, sucumbirá aos mesmos métodos e armadilhas proativos que seu novo papel de governança fornece?

Com Steve no leme, certamente parece que o amanhã no Universo Marvel será mais brilhante. Até aqui, ele tem feito um trabalho bem melhor em sua posição elevada do que Tony Stark ou até Nick Fury, antes dele. Até agora, ele apenas mostra pistas vagas de ações proativas – a principal entre elas é a sua formação das operações negras, unidade militar de reserva dos Vingadores Secretos – e, possivelmente, pode ser o melhor entre os chefes policiais que o Universo Marvel já

---

268. Reynolds, Super Heroes, p. 77.
269. *Siege* #4 (junho de 2010), reeditado em *Siege* (2010).

teve.[270] Contudo, recentemente, Fury disse a Steve que "você pode ser bom sendo eu por um tempo... mas você não tem constituição para isso no longo prazo".[271] E ele pode estar certo: pouco depois de ter se tornado o "novo Nick Fury", Roger, de novo, tornou-se o verdadeiro e único Capitão América, em seguida à morte aparente de Bucky Barnes, assinalando uma volta do *status quo* – é, algumas coisas nunca mudam mesmo.

---

270. *Secret Avengers* #1 (julho de 2010), reeditado em *Secret Avengers Vol. 1: Mission to Mars* (2011). Veja o capítulo de Louis Melançon intitulado "Segredos e Mentiras: Comprometendo os Valores dos Vingadores para o Bem do Mundo", neste volume, sobre os Invasores Secretos e as questões éticas enfrentadas pela equipe secreta de operações especiais.
271. *Captain America* #619 (junho de 2011), reeditado em *Captain America: Prisoner of War* (2011).

Parte 5

EM QUE TIPO DE MUNDO OS VINGADORES VIVEM?

Kang Pode Matar Seu Eu Passado? O Paradoxo da Viagem no Tempo

Andrew Zimmerman Jones

> Jessica Jones: Essa coisa é uma viagem no tempo? Porque eu odeio coisas como viagem no tempo.
>
> Homem de Ferro: Se é Kang, a coisa é uma viagem no tempo.
>
> Jessica Jones: Veja só. É por isso que eu odeio o Kang.[272]

Desde H. G. Wells, a viagem no tempo tem sido um tema importante da ficção científica e de sua prima próxima, a história em quadrinhos de super-heróis. No cânone dos Vingadores, talvez o mais conhecido viajante no tempo seja Kang, o Conquistador, um chefe guerreiro do século XXX, cujas tentativas de colocar os pés na Terra nos séculos anteriores frequentemente o colocam em conflito com os Vingadores. Em várias ocasiões, ele se mostrou não apenas sob a identidade de Kang, mas também como Immortus (o Mestre do Tempo), o Faraó Rama-Tut, o Centurião Escarlate e Rapaz de Ferro (o fundador dos Jovens Vingadores). As manipulações de Kang do salto no tempo dos Vingadores, na verdade, são anteriores à sua própria primeira aparição. No segundo número de *Avengers*, o Fantasma do Espaço

---

272. *Young Avengers* #2 (maio de 2005), reeditado em *Young Avengers: Sidekicks* (2006).

tenta virar os Vingadores uns contra os outros, resultando na saída de Hulk da equipe. O Fantasma do Espaço, é claro, mais tarde é revelado ser um servo de Immortus, a encarnação de Kang mais culta (e manipuladora).[273]

Por quase um século, cientistas e filósofos têm seriamente debatido se as leis da física, metafísica e lógica permitem uma viagem no tempo. O problema é que uma vez que você permite a viagem no tempo, surgem inconsistências lógicas, o que eventualmente se transformam em contradições, que, em seguida, explodem num rápido paradoxo do tempo e potenciais violações das leis físicas.

A ciência de curvar o tempo

Embora nosso modelo científico atual de tempo seja baseado na teoria da relatividade de Einstein – um fato do qual Hank Pym sempre terá uma inveja profunda –, a natureza estranha e efêmera do tempo tem sido ponderada há séculos. O filósofo e teólogo Santo Agostinho (345-430) meditou: "O que, então, é o tempo? Se ninguém me perguntar, eu sei o que é. Se eu desejar explicar para quem me pergunta, eu não sei".[274] Agostinho resolveu o conflito por meio de um apelo a um criador sobrenatural, mas essa opção não é, como regra, disponível para cientistas. As tentativas científicas de quantificar a natureza efêmera do tempo tenderam a ficar presas à atividade regular de um sistema físico, que é a base de qualquer aparelho de registro do tempo, desde um calendário astronômico, a um relógio de água e ao cronômetro digital do *display* de alerta do Homem de Ferro.

Einstein, contudo, percebeu que essa mesma regularidade criava uma questão. Digamos que você crie um relógio simples que consiste em uma luz que aponte para a frente. Ela emite um pulso de luz exíguo que atinge um espelho um metro acima dela, e depois é refletida de volta para um detector do lado de onde o *laser* foi emitido. Cada ciclo é um "tique" e determinado número de "tiques" indica um segundo, e por aí vai. Um dos maiores *insights* de Einstein

---

273. *Avengers*, vol. 1, #2 (novembro de 1963).
274. Santo Agostinho de Hipona, *Confessions*, trad. Albert C. Outler, p. 397, XIV 17, disponível em <http://www.fordham.edu/halsall/basis/confessions-bod.asp>.

foi a descoberta de que a luz se movia a uma velocidade constante, de forma que esse tipo de relógio ideal seria perfeitamente preciso.[275] Se você mantiver tal relógio com você, sempre terá uma medida de tempo precisa onde você estiver.

Infelizmente, existe um problema, que se torna evidente se você considerar o relógio em movimento. E não existe ninguém melhor a escolher quando a discussão é movimento do que Peter Maximoff, o Mercúrio, embora nem ele possa se mover com rapidez suficiente para nosso exemplo sem alguma ajuda. Então, vamos assumir que Mercúrio está viajando para o seu mundo, Shi'ar, com sua esposa, Crystal. Ele sai para viajar em seu 50º "aniversário", em março de 2014 (baseado na primeira aparição de Mercúrio e sua irmã gêmea, a Feiticeira Escarlate, em *X Men* # 4, de março de 1964).

Embora a nave que eles estão usando devesse ter um motor mais rápido que a luz, os motores estão quebrados e, então, Pietro e Crystal são forçados a viajar a uma velocidade que é muito rápida, porém, ainda assim, um pouco inferior à velocidade da luz. Eles decidem que a viagem não vale a pena e voltam, mas estão se movimentando tão devagar (em termos cósmicos, é claro) que a viagem ainda demora um tempo. Mercúrio está impaciente, então ele fica atento a seu relógio, medindo exatamente 365 períodos de tempo de 24 horas (dias, se você preferir) entre sua partida e sua volta. Ele aparece à porta de Wanda, pronto para comemorar seu 51º aniversário!

Acontece que a irmã de Pietro, Wanda, tem seu próprio relógio. (Talvez o conjunto tenha sido um presente do querido papai Magneto – afinal, a raça mestre de mutantes deve ser pontual.) Se ela fosse capaz de usar seus poderes de feitiçaria para ficar com um olho no relógio de Pietro enquanto ele estava viajando, ela não veria um relógio estacionário, mas um relógio em movimento. De fato, enquanto Pietro olha o pulso de luz viajar apenas dois metros (um metro para cima e um metro de volta), Wanda também vê o relógio viajar quase dois metros (lembre-se, a velocidade da nave é um pouquinho menor que a velocidade da luz) na direção

---

275. Na verdade, para isso é necessário o vácuo; portanto, assuma que o relógio existe em uma caixa que teve todo o seu ar removido.

horizontal. A partir do ponto de vista de Wanda, o pulso de luz traça dois lados de um triângulo isósceles, com uma altura de um metro e a distância da base levemente pouco menor do que dois metros.

Não demora para que Hank Pym ou Tony Stark – apenas um pouco de geometria básica – percebam que o caminho de luz que Wanda vê será mais longo do que o que Pietro vê. Uma vez que a velocidade da luz é constante, demora mais para o relógio completar um tique para Wanda do que demora para Pietro. Em outras palavras, o tempo na nave espacial se move mais devagar do que lá na Terra.

Para benefício deste exemplo, digamos que o relógio de Mercúrio na nave esteja se movimentando a um vigésimo do ritmo do relógio de Wanda. Se toda a viagem de ida e volta levou exatamente um ano, de acordo com o relógio de Mercúrio, o relógio de Wanda diria que ela levou 20 anos. Aqui está o paradoxo: que idade Mercúrio tem depois de sua volta? Seu registro de nascimento e carta de habilitação indicam que ele nasceu em março de 1964 e ele voltou em março de 2034, tempo terrestre, então pareceria ser seu 70º aniversário. Mas, a partir da perspectiva dele, é seu 51º aniversário. (É claro que, no caso de Pietro, teremos problemas adicionais baseados em seu metabolismo com a velocidade super-rápida e várias questões de envelhecimento relacionadas a uma viagem no tempo estranha, mas, para bem do exemplo, elas podem ser ignoradas, bem como a sua eterna cor de cabelo estilo Steve Martin.)

O intrigante neste exemplo é que, tirando de lado os superpoderes mutantes, isso é completamente consistente com as leis conhecidas da física. De fato, é um caso clássico conhecido como *paradoxo dos gêmeos* (bem apropriado). A única razão de comumente não termos esse problema é o desafio de engenharia de construir uma nave espacial com velocidade próxima da velocidade da luz. Mas experimentos em escala menor, como aqueles envolvendo o tempo de vida de uma partícula instável antes de ela decair, confirmaram sem sombra de dúvidas esse efeito como previsto por Einstein. Então, não é apenas um efeito imaginado de nossos relógios hipotéticos. Os sistemas físicos de verdade podem realmente experimentar o tempo de modos diferentes, dependendo de como estão se movendo em relação um ao outro.

Fraturando o tempo

O paradoxo dos gêmeos não é um paradoxo lógico de verdade, em vez disso é um exemplo de nossa linguagem normal não estar preparada para uma situação incomum. Nossa intuição falha, mas não existem ambiguidades científicas verdadeiras. É apenas uma questão de qual ponto de referência deve ser usado quando da definição de envelhecimento. De qualquer modo, é um tipo de viagem no tempo, no sentido de que ela possibilita a Pietro viajar 20 anos à frente na Terra enquanto ele envelhece apenas um.

Para viagens do tempo "verdadeiras", do tipo que permite a Kang manobrar pela linha de tempo batalhando contra os Vingadores no antigo Egito, o Oeste selvagem e a Manhattan dos dias atuais, a viagem não pode ser em uma só direção – ele tem de ser capaz de voltar no tempo tanto quanto ir à frente. Então, existe um jeito científico de viajar para trás no tempo? Na verdade, existem alguns, em teoria, pelo menos (ou talvez eu devesse dizer, no máximo).

Para compreender essas teorias, é importante perceber que a teoria de Einstein da relatividade geral descreve um jeito de modelar como os objetos se movem dentro de um universo, uma vez você tenha decidido como é esse universo, baseado em parâmetros tais como toda a energia e densidade da matéria. O problema da definição dos parâmetros da teoria e determinação de que pesos dar a eles é um desafio experimental em que os físicos têm trabalhado há pelo menos um século. No lado iluminado, esses quebra-cabeças resultaram em todos os tipos de descobertas inesperadas, tais como a matéria escura e energia escura – tudo bem, talvez não seja um lado tão "iluminado" –, o que não é diretamente relevante para nossa discussão de viagem no tempo.

As descobertas relativas à viagem do tempo são de um tipo totalmente diferente, porque elas são (até agora) apenas descobertas matemáticas. Os matemáticos e físicos teóricos tendem a abordar teorias como se elas fossem uma revista *What If*, criando universos hipotéticos que se encaixam a certos critérios e depois descobrindo o que as teorias lhes dizem sobre tal universo. Essa abordagem pode resultar em algumas soluções matematicamente factíveis, embora nenhum experimento nunca as tenha revelado. (Esse processo, por outro lado, proporciona ao experimento algumas ideias do que procurar; portanto, é um exercício útil.)

Por exemplo, em 1937, o físico W. J. van Stockum nos pediu para imaginarmos que existia um cilindro infinitamente longo girando em um espaço vazio. Quando ele usou a matemática da relatividade geral para analisar essa situação hipotética, descobriu que era possível ter um objeto cujo percurso tenha começado em uma localização no espaço e tempo e terminasse no mesmo local. (Tal percurso é chamado de *curva de tempo fechada*.) Porém, a não ser que esteja visitando o barbeiro de Galactus (com o poder impressionante das Tesouras de Prata), onde você encontrará um cilindro infinitamente longo girando?

Em 1949, o amigo e colega de Einstein, o matemático Kurt Gödel, considerou um cenário mais realista: e se o próprio Universo estiver girando? Gödel descobriu que tal universo – se estivesse girando rápido o suficiente para evitar cair – também resultaria em curvas de tempo fechadas. Embora o próprio Gödel estivesse interessado nos paradoxos possíveis resultantes de tal universo, existiam duas abordagens para tomar ao voltar-se para esse interesse: negar a possibilidade física das curvas de tempo fechadas ou negar a possibilidade dos paradoxos.

Einstein voltou-se para a primeira. Já que o modelo de Gödel exigia um universo girando, Einstein concluiu que provavelmente ele não girava. (Essa tática acabou sendo válida porque, até hoje, todas as evidências indicam que o universo *não* está girando. Uau...) É possível também voltar-se para a segunda abordagem, mantendo que a viagem no tempo pode existir, mas que os paradoxos não podem existir. A partir desse ponto de vista, as curvas de tempo fechadas criam um círculo, mas os acontecimentos nesse círculo são gravados em pedra. Se algo aconteceu no passado de Kang e Kang volta, então ele já está lá e não pode mudar o que aconteceu. O Kang "futuro" visitando seu próprio passado também já é parte desse passado, independentemente do tipo de viagem no tempo em que estiver envolvido.

Construindo uma máquina do tempo

Então, ficamos com nossa questão inicial: Kang *poderia* matar a si mesmo? Antes de podermos explorar essa questão em profundidade, precisamos ir um passo adiante no domínio da ciência: temos de construir uma máquina do tempo. Em 1983, o astrônomo (e astro da TV) Carl Sagan procurou ajuda para seu romance *Contact*, e com isso contribuiu para uma noção "realista" para uma máquina do tempo. Para ajudar, o físico Kip Thorne veio com novas soluções para a relatividade geral que contornaram muitos dos problemas, mas criaram outros inteiramente novos.

A ideia era construir em torno de um *buraco de minhoca*, que é um portal que abre em dois lugares e permite que algo acontecendo em um lado apareça no outro (como em um túnel). Tais coisas são possíveis em Física (são chamadas de pontes Einstein-Rosen), mas acredita-se que são altamente instáveis, passagens só de ida e enterradas no centro de buracos negros (se eles existirem). Para viajar por elas, Thorne criou a hipótese de ter "energia negativa" e "matéria negativa" suficientes para criar um buraco de minhoca estável de ida e volta. No papel isso funciona, mas na realidade os físicos não têm nenhuma razão para pensar que essa coisa exista de verdade, e com certeza não na quantidade necessária para conseguir esse tipo de feito.

Mas vamos assumir que Kang tenha energia e matéria negativas em quantidades suficientes para criar um par de portais móveis que estão ligados por um buraco de minhoca. Kang deixa o portal *A* na Terra, perto do relógio de Wanda, e chega ao portal *B* na nave de Mercúrio, quando ele inicia sua jornada. O portal *B* vai com Mercúrio e vivencia um ano de tempo, acabando em março de 2034. Por outro lado, o portal *A* vivencia um ano de tempo e é março de 2015. Como os dois portais estão ligados por um buraco de minhoca, isso cria um portal entre março de 2015 e março de 2034. Isso certamente parece um método bem atrapalhado de viagem no tempo do que o que Kang normalmente emprega, seja lá o que for, mas permite a ele implementar um plano nefasto para destruir os Vingadores de uma vez por todas.

No número seguinte desse arco de história épica, uma vez que Kang tem seus dois portais no tempo, ele atira um *laser* no portal *B*. O feixe sai pelo portal *A* e é desviado por espelhos por 19 anos até março de 2034, quando ele reflete de volta para o portal *B* com o *laser* original. (Ou, para o impaciente, só coloque o portal *B* três segundos no futuro a partir do portal *A*, o que dará aos Vingadores menos tempo para frustrar o plano.) O feixe que entra pelo portal

B agora é duas vezes mais poderoso do que o *laser* que Kang usou inicialmente. Mas espere: porque ele já deixou todos os seus espelhos arrumados, o feixe continua a rebater neles e voltar para o portal *B* de novo, resultando em um feixe que é três vezes mais poderoso que o *laser* que Kang usou no começo. Se faz isso repetidamente, ele pode acabar com tanto poder quanto precisar para destruir os Vingadores.

O problema é que Kang usou um *laser* simples para gerar significativamente mais energia do que a inicial, o que é uma violação clara da lei da conservação de energia, um dos mais importantes princípios fundamentais da física em nosso Universo. Foi esse tipo de problema que fez com que Stephen Hawking propusesse uma "Conjetura de Proteção de Cronologia". De acordo com Hawking, já que a viagem no tempo permite a violação de princípios fundamentais da Física, deve haver alguma lei da natureza que torna impossível, de fato, construir qualquer tipo de máquina do tempo: "As leis da Física conspiram para evitar a viagem no tempo, em uma escala macroscópica".[276] Essa é, essencialmente, a mesma abordagem adotada meio século antes por Albert Einstein, em resposta ao resultado anterior da curva de tempo fechada de Gödel: negar a viagem no tempo à qualquer realidade física potencial. Porém, nem todos os físicos ficaram convencidos. Alguns continuam a acreditar que a viagem no tempo é consistente com as leis conhecidas da Física. A maior parte desses físicos parece pensar que os paradoxos são evitados porque as curvas fechadas de tempo não permitem que você mude o passado, o que é outro jeito de tornar a história segura para os historiadores... ou possíveis conquistadores.

Kang do tempo fechado

Todo um volume poderia ser escrito sobre Kang e os paradoxos do tempo – agentes literários, vocês sabem onde me encontrar –, mas me limitarei a três acontecimentos de sua história quadriculada que mostram melhor a natureza imutável das curvas de tempo fechadas.

Por volta dos anos 1980, todas as viagens e manipulações do tempo de Kang haviam resultado em um monte de linhas de tempo divergentes em que Kang existiu em várias formas. Uma versão de

---

276. Stephen Hawking, "Space and Time Warps", <http://www.hawking.org.uk/index.php/lecture/63>.

Kang (que em geral é chamada de "Kang Essencial") acaba em Limbo, de onde ele é capaz de ver as várias linhas de tempo e perceber que, em muitas delas, ele é absolutamente inepto. Então, coloca em movimento um plano para eliminar todas as versões "falhas" de si (antes que o nome de Kang se torne sinônimo de "tonto!").[277] Em sua maior parte, o plano é bem-sucedido, mas, no exato momento em que o Kang Essencial declara sua vitória, ele descobre que foi manipulado por Immortus, o Mestre do Tempo, para eliminar todos os Kang estranhos a si. Tendo sido levado à loucura pelas memórias de todos os Kang que matou, o Kang Essencial desaparece nos corredores do Limbo.

Nesse cenário, não existe um só caminho para Kang, mas muitos caminhos divergentes, que parecem flutuar diante da ideia de uma curva de tempo fechada. O Universo Marvel é conhecido por ter muitos mundos ou universos paralelos. Então, o fato de que variantes de Kang existam não é particularmente perturbador. O próprio Kang Essencial explica isso para os Vingadores durante a Guerra do Destino: "A viagem no tempo não muda o passado – como eu acredito que vocês aprenderam. Se alguém altera o fluxo de acontecimentos, ele simplesmente cria um ramo novo e divergente de linha de tempo, enquanto o antigo continua a fluir".[278] Ao eliminar os Kangs "falhos", o Kang Essencial não alterou o passado (nem mesmo o futuro). Suas ações já aconteceram (ou já acontecerão) em sua linha de tempo, porém, ao matá-los, ele diminui o número total de Kangs andando por aí.

A partir da perspectiva de Kang, o problema é que ele está destinado a tornar-se o culto Immortus, o que ele vê como um destino pior do que a morte. Ele é Kang, o Conquistador, afinal, e a ideia de desistir de conquistar não lhe cabe bem. Os esforços para frustar esse destino se tornam a motivação de Kang na Guerra do Destino. Nessa batalha, Immortus procura não só podar a linha do tempo, mas fazer mudanças que perpassam por todas as linhas do tempo. Ele é bem-sucedido ao converter Cronópolis (a base de operação

---

277. *Avengers*, vol. 1, #269 (julho de 1986), reeditado em *Avengers: Kang – Time and Time Again* (2005).
278. *Avengers Forever* #3 (fevereiro de 1999), reeditado em *Avengers Legends Vol. 1: Avengers Forever* (2001).

de Kang para cruzar a linha do tempo) no Cristal Eterno para ajudá-lo a "mudar a história– e refletir essa mudança por todas as linhas de tempo".[279]

No confronto final da Guerra do Destino, é revelado que as várias manipulações de Immortus parecem ter o objetivo de salvar a humanidade da ira de seus mestres, os Guardiões do Tempo. No fim, Immortus é destruído, o que parece por um momento balançar até a determinação de Kang. "Eles – o mataram? Foi isso – minha morte, então?"[280] Em vez disso, a batalha termina quando Capitão América destrói o Crystal Eterno, cujo efeito divide Kang em dois – Kang, o Conquistador, e Immortus – revelando que Immortus não é o substituto de Kang, mas uma variante completa dele, uma nova linha de mundo que é lançada. Ele é capaz, na maior cara de pau, de sobreviver à criação de Immortus com sua identidade de Kang intacta. O importante a notar é que a tentativa de Kang de mudar o tempo para evitar a criação de Immortus é fadada ao fracasso. Uma vez que ele havia encontrado Immortus, é inevitável que Immortus no fim irá ser criado; suas curvas de tempo individuais próximas são colocadas em movimento e não podem ser alteradas.

Por fim, vemos o mesmo padrão em funcionamento com o Rapaz de Ferro, uma versão adolescente de Nathaniel Richards (a verdadeira identidade de Kang), que, quando confrontado com a realidade do instigador da guerra, torna-se um fugitivo para o século XX com a armadura de Kang.[281] Uma vez lá – ou talvez devêssemos dizer "uma vez então" –, ele junta um grupo de heróis, os Jovens Vingadores, em um esforço para impedir o Kang adulto final. Eles são bem-sucedidos, de fato, mas, ao fazer uma alteração tão radical na linha de tempo: Kang nunca existe, porque o Rapaz de Ferro nunca se transforma nele; os Vingadores estão todos mortos; e os outros Jovens Vingadores começam a desaparecer do feixe de tempo.

O único modo de emendar a linha do tempo é o Rapaz de Ferro aceitar seu destino, apagar suas memórias e voltar à sua própria linha de tempo de modo que possa, no fim, tornar-se Kang.

---

279. Ibid.
280. *Avengers Forever* #11 (outubro de 1999), reeditado em *Avengers Legends Vol. 1: Avengers Forever.*
281. *Young Avengers* #2.

Neste caso, de novo, vemos que não é possível mudar o fluxo dos acontecimentos nessa escala. Quando o Rapaz de Ferro mata Kang, ele cria uma linha de tempo alternativa de curta duração, em que Kang nunca existiu, mas essa linha de tempo é um círculo fechado que deixa de existir momentos depois de ter sido criada. Mesmo se o Rapaz de Ferro tivesse mantido sua resolução firme, recusando-se a tornar-se Kang, não existe garantia de que anos vivendo em desolação não o levariam, por fim, a tornar-se Kang assim mesmo. A linha de tempo poderia ter existido durante 20 anos, mas, no momento em que ele se tornou Kang, ela teria cessado de existir e a linha de tempo original teria saltado de volta à existência.

Hora de acabar

Os físicos em nossa própria realidade talvez não estejam pareados com Hank Pym ou Reed Richards (ainda), mas eles parecem ter uma compreensão melhor do que a de Kang sobre como é difícil mudar o tempo. Stephen Hawking disse, falando de sua Conjetura de Proteção da Cronologia: "parece que talvez exista uma Agência de Proteção da Cronologia em funcionamento, tornando o mundo seguro para os historiadores".[282] No Universo Marvel, existe um grupo de Guardiões do Tempo e seu servo Immortus. Porém, quando esses seres poderosos, ou até um fanático como Kang, aparecem com planos para mudar o tempo, são os Vingadores que surgem para fazer o papel de proteger a linha do tempo de danos. Mesmo em um mundo onde a viagem do tempo é possível, ainda existem regras – e, felizmente, também existem os Vingadores para forçar seu cumprimento.

---

282. Hawking, "Space and Time Warps", *op. cit.*

"Nenhum Outro Deus Diante de Mim": Deus, Ontologia e Ética no Universo dos Vingadores

Adam Barkman

Quando Asgard, o lar dos deuses nórdicos, caiu do céu e aterrissou em Oklahoma, um pastor cristão começou seu sermão de domingo perguntando: "Deuses com *d* minúsculo? Ou *D* maiúsculo? Os asgardianos são "deuses"? E, se forem, bem, onde isso deixa o meu Deus?".[283]

Apesar do que eu sinto por esse pastor e por seu equilíbrio perturbado, ele realmente não tem com o que se preocupar. Está claro que no Universo Marvel, Deus – com letra maiúscula – existe. O Doutor Estranho aprende sobre Ele a partir do ser cósmico massivo, mas não todo-poderoso, Eternidade, que diz: "Eu e meu irmão Morte formamos toda a sua realidade! Nem ele nem eu somos Deus, pois Deus rege todas as realidades".[284] Thanos, mesmo quando ele adquiriu o Coração do Universo e derrotou o Tribunal Vivo (o homem que é mão direita de Deus), estava o tempo todo ciente da Divindade Suprema tecendo a maldade do Titã para algum propósito mais elevado. "Este foi meu momento de triunfo", ele se perguntou, "ou apenas uma

---

[283]. *The Might Thor* #1 (junho de 2011), reeditado em *The Might Thor Vol. 1: Galactus Seed* (2011).
[284]. *Doctor Strange*, vol. 2, #13 (abril de 1976), reeditado em *Essential Doctor Strange Vol. 3* (2007).

faceta do grande plano de outro?".²⁸⁵ Como se isso não fosse prova suficiente, o Quarteto Fantástico e o Homem Aranha O encontraram pessoalmente: o Quarteto Fantástico, ao entrar no próprio Céu, e o Homem Aranha, quando Deus apareceu como um mendigo desconhecido para confortar o tecedor de teias de aranha.²⁸⁶

Portanto, Deus existe... mas como podemos reconciliar isso com a ampla variedade de seres no Universo Marvel, incluindo deuses e semideuses, como Thor, Hércules e Ares? Mais ainda, como podemos compreender o Universo Marvel à luz do livro do Êxodo, 20:3, que ordena: "Vocês não devem ter nenhum outro Deus diante de mim"?

Deus, O-Que-Está-Acima-de-Tudo, ou "Stan", para encurtar

Na grande cadeia de fraternidade de deuses da Marvel, Deus é o primeiro da fila, e é diferente de todos os outros seres. Ele é o criador, enquanto tudo o mais é criação. Em três exemplos significativos – em *Doctor Strange*, *Fantastic Four* e, como o Fulcro, em *Eternals* – Deus é retratado ou como Stan Lee ou Jack Kirby, os criadores literais do Universo Marvel.²⁸⁷

Além de ser o Criador, Deus é "todo-poderoso e onisciente. Essa é a verdadeira essência do que mantém a realidade em seu lugar".²⁸⁸ Como tal, Deus "arma o palco" para que o drama da criação se desenrole.²⁸⁹ Embora Deus seja transcendente e de uma categoria diferente de todos os outros seres da Marvel, Ele também é imanente, interessado e imbuído no que acontece nas realidades que Ele cria. "O jogo são suas vidas", Ele diz ao Quarteto Fantástico. "Suas aventuras se tornam nossa exploração."²⁹⁰ Do mesmo modo que um autor tem intenções quando escreve, Deus teve intenções – intenções perfeitas – em Sua

---

285. *Marvel Universe: The End* #6 (agosto de 2003), reeditado em *Marvel Universe: The End* (2011).
286. *Fantastic Four*, vol. 3, # 511 (maio de 2004), reeditado em *Fantastic Four Vol. 4: Hereafter* (2004); *Sensational Spider-Man*, vol. 2, # 40 (setembro de 2007), reeditado em *Spider-Man, Peter Parker: Back in Black* (2008).
287. Veja *Strange Tales*, vol. 1, # 157-163 (junho a dezembro de 1967), reeditado em *Essential Doctor Strange Vol. 1* (2006); *Fantastic Four*, vol. 3 # 511; e *Eternals*, vol. 4, #9, (maio de 2009), reeditado em *Eternals: Manifest Destiny* (2009).
288. *Eternals*, vol. 4, #9.
289. *Fantastic Four*, vol. 3, # 511.
290. *Ibid.*

criação. Como Ele diz ao Homem Aranha: "Todos nós temos um propósito, Peter. Todos nós temos um papel a representar".[291] O fato de Ele ser um Deus cristão fica claro em todas as alusões a Jesus quando ele diz para Peter: "E, você sabe, se serve de consolo, eu pedi muito mais de pessoas muito mais próximas a mim do que você".[292] De fato, Uatu, o Vigia, diz à Mulher Invisível: "Sua única arma é o amor!".[293]

Abaixo de Deus na grande cadeia de seres da Marvel está o Tribunal Vivo, uma figura misteriosa. Como as "Criaturas Vivas" de Ezequiel 1:6, cada um deles tem quatro rostos, o Tribunal Vivo tem quatro rostos (três e um "vazio"),[294] e como as Criaturas Vivas, que adoram Deus em Sua sala do trono, o Tribunal Vivo é "o representante Do-Um-Que-Está-Acima-de-Tudo".[295] A tarefa do Tribunal Vivo é "sentar em julgamento dos acontecimentos na ponta mais longínqua da escala cósmica", com cada um de seus rostos invisíveis representando um modo de seu julgamento correto: necessidade, equidade e retribuição.[296] Cada face pode ser comparada a um anjo da Bíblia, que verte julgamento em nome do Mais Alto.[297] De fato, a face da necessidade do Tribunal Vivo parafraseia Jesus, quando ela diz à Mulher Hulk: "A necessidade é o espelho cósmico que nos lembra para que sempre julguemos os outros como se nós mesmos fôssemos julgados".[298]

Abaixo de Deus e do Tribunal Vivo estão os seres cósmicos ou divindades astrais do Universo. Esses incluem os Celestiais, o Senhor Caos e o Mestre Ordem, Uatu, o Vigia, Galactus, Amor e Ódio, Kronos, Eternidade e o Deus Caos.[299] A maior parte desses seres cósmicos está envolvida no nascimento ou morte de universos,

---

291. *Sensational Spider-Man*, vol. 2, #40.
292. *Ibid*.
293. *Fantastic Four*, vol. 1, # 72 (março de 1968), reeditado em *Essential Fantastic Four Vol. 4* (2006).
294. *Silver Surfer*, vol. 3, #31 (dezembro de 1989).
295. *The Infinity War* #2 (julho de 1992), reeditado em *Infinity War* (2006). Observe que esse "título" não deve ser confundido com o Eleito Celestial, o Um Acima de Tudo, que é um mero Celestial, um servo do Fulcro (*Thor*, vol. 1, #287, setembro de 1979, reeditado em *Thor: The Eternals Saga Vol. 1*, 2006).
296. *The Infinity War* #3 (agosto de 1992), reeditado em *Infinity War*.
297. Êxodo 12, 2, Samuel 24:16, 1 Coríntios 10:10, Hebreus 11:28 e Apocalipse 9:11.
298. *She-Hulk*, vol. 2, #12 (novembro de 2006), reeditado em *She-Hulk Vol. 4: Laws of Attraction* (2007).
299. Não fica claro qual a diferença entre ele e o Senhor Caos.

entretanto nenhum deles é absolutamente indestrutível ou eterno; todos sofrem derrota em uma época ou outra. Abaixo dos seres cósmicos estão os seres da quarta fileira, os anciões do Universo, que incluem o Colecionador, o Grande Mestre, Chthon, Gaia (Mãe Terra) e possivelmente a Morte.[300]

É claro que toda essa conversa sobre fileiras de seres explica apenas coisas como longevidade e parentesco. Aqueles influenciados pela filosofia grega e teologia judaico-cristã devem manter que o que é mais velho é o mais forte, sábio e mais indestrutível. Platão acreditava isso ser verdade para as Formas, e os judaico-cristãos acreditam isso ser verdade para Deus.

Porém, não podemos estender isso para o politeísmo grego e nórdico. Em ambos os casos (sem mencionar o caso de uma de suas fontes raiz, a mitologia mesopotâmica),[301] os últimos pais do céu a chegar, Zeus e Odin, foram capazes de derrotar seus respectivos pais e declarar a supremacia, mesmo enquanto os primordiais permaneciam no pano de fundo. Do mesmo modo, no Universo Marvel, os seres menores, tais como Thanos (um deus olímpico modificado pelos Celestiais), podem influenciar a Imensidade Gauntlet, que por seu lado pode derrotar Eternidade, e Hércules, o pai do céu é capaz de superar o Deus Caos. Portanto, quando se trata de criaturas no Universo Marvel, a ordem de existência é algo que separa os deuses cósmicos, anciões e pais do céu, e, mesmo que não separe tanto, falando em termos absolutos, separa.

Deuses são um pouco diferentes

Devíamos esperar, então, que, quando nos voltamos para observar as diferenças entre "deuses" e "não deuses" entre os Vingadores, não encontraremos diferenças absolutas. Pegue Thor, por exemplo, Gaia

---

300. Na literatura antiga, a Morte em geral é retratada como o oposto de Eternidade, o que tornaria ele ou ela um ser cósmico. Contudo, durante a Guerra do Caos, o Rei Caos é retratado como o verdadeiro oposto de Eternidade e a Morte é claramente um subordinado. Para a versão antiga, veja *Captain Marvel*, vol. 1, #27 (julho de 1973), reeditado em *Marvel Masterworks: Captain Marvel – Vol. 3* (2008). Para a nova versão, veja *Chaos War* #2 (janeiro de 2011), reeditado em *Chaos War* (2011).

301. Na mitologia mesopotâmica, a deusa de segunda linha Ea mata seu pai de primeira linha – o primordial Apsu –, e o filho de Ea, o deus de terceira linha Marduk, assassina a deusa primordial de primeira linhagem Tiamet, para tornar-se rei dos deuses. Enuma Elish 1.4, 1.69 e 4.104.

deu à luz o pai do céu, Odin, o deus supremo dos asgardianos, e juntos, Odin e Gaia (no disfarce de Jord), deram à luz Thor.[302] Aparentemente, Odin reivindica o título de pai do céu porque ele nasceu diretamente de Gaia (sem a ajuda de seres inferiores), uma antiga, enquanto Thor é um deus inferior, porque seu sangue foi diluído por ter um pai do céu como genitor.

A maioria dos deuses no Universo Marvel, incluindo os asgardianos, vive em dimensões diferentes da dimensão dos Vingadores, e eles são capazes de intervir na dimensão humana com mais facilidade do que os humanos podem intervir na dos deuses. A maior habilidade mágica dos deuses também parece dar-lhes grande resistência a ataques mágicos. Por exemplo, embora o Senhor Pesadelo, que é um ser, grosso modo, em igualdade com os deuses, tenha sido capaz de assumir o controle "daqueles com mentes mortais", Thor, um deus, permaneceu sem ser afetado.[303] A força dos deuses, em geral, também excede a dos mortais, mesmo os super-humanos. Quando Skaar, filho de Hulk, pergunta: "Deuses? E daí? Nós lutamos com todos os monstros e demônios", a Mulher Hulk responde prontamente: "Você não entende. Deuses são um pouco diferentes".[304] E eles são mesmo: "Entre os mortais", Hera diz a Hulk, "você pode ser o mais forte que existe, mas o Pai Zeus poderia vaporizá-lo com um pensamento". Ainda que Zeus não o faça, ele derrota Hulk fragorosamente, acorrentando-o como a Prometeu para que os abutres o biquem. De fato, embora Loki possua Hulk magicamente para voltá-lo contra Thor, dizendo: "Apenas você chegou perto de derrotar o poderoso Thor".[305] Thor, e não Hulk, pode erguer o martelo mágico Mjolnir; e Thor, não o Hulk, emerge vitorioso. Como Vespa diz em nome de seus companheiros Vingadores: "Thor, nós já sabemos que você é o mais forte".[306]

Claro que, como com quase tudo nesse universo graduado, mas não rigidamente fixo, esse tipo de declaração é geral, não sem qualificação. Por exemplo, força é um termo não muito claro. Significa

---

302. *Thor*, vol. 1, #300 (outubro de 1980), reeditado em *Thor: The Eternals Saga, Vol. 2* (2007).
303. *Chaos War* #2.
304. *Incredible Hulk* #622 (fevereiro de 2011), reeditado em *Incrível Hulk Vol. 1: Chaos War* (2011).
305. *Hulk vs Thor* (Marvel Animation, 2009).
306. *Avengers*, vol. 1, #220 (junho de 1982).

poder físico ou inclui, deixando a magia de lado, outras habilidades não físicas? O poder de Graviton sobre a gravidade, por exemplo, é suficiente para derrotar Thor, e então ele pergunta com razão: "Você pensa que eu me renderia por sua suposta divindade? Talvez eu também seja um Deus".[307] E mesmo se em sua maior parte os deuses sejam fisicamente mais fortes que os super-humanos, um único deus como Hércules pode ser fisicamente derrotado por um grupo de seres menores, o que é exatamente o que acontece quando o Sr. Hyde, Golias e a Gangue da Demolição o espancam até sua vida ficar por um fio.[308]

Ontologia nos quadrinhos #1

Portanto, o que significa ser um imortal? Em *ontologia*, a área da filosofia que estuda a natureza do ser ou existência, dizemos que um ser *eterno* está "fora" do tempo, não tendo início ou fim; um ser *imortal* tem um início no tempo, mas não tem um fim; e um ser *mortal* tem um início e um fim no tempo. No Universo Marvel, apenas Deus é eterno. Porque todos os outros seres são criaturas (ou seja, são criados por Deus), todos os outros seres são ou mortais ou imortais. Mas porque todas as criaturas, exceto Thanos e Adam Warlock, morreram no futuro (como mostrado em *Marvel Universe: The End* #6), parece bem provável que todas as criaturas possam morrer. Portanto, falando estritamente, tudo no Universo Marvel é mortal, exceto Deus.

Mesmo assim, existe outro sentido em que não apenas os seres cósmicos, anciãos, pais do céu e deuses, mas também os super-humanos, alienígenas e humanos podem ser considerados imortais ou, nas palavras de Thor: "sempre desafiando o sono eterno".[309] Os pais do céu, Odin e Zeus, por exemplo, morreram múltiplas vezes, mas eles continuam a resistir, embora em diferentes formas, em seus respectivos submundos, coexistindo, o mais importante, com as almas nuas de meros super-humanos e humanos que pereceram. Todas as criaturas podem morrer, ainda assim todas (por determinação de Deus, é claro) são capazes de permanecer também. De fato, não é

---

307. *Avengers*, vol. 1, #159 (maio de 1977), reeditado em *Essential Avengers Vol. 7* (2010). Veja também *Avengers: Earth's Mightiest Heroes*, temporada 1, episódio 7 (Marvel Animation, 2010).
308. *Avengers*, vol. 1, #274 (dezembro de 1986), reeditado em *Avengers: Under Siege* (2010).
309. *Avengers*, vol. 1, #277 (março de 1987), reeditado em *Avengers: Under Siege*.

incomum no Universo Marvel que seres cósmicos, anciãos, deuses e humanos da mesma forma sejam ressuscitados ou reencarnados.[310] Portanto, quando os deuses são chamados de "imortais", devemos assumir que isso significa que eles não podem morrer de velhice ou doença, não que seus corpos "físicos" não possam perecer.

O Hulk, a Vespa e a Viúva Negra estão todos em "nível" mais baixo, ontologicamente, do que o deus Thor, embora isso seja em sua maior parte relativo a linhagem, a idade e apenas em uma menor medida com respeito a imunidades e habilidades naturais. Todos os quatro, é claro, foram criados por Deus por meio de seus servos, Eternidade e Gaia, e quanto a isso são equivalentes. Porém, os seres humanos, contaram-nos, receberam o toque final pelo sub-sub-sub-subcriador Odin ("Alguns sussurram que ele fez o primeiro homem").[311] Se for verdade, isso significaria que, enquanto Thor, como o filho de Odin, foi *gerado* por Odin, o Hulk, a Vespa e Viúva Negra foram *criados* (ou tocados) por Odin.

Portanto, dada a existência de "um Deus supremo" (que diz: "Vocês não terão outros deuses diante de mim"), como podemos ver sentido em todos esses deuses no Universo Marvel? O termo "deus" (letra minúscula) é usado na Bíblia para descrever divindades não existentes representadas em estátuas (tais como Dagon, em 1 Samuel 5:4), anjos rebeldes (tais como Satã), e até, o mais importante, seres humanos. Em Salmos 82:6, está escrito: "Eu disse, 'vocês são deuses', todos vocês são filhos do Mais Alto" – uma passagem citada e elaborada em João 10:34, em que Jesus diz:

> Não está escrito em suas leis: "Eu disse, vocês são deuses?" Se ele os chamou de "deuses", para quem a palavra de Deus vem (e as Escrituras não podem ser quebradas), vocês dizem d'Ele, a quem o Pai santificou e enviou para o mundo: "Você está blasfemando", porque eu disse, "Eu sou o filho de Deus"?

Consequentemente, outros "deuses" podem coexistir com o Deus da tradição judaico-cristã, bem como com o Deus do Universo Marvel.

---

310. Como exemplo, veja os asgardianos restaurados em *Thor by Michael Straczynski Vol. 1* (2008), depois dos acontecimentos mostrados em *Avengers Disassembled: Thor* (2004).
311. *Thor*, vol. 2, #83 (outubro de 2004), reeditado em *Avengers Disassembled: Thor*.

Ser um deus implica bondade?

No Universo Marvel, como no nosso, o *status* ontológico – que, em geral, está lado a lado com a ordem da criação, longevidade, o poder e o conhecimento – não é medida de bondade moral. Nós temos Satã e Marvel tem Mefisto: ambos são seres extremamente antigos e poderosos, mas acontece de serem maus. Porém, isso não é verdade apenas para os demônios. Quando usa a Luva Infinita, Adam Warlock imagina tolamente que um ser supremo adequado não devia permitir "ao bem e ao mal obnubilarem tanto seu julgamento", e, mesmo em seu aspecto "bom", a Deusa se mostra inadequada, imaginando que a bondade é algo que pode ser forçado, em vez de galanteado.[312] De fato, Galactus e os Celestiais massacram milhões quando destroem mundos; a deusa Hera mostra sua imortalidade quando diz ao Hulk: "Uma jura a um monstro não significa nada"; e a própria Eternidade fica em divergência com Deus, quando diz ao Doutor Estranho: "Eu estou acima de emoções baratas como a gratidão!".[313] Parece que poder e privilégio raramente se traduzem em ações corretas.

Então, como nasceu o mal? Pistas consistentes com a história básica judaico-cristã são encontradas por todo o Universo Marvel. Em *Fantastic Four*, vol. 3, #511, Deus declara aos Quatro que eles são seus "colaboradores", dizendo: "Vocês não são marionetes de ninguém mais... Ninguém pode viver por vocês", e em *Sensational Spider-Man* #40, quando Peter pergunta a Deus por que ele recebeu seus poderes, Deus responde mostrando a ele a grande quantidade de pessoas que ele salvou ao longo do caminho, dizendo: "Elas são parte da razão, Peter". Deus cria porque Ele ama criar, assegurar-se, mas Ele cria seres racionais ("deuses" de todos os tipos) para a comunhão com Ele (ou para que eles empatizem com o Bem) e para espalhar a bondade para os outros. Porque o bem e o mal apenas têm significado até agora enquanto a pessoa for livre, Deus nos deu a todos os Seus "deuses" o livre-arbítrio para escolher entre o bem (Deus) ou o mal. O verdadeiro significado de "vocês não deverão ter outros deuses diante de mim", então, não nega a existência de outros

---

312. *The Infinity War* #2; *The Infinity Crusade* #3 (agosto de 1993), reeditado em *Infinity Crusade Vol. 1* (2008).
313. *Incredible Hulk* #622; *Doctor Strange*, vol. 2, #13.

deuses, mas de preferência amar tudo adequadamente: Deus e a bondade acima de tudo o mais. As criaturas malignas são simplesmente aquelas que valorizam ou elevam qualquer coisa acima de Deus o bom e Suas leis morais. O sábio compreende isso, daí Uatu, o Vigia, dizer ao Sonhador Celeste:

> O pulso que inicialmente pareceu completamente ao acaso, mas agora registra cada ciclo? É o que os humanos chamam de consciência. É o que reconhece e diferencia o bom do mal. Para mim, demorou ainda mais para perceber que a melhor coisa a fazer era simplesmente prestar atenção nele.[314]

Embora diversos e não particularmente poderosos no grande esquema das coisas, os Vingadores também compreendem essa necessidade. Por exemplo, Thor entende que a diferença entre certo e errado é importante, e por isso ele diz "ao assassino dos deuses", Devak: "Há muito tempo eu concordei que alguns deuses são malevolentes e perigosos. Mas sua inabilidade para discernir entre o bem e o mal o torna tão perigoso quanto eles".[315] E embora ele não seja "exatamente humilde", e por vezes até insolente, o Deus do Trovão ama o bem como todos os heróis amam.[316] Mais que isso, contudo, ele compreende que a justiça é aperfeiçoada ou completada pelo amor – de fato, por ágape, ou o amor sacrificial, o amor supremo, o amor que a Bíblia reivindica ser um dos nomes de Deus.[317] Thor, como um amante do bem, ama a justiça (tratar cada um como deseja ser tratado) e a misericórdia (ir além, de um jeito positivo, dos mandamentos da justiça), dizendo: "Eu não faltarei em minha determinação de proteger este planeta e salvar sua gente!".[318] E ele realmente dá proteção, até quando diante do dilema ético terrível de ter de matar um

---

314. *Eternals*, vol. 4, #9.
315. *Thor*, vol. 2, #78 (julho de 2004), reeditado em *Thor: Gods & Men* (2011).
316. *Avengers*, vol. 1, #220.
317. 1 João, 4:8.
318. *Thor*, vol. 1, #388 (fevereiro de 1988), reeditado em *Thor: Alone Against the Celestials* (1992). Veja também o filme de 2011, *Thor*, em que Thor diz a Loki: "Essas pessoas são inocentes. Tirar suas vidas não trará nenhum ganho a você. Então, fique com a minha e acabe com isso". E, depois, morrendo, ele ouve Thor dizer as palavras: "Está acabado", ecoando as palavras do Jesus, sacrificado ao morrer: "Está terminado". (João 19:30).

inocente (a bomba-relógio humana que a Vespa se tornou no fim da invasão Skrull) para demonstrar o seu amor.[319] Todos os Vingadores amam o Bem, e uma vez que o Bem é um aspecto de Deus, pode-se dizer que eles amam a Deus, ou claramente ou através de uma lente sombria.

Oportunidade igual – para divindades?

Duane Freeman, a representante do governo americano diante dos Vingadores, uma vez tentou pressionar a equipe para aceitar mais minorias nela, para o que o Homem de Ferro respondeu:

> Nós não recrutamos pela cor da pele. Os Vingadores não se importam com representação igualitária – os esquadrões são pequenos demais para isso. Nosso interesse é fazer o trabalho – é isso. Todos tivemos membros de minorias durante anos – de heróis negros a hispânicos a ciganos e deuses mitológicos. Nós nunca excluímos ninguém – *ninguém* – por sua raça.[320]

Algo similar é verdade para Deus, tanto no Universo Marvel como no nosso. O criador se agrada em aceitar não apenas os seres humanos, mas também qualquer e toda criatura de boa vontade ("deuses") que Ele criou. Porém, ele os aceita com uma condição: eles devem amá-lo, e com isso Ele quer dizer que devem amar o Bem. A partir dessa perspectiva, os Vingadores são um modelo para todos nós, porque, embora diversos, eles são unificados em seu amor pela própria bondade – ou a Ele em si.

---

319. *Secret Invasion* #8 (janeiro de 2009), reeditado em *Secret Invasion* (2009).
320. *Avengers*, vol. 3, #27 (abril de 2000), reeditado em *Avengers Assemble Vol. 3* (2006).

Amor ao Estilo dos Vingadores: Um Androide Pode Amar um Humano?

Charles Klayman

Era uma vez, dois Vingadores, o Visão e a Feiticeira Escarlate, tiveram um relacionamento romântico que levou ao casamento. Vários de seus companheiros Vingadores foram céticos porque, afinal, Visão é um androide e a Feiticeira Escarlate é humana (mais precisamente, uma mutante, mas essa distinção não é relevante aqui). Sejam eles feitos de componentes sintéticos ou orgânicos, androides são artificiais e não o que poderíamos chamar de "vivos". Mas eles podem parecer espantosamente semelhantes a nós (sem as manchas e as feridas do amor) e podem parecer conscientes, como se eles tivessem uma existência consciente semelhante à nossa. Então, dadas as suas diferenças e similaridades, pode um androide amar um humano (e vice-versa)?

O que é o amor, afinal?

Inspirado por Platão e Aristóteles,[321] o filósofo e apologista cristão C. S. Lewis (1898-1963) categorizou quatro tipos gerais de amor, que

---

321. Veja Platão, *Symposium*, 199c-212b (em qualquer tradução respeitável com a paginação-padrão) e Aristóteles, *Nicomachean Ethics*, livro VIII, capítulos 1-8.

são *afeição, amizade, Eros* (ou amor romântico) e *caridade*.[322] Para Lewis, cada tipo de amor contém três qualidades ou elementos, que são o *amor-doação*, o *amor-necessidade* e o *amor-apreciativo*. Diferentes tipos de amor podem conter porções desiguais de elementos e, embora esses elementos pareçam separados uns dos outros, na verdade "misturam-se e sucedem um ao outro, momento a momento".[323]

O *amor-necessidade,* mais básico em geral, corre o risco de ser interpretado como egoísmo. Nós não chamamos um bebê de egoísta quando ele se joga para sua mãe com as mãos estendidas. O bebê simplesmente demonstra amor, e que acontece em se manifestar como uma necessidade por sua mãe. Amor-necessidade é visto em relação às nossas próprias necessidades e não durará mais do que a necessidade; uma vez que a mãe tenha pegado o bebê, a necessidade do bebê foi satisfeita. Contudo, nem todas as necessidades são transitórias: "A necessidade em si pode ser permanente ou recorrente".[324]

Por sua vez, o *amor-doação* implica dar – não necessariamente por bondade do coração da pessoa, mas a partir da necessidade de doar. A mãe não dá atenção a seu bebê porque ela é uma pessoa gentil, mas porque ela precisa dar a seu filho. Com o amor-doação, a pessoa anseia a dar ao ser amado felicidade, conforto, proteção, e por aí vai.[325]

Por fim, em vez de dar ou receber, o *amor-apreciativo* envolve "julgamento de que o objeto é muito bom, sua atenção (quase reverência) oferecida a ele é um tipo de dívida, esse desejo de que deveria ser e continuar a ser o que é e, mesmo se nós nunca o aproveitarmos, pode acontecer não apenas em relação a coisas, mas a pessoas.[326] Então, quando digo "Eu adoro minha noite de pizza", quero dizer que julgo que aquela pizza é uma coisa tão boa que eu reservo um tempo uma vez por semana não apenas para saboreá-la, mas para admirar todas as suas qualidades, e espero que, após minha morte, a instituição de fazer pizza continue.

---

322. C. S. Lewis, *The Four Loves* (New York: Harcourt, Brace, 1960).
323. *Ibid,* p. 33.
324. *Ibid,* p. 30.
325. *Ibid,* p. 33.
326. *Ibid.*

Amigos, amantes e outros significativos

Como esses aspectos se combinam para formar os diferentes tipos de amor, e qual deles se aplica melhor ao de Visão e da Feiticeira Escarlate? Primeiro, vamos considerar *afeição*, que é baseada em familiaridade. Claramente, comer pizza uma vez por semana torna-se uma rotina familiar, e em geral as coisas com as quais crescemos e nos acostumamos são coisas que aprendemos a amar. Também é desse tipo de amor que surge o ciúme em cena: "Mudanças são uma ameaça à Afeição".[327] Mude minha noite de sexta-feira de pizza de peperoni para uma bandeja de sushi e testemunhe como vou lutar para reclamar minha noite de pizza. Mude o bebê para um adolescente rebelde e ouça como a mãe pergunta no que *seu* bebê se tornou. Parece que um ser humano pode acostumar-se a um androide depois de um período de tempo, ainda assim afeição não parece ser o tipo de amor que a Feiticeira Escarlate teve pelo Visão. Obviamente, como uma Vingadora, ela cultivou uma afeição por ele, especialmente, já que se conheceram por 32 números antes de se envolverem romanticamente.[328] Embora um humano possa ter um amor afeiçoado por um androide, a afeição sozinha não é suficiente para buscar um relacionamento romântico ou o casamento.

Pode a amizade ser suficiente para gerar o amor entre Visão e a Feiticeira Escarlate? Uma vez que os Vingadores são uma equipe, parece que eles seriam companheiros como colegas de equipe, mas não necessariamente amigos. Por exemplo, depois de um dia duro de combate ao mal, podemos imaginar o Homem Maravilha e o Fera divertindo-se juntos à noite, ainda assim duvido que eles convidassem o Capitão América ou o Gavião Arqueiro para se juntarem a eles em sua festa. Eles devem pensar que esses dois são excelentes colegas de equipe e Vingadores, mas provavelmente não iriam querer passar seu tempo livre com eles. Afinal, o Capitão América é muito moralista e o Gavião Arqueiro é um imbecil.

---

327. *Ibid*, p. 70.
328. O primeiro encontro deles foi em *Avengers*, vol. 1, #76 (maio de 1970) e reconheceram os sentimentos de um para o outro no #108 (fevereiro de 1973), reeditado em *Essential Avengers Vol. 4* (2005) e *Vol. 5* (2006), respectivamente.

Não querer passar o tempo livre com um companheiro Vingador pode não parecer certo, mas Lewis usa os termos *amizade* e *companheirismo* em situações bem específicas. Amizade é outro tipo de amor, enquanto o companheirismo não é. Enquanto os amigos são necessariamente companheiros, os companheiros não necessariamente se elevam ao nível de amigos. Companheirismo surge do instinto para colaborar, mas a amizade surge "do mero Companheirismo, quando dois ou mais dos companheiros descobrem que eles têm em comum algum *insight* ou interesse, ou até gosto, que os outros não compartilham e que, até aquele momento, cada um deles acreditava ser seu próprio e singular tesouro (ou carga)".[329] O compartilhamento de traços em comum que inspira a amizade em geral se manifesta como uma visão em comum ou um jeito compartilhado de ver e se preocupar com a mesma verdade.[330] Os Vingadores, por exemplo, podem ser amigos uns dos outros, uma vez que eles compartilham o mesmo interesse em derrotar vilões e têm a mesma visão do bem triunfando sobre o mal.

Dado o tratamento de Lewis da *amizade*, parece que um humano pode amar um androide como amigo. Porém, a Feiticeira Escarlate e o Visão são mais que amigos, especialmente quando declaram seu amor um pelo outro.[331] Ser "mais que só amigos" em geral implica um tipo de amor que é romântico, o qual Lewis chama de *Eros*, o estado de estar apaixonado.[332] Esse tipo de amor em geral é associado com um tipo de desejo sexual, que Lewis chama de *Vênus* para contrastá-lo, por exemplo, com o tipo de desejo sexual que os animais experimentam. A partir de um ponto de vista evolucionário, Eros desenvolve-se de Vênus, mas Lewis afima que Eros não começa de um estado físico. Pelo contrário, ele começa de um estado mental – preocupação. "Um homem nesse estado realmente não tem tempo livre para pensar em sexo. Ele está muito ocupado pensando em uma pessoa. O fato de ela ser uma mulher é muito menos importante do que o fato de ela ser ela mesma."[333]

---

329. Lewis, *Four Loves*, p. 96.
330. *Ibid*, p. 99.
331. *Avengers*, vol. 1, #109 (março de 1973), reeditado em *Essential Avengers Vol. 5*.
332. Lewis, *Four Loves*, p. 131.
333. *Ibid*, p. 133.

Lewis diz duas coisas aqui. Primeira, o amor romântico não se desenvolve primariamente do desejo sexual, mas, pelo contrário, do fascínio. Segunda, o amado é um *self* que é admirável e singular. Esse *self* espreita por trás da fisicalidade da pessoa; ele é a pessoa interior, alma ou o "verdadeiro você". Como Lewis diz: "Agora, Eros faz um homem realmente querer, não uma mulher, mas *uma mulher em especial*".[334] Então, o amor romântico é um amor por um indivíduo específico, singular, que não pode ser substituído.

O amante vê seu amado como algo que é bom, independentemente de qualquer prazer ou felicidade que o amado dê ao amante. O objetivo de Eros é tornar-se um com o amado. Pares românticos são, como dizemos, "um item"; enquanto amigos podem ficar lado a lado, amantes ficam face a face.[335] Como diz Lewis: "Uma das primeiras coisas que Eros faz é obliterar a distinção entre dar e receber".[336] Em casos de Eros verdadeiro, a linha entre dar e receber desaparece.

Amor não correspondido

Ainda é Eros, no entanto, se o amado é indisposto ou incapaz de permanecer, supostamente, "face a face" com a outra pessoa? Talvez, mas seria um Eros doentio. Suponha que a Mulher Hulk tenha uma paixão por Jarvis, o mordomo dos Vingadores, que a ignora, indisposto a ser recíproco com o amor dela. O Capitão América pode aconselhá-la: "Persista! Jarvis vai entrar na sua", mas o Homem Maravilha pode dizer: "Desista! Ele nunca vai se aproximar de alguém como você". Esses são os tipos de conselhos que temos quando nos encontramos em uma situação semelhante: ou persistirmos até que o amado perceba nosso verdadeiro eu e corresponda ao nosso amor, ou então desistimos de nosso fascínio e preocupação com o amado.

Considere o mito grego de Narciso, que se apaixonou por seu próprio reflexo. É óbvio que seu reflexo foi incapaz de corresponder a seu amor, e o pobre Narciso morreu, incapaz de abandonar seu próprio reflexo. Como no caso da Mulher Hulk e Jarvis, se o amor não é correspondido, ele pode se tornar uma obsessão ou loucura. Então,

---

334. *Ibid*, p. 135 (destaque meu).
335. *Ibid*, p. 91.
336. *Ibid*, p. 137.

parece que um ser humano pode amar um androide romanticamente, mas, se o amor não é correspondido, ele é doentio.

Embora Eros possa ser doentio se não for correspondido, para Lewis existe um tipo de amor que envolve amar o impossível de ser amado.

Por mais que pareça paradoxal, Lewis se apoia na ideia do Deus Cristão para explicar o quarto tipo de amor, a *caridade*, que é, essencialmente, a expansão do amor-doação. Lewis faz uma distinção entre o amor-doação natural e uma porção do próprio amor-doação de Deus, que ele classifica como *amor-doação divino* e o *Amor-Ele em Si*.

> O amor-doação natural é sempre dirigido a objetos que o amante percebe de algum modo intrinsecamente amável – objetos ao qual a Afeição ou Eros ou [Amizade] o atraem... Mas o amor-doação divino no homem o capacita a amar o que não é naturalmente digno de amor; leprosos, criminosos, inimigos, idiotas, o rabugento, o superior e o desprezível. Por fim, por um grande paradoxo, Deus torna o homem capaz de ter o amor-doação por Ele em Si.[337]

Parece haver um problema com doar a Deus, uma vez que tudo já é d'Ele; mas, para Lewis, podemos dar a Deus sendo bons e caritativos: "Cada estranho a quem nós alimentamos ou vestimos é o Cristo. E isso aparentemente é o amor-doação de Deus, saibamos disso ou não. O Amor a Ele em Si pode operar naqueles que não sabem nada d'Ele".[338] A caridade é um amor em que o amado não é uma pessoa em particular, mas, pelo contrário, são as pessoas em geral. Portanto, um ser humano pode amar um androide a partir da caridade, mas tal amor não estaria limitado a um androide em particular.

"Nenhuma irmã minha poderá se envolver com um, um, um robô!"[339]

Parece que um humano pode amar um androide, seja esse amor uma afeição, amizade, Eros ou caridade. Ainda assim, Eros parece ser o

---

337. *Ibid*, p. 177.
338. *Ibid*, p. 178.
339. Mercúrio, em *Avengers*, vol. 1, #110 (abril de 1973), reeditado em *Essential Avengers Vol. 5*.

que melhor descreve o relacionamento entre a Feiticeira Escarlate e o Visão. Então, agora precisamos determinar se um androide pode amar um humano de modo similar.

Podemos pensar que androides sejam incapazes de amar porque eles são máquinas, como serras circulares e liquidificadores. Este argumento tem um problema sutil. Ele presume que apenas os humanos podem amar. É óbvio que isso é falso, já que não humanos, tais como Thor e Mar-Vell, podem amar. Ainda assim, eles estão vivos, enquanto as máquinas não estão. Claramente, algumas máquinas, tais como os caçadores de mutantes, as Sentinelas, são incapazes de amar. Em certo sentido, contudo, humanos são "máquinas de carne e osso", compostos de componentes orgânicos e programados por um código genético, operando em reação a estímulos ambientais. Portanto, nem todas as máquinas são incapazes de amar.

Talvez humanos e não humanos, como Thor e Mar-Vell, sejam *pessoas*, enquanto androides não são. E, talvez, apenas pessoas sejam capazes de amar. O problema com essa linha de argumento é que a pessoalidade é um conceito vago. Uma "pessoa" não tem de ser um humano; uma pessoa é simplesmente um ser que teve ou merece direitos, tais como o direito à vida ou ao respeito. Então, por que deveriam os humanos, os deuses asgardianos e os Kree serem considerados pessoas, enquanto androides, zumbis e animais não são? Talvez os anteriores tenham almas e os últimos não. Essa resposta, porém, implora pela questão da natureza da alma. Como sabemos mesmo o que é uma alma e quem tem uma?

Parece ilegítimo negar aos androides a habilidade de amar baseado simplesmente no fato de que eles são desenvolvidos inorgânica e artificialmente. Ao argumentar pelos direitos dos animais, o filósofo contemporâneo Peter Singer afirma que diferentes formas de preconceito, tais como sexismo e racismo, envolvem membros que valorizam seu próprio grupo, com base em características arbitrárias que outros grupos não possuem. *Especismo*, de acordo com Singer, é um preconceito ou atitude de intolerância contra membros de outras espécies.[340] Um preconceito aparentado pode estar em funcionamento quando

---

340. Veja Peter Singer, "All Animals Are Equal", em *Applied Ethics*, ed. Peter Singer (New York: Oxford University Press, 1986), p. 215-228.

concluímos que androides não podem amar, simplesmente por serem artificiais.

Singer talvez ressalte que, como os animais, os androides sofrem e têm interesses. Além disso, podem até reconhecer que são marginalizados na sociedade. Obviamente, o Visão está interessado em combater o mal; não fosse assim, ele não estaria engajado em atividades de super-herói. Ele também exibe regularmente sofrimento tanto emocional quanto físico.[341] Finalmente, ele reconheceu como, enquanto androide, é marginalizado pelos outros, ressaltando que "até entre os mutantes, monstros e homens-deuses, nós, formas de vida artificial, ainda somos os menos aceitos".[342] De acordo com Singer, então, deveríamos nos refrear do *organicismo*, o preconceito contra criaturas sintéticas. De fato, deveríamos reconhecer que elas têm os mesmos direitos e privilégios que nós temos, inclusive o direito de amar e de se casar.

Amor: estilo americano

Embora a pessoalidade possa tornar os androides moralmente "elegíveis" para o amor e amar, nós ainda não respondemos a questão de se eles *podem* amar. Para responder isso, temos de perguntar o que é o amor. Para os nossos propósitos, é suficiente dizer que o amor é um *conceito*.

O filósofo americano Charles S. Peirce (1839-1914) nos deu a *máxima pragmática* que articula um modo de pensar sobre os conceitos e seu significado. Peirce nos instrui como segue:

> Considere quais efeitos, que possam concebivelmente ter frutos práticos, que consideramos ter o objeto de nossa concepção. Depois, nossa concepção desses efeitos e o todo de nossa concepção do objeto.[343]

---

341. O Visão vivenciou emoções extraordinárias e chorou quando foi recebido nos Vingadores em *Avengers*, vol. 1, #58 (novembro de 1968), reeditado em *Essential Avengers Vol. 3* (2001). Ele também vivenciou ataques de epilepsia dolorosos e incapacitantes em *Marvel Team-Up*, vol. 1, #5 (novembro de 1972), reeditado em *Essential Marvel Tem-Up Vol. 1*, (2002).
342. Ele afirmou isso para o Homem Máquina, outra forma de vida artificial, em *Marvel Super-Hero Contest of Champions* #1 (junho de 1982), reeditado em *Avengers: The Contest* (2010).
343. Charles S. Peirce, "How to Make Our Ideas Clear", em *The Essential Peirce: Selected Philosophical Writings, vol. 1, 1867-1892*, ed. Nathan Houser e Christian Kloesel (Bloomington: Indiana University Pess, 1992), p. 124-141, em 132.

Então, quando consideramos um conceito como o amor, seu significado são os possíveis efeitos que ele tem no mundo em que vivemos. Se um androide como o Visão amou uma humana como a Feiticeira Escarlate, então, como poderia seu conceito de amor ter qualquer significado ou significância? Os possíveis efeitos práticos incluiriam seu cuidado com ela, tratá-la com gentileza, ser receptivo a suas palavras, atender suas necessidades e sentimentos e ter um grau de intimidade física com ela. Claramente, o Visão faz todas essas coisas.

A máxima pragmática não é só um jeito de pensar sobre conceitos; ela também auxilia a clarear nossos conceitos. Por exemplo, o Barão Zemo pode dizer que ama o seu cachorro de estimação, Fritz. Mas se, em vez de prover e cuidar dele, Zemo o negligencia e abusa de Fritz, então, de acordo com a máxima pragmática, o amor de Zemo por seu cão é ininteligível, independentemente dos protestos veementes de Zemo.

E se um androide for programado para proporcionar a ilusão ou a aparência do amor? "Fingir" é bom o suficiente? Um humano também pode proporcionar a ilusão de amor. Quando o roteiro pede, atores são treinados a se "programar" para agir e reagir como se estivessem apaixonados. É óbvio que parece amor, mas não é real, uma vez que o ator não sente o amor *internamente*. De modo similar, um androide ou um humano podem afirmar que sentem estar apaixonados, o que em si é outro efeito prático do amor, mas o único jeito de dizer se eles estão apaixonados é por suas ações, como se conduzem, e seu próprio testemunho sobre seus sentimentos, o que é observável e testável. Em certo sentido, o teste verdadeiro é se o amor é *sentido* por cada parte.

Portanto, apesar do ceticismo de alguns dos Vingadores, um androide e um humano podem amar-se em um sentido significativo. A prova é não identificar que tipo de seres eles são – se um androide é uma pessoa, por exemplo –, mas observar quais são suas ações, sentimentos, conduta e pensamentos.

O Caminho da Flecha: Gavião Arqueiro Encontra os Mestres Taoistas

Mark D. White

Embora ele tenha passado por vários nomes ao longo de sua carreira, tais como Golias e Ronin, Clint Barton sempre será mais conhecido como o Gavião Arqueiro, o Arqueiro Vingador. Tendo ficado órfão quando era muito novo, Clint se juntou a um circo com seu irmão mais velho, Barney, e foi treinado em tiro com arco por Trick Shot, um membro da trupe e criminoso em meio período, paralelamente. Depois de ter sido exposto pelo Homem de Ferro, Clint buscou a glória como o aventureiro mascarado Gavião Arqueiro, apenas para ser confundido com um criminoso. Logo ele encontra Natasha Romanova, a espiã russa conhecida como Viúva Negra, que estava determinada a destruir Tony Stark (antes de ele mesmo se tornar um herói). Clint apaixonou-se por ela e abraçou sua vida de crimes. Depois que o governo russo retaliou a Viúva por tentar desertar, Clint jurou emendar o seu passado, começando com inscrever-se para ser membro dos Vingadores.[344] Com a Feiticeira Escarlate e Mercúrio, que antes em suas carreiras também

---

344. *Tales of Suspense* #57, 60 e 64 (1964-1965), reeditado em *Essential Iron Man Vol. 1* (2002), e *Avengers*, vol. 1, #16 (maio de 1965), reeditado em *Essential Avenger Vol. 1* (1998). Para uma versão levemente atualizada dessa introdução aos Vingadores, veja *Hawkeye: Blindspot* #2 (maio de 2011), reeditada em *Hawkeye: Blindspot* (2011).

se encontravam do lado errado da lei, Clint completou a segunda linhagem dos Vingadores, que seria conhecida para sempre como "A Quadrilha do Capitão".[345]

O restante é história em quadrinhos, embora seja uma história claramente enrolada, envolvendo várias mortes e ressurreições, bem como se reunindo aos Vingadores, Defensores, Vingadores da Costa Oeste, Vingadores dos Grandes Lagos (!), os Thunderbolts, os Novos Vingadores e os Vingadores Secretos. E, é claro, ocorreram muitos relacionamentos com mulheres, entre elas a Viúva Negra e Soprano (Bobbi Morse), a última delas com quem se casou depois de seu primeiro caso juntos.[346] Seus companheiros Vingadores consideram Clint precipitado e arrogante, mas seu comportamento mascara uma profunda falta de confiança, que nasceu de sua infância infeliz, de seus primeiros erros com o uniforme e de comparações com os heróis mais nobres (Capitão América), mais fortes (Thor) e mais inteligentes (Homem de Ferro, Hank Pym) do Universo Marvel. A posição perpétua de vira-lata de Clint, seja ela merecida ou não, traz à mente a filosofia oriental do Taoismo, da qual exploraremos vários elementos neste capítulo.

Não tente tanto, Clint

A obra mais importante na filosofia taoista é o *Tao Te Ching*, que, em geral, é traduzido como "O Caminho da Vida". Diz-se ter sido escrito por Lao Tsé por volta de 500 a.C. – um século a menos ou a mais –, ele prescreve um modo de viver para pessoas comuns, bem como dicas para a governança sólida por aqueles que estão em posição de autoridade.[347] Porém, ao entender-se que bem viver envolve autogestão, todo o *Tao Te Ching* pode ser lido como um guia para a pessoa alinhar-se com o jeito da natureza, em vez de lutar contra ele.

---

345. Para saber mais sobre o tema da redenção e reabilitação, veja os capítulos intitulados "Reunião dos Clementes", de Daniel P. Malloy e "A Quadrilha do Capitão: A Reabilitação é Possível?", de Andrew Terjesen, neste volume.
346. *Hawkeye*, vol. 1, #4 (dezembro de 1983), reeditado na coleção de capa dura *Avengers: Hawkeye* (2009).
347. Hoje em dia, muitos acadêmicos pensam que é mais provável o *Tao Te Ching* ser uma coletânea de escritos anônimos de sabedoria acumulada, do que a obra de apenas um homem, mas, em nome da conveniência, nós nos referiremos a Lao Tsé quando o discutirmos.

Um dos exemplos mais claros – e, no entanto, mais paradoxais – com respeito aos modos da natureza é o conceito de *wei wu wei* (pronuncia-se "uêi uu uêi"), ou ação pela inação: "não faça nada, aspire a não se esforçar".[348] Em vez de implicar passividade ou preguiça, o *wei wu wei* recomenda alinhar-se com a harmonia natural do Universo e reconhecer sua habilidade limitada de alterá-la (bem como a tolice de tentar). Esforços não deveriam ser gastos em coisas que não podem ser mudadas, mas preservados para coisas que possam, e a sabedoria reside em saber qual é qual. Neste sentido, o *wei wu wei* é muito similar em sentido à prece da serenidade do teólogo Reinhold Niebuhr (1892-1971), cuja mais popular fraseologia é como segue: "Senhor, conceda-me a serenidade para aceitar as coisas que eu não posso mudar, coragem para mudar as coisas que eu posso, e sabedoria para distingui-las".[349]

Para ficar claro, ninguém deveria confundir Trick Shot com um filósofo taoísta ou um homem sábio – ele é um ladrão barato, bêbado e grosseiro –, mas ele sabe atirar com arco, e ele dá ao Gavião Arqueiro um meio de ganhar dinheiro muitas vezes em sua carreira. Quando Trick Shot treina o jovem Clint Barton, ele lhe diz: "Você deve aprender a usar seu arco com suavidade, naturalmente, instintivamente! Esse é o caminho da flecha!".[350] Usar um arco e flecha é tentar pôr arreios na natureza no que ela tem de mais básico, e o arqueiro bem-sucedido deve trabalhar com o arco, e não contra ele. Como o Gavião Arqueiro pensa consigo a certa altura, para dar um tiro certeiro você deve "estar no agora", ser um com o arco, seu entorno e você mesmo – encurtando, ser um com a natureza.[351]

A habilidade sem esforço do Gavião Arqueiro com o arco e a flecha certamente ilustra o *wei wu wei*, mas deve-se lembrar que foi preciso

---

348. *Tao Te Ching*, capítulo 63. A não ser que seja indicado, todas as traduções de textos taoístas são de Thomas Cleary e podem ser encontradas em *The Taoist Classics*, vol. 1 (Boston: Shambhala Publications, 1994).

349. Esse conceito também é encontrado nos escritos do filósofo estoico Epíteto (55-135); veja Livro 4, capítulo 4 de seu *Discourses*.

350. *Solo Avengers* #2 (janeiro de 1988), reeditado em *Avengers: Solo Avengers Classic Vol. 1* (2012).

351. *Hawkeye & Mockingbird* #3 (outubro de 2010), reeditado em *Hawkeye & Mockingbird: Ghosts* (2011), que contém os seis números da série curta. Esse conselho vem à mão quando Clint tem de lutar contra seu irmão e o Barão Zemo, depois de ter sido cegado (*Hawkeye: Blindspot* #4, julho de 2011).

muito trabalho duro para desenvolver essas habilidades extraordinárias. Infelizmente, ele as utiliza com arrogância e imprudência, um comportamento que nem sempre é adequado aos seus companheiros Vingadores – em especial o Capitão América. Como Lao Tsé escreveu sobre os sábios: "Sem congratularem-se, consequentemente, eles são meritórios", e "Aqueles que glorificam a si mesmos não têm mérito, aqueles que se orgulham de si não permanecem".[352] Ao alardear suas habilidades e heroísmo, o Gavião Arqueiro as desacredita; ele chama atenção para seus feitos, em vez de deixar que eles falem por si, o que viola o espírito do *wei wu wei*.

Você pensaria que Clint teria aprendido essa lição dada a sua origem, tentando vencer o Homem de Ferro e, em vez disso, ser confundido com um criminoso. Lao Tsé escreveu que, se as pessoas "não lidam com o sucesso, então, pelo fato mesmo de não lidarem, o sucesso não as deixará".[353] No início, Clint tentou muito ser famoso. Foi um tiro pela culatra, e ele se arriscou a tornar-se infame, em vez de famoso. Ele precisava aprender que o melhor jeito de conseguir a fama é *não* buscá-la. Afinal, ele nunca foi mais famoso do que ao ser Vingador, quando ele usou suas habilidades como arqueiro para lutar contra o crime e a vilania, em vez de ganhar aclamação. Lao Tsé dificilmente recomendaria uma vida perseguindo a fama, mas, se Clint deseja fazer isso, então o *wei wu wei* pode lhe ensinar como – ao *não* buscar a fama.

Quando um açougueiro é parecido com um arqueiro?

Enquanto Lao Tsé escreveu o *Tao Te Ching* em forma de verso, ou poesia, Chuang Tzu, um erudito taoista do século IV a.C. que trabalhou em cima das ideias de Lao Tsé, usou a prosa para contar histórias ou parábolas que ilustraram suas ideias taoistas. É apropriado que o pai de Clint Barton tenha sido um açougueiro, um ofício que demanda habilidade e foco muito parecidos com os necessários para a arquearia – e por acaso é um dos temas de uma das histórias de Chuang Tzu. Nela, um rei admira as habilidades de um açougueiro ao desossar um boi, e pergunta a ele como o faz com tão pouco esforço, e mesmo assim tão bem:

---
352. *Tao Te Ching*, capítulos 22 e 24.
353. *Tao Te Ching*, capítulo 2.

Quando comecei pela primeira vez a cortar bois, tudo o que eu via era um boi... Agora eu o encontro com o espírito em vez de olhar para ele com os meus olhos. Quando o conhecimento sensorial para, então o espírito está pronto para agir... As articulações têm espaços entre elas, enquanto o corte de uma lâmina afiada não tem grossura. Quando o que não tem grossura é colocado dentro do que não tem espaço, existe uma margem ampla para movimentar a lâmina. É por isso que o fio de meu cutelo ainda é tão afiado como se ele tivesse vindo agora da pedra de amolar.[354]

Depois de ouvir isso, o rei diz: "Excelente! Ouvindo as palavras de um açougueiro, encontrei um modo de nutrir a vida".[355]

Podemos imaginar com facilidade alguém ficando impressionado do mesmo modo com a habilidade do Gavião Arqueiro com um arco e flecha, especialmente como ele respeita a harmonia da natureza e a conservação do esforço. A parábola de Chuang Tzu pode ser considerada um refinamento do *wei wu wei*, enfatizando que o caminho de menor resistência – o espaço entre as articulações, por exemplo – é o natural a percorrer para assegurar sucesso na vida. O Gavião Arqueiro pode dar tiros que pareceriam impossíveis para nós, e isso impressiona até seus companheiros Vingadores, mas ele não tentará dar o tiro mais difícil em uma emergência. Ele pode dar esse tiro difícil nos treinos para testar-se, ou para mostrar-se em uma exibição (ou para uma mulher), mas no meio da batalha ele vai dar o tiro com melhores chances de sucesso, o que mesmo para um arqueiro experiente será o mais direto possível. Em outras palavras, existe o momento para ver quanto você é bom testando seus limites, e o momento de mostrar quanto você é bom fazendo o seu trabalho, e na maior parte das vezes o Gavião Arqueiro encontra esse equilíbrio.[356]

---

354. *Chuang Tzu*, capítulo 3, p. 66-67, em *The Taoist Classics*.
355. *Ibid*.
356. Contudo, em *Avengers*, vol. 3 #79 (abril de 2004), reeditado em *Avengers Vol. 4: Lionheart of Avalon* (2004), o Gavião Arqueiro tenta enfrentar toda a Gangue da Demolição, um trio com muita energia, que havia dado uma corrida em Thor pelo seu dinheiro. Depois de ser brutalmente espancado, Clint confessa à Vespa que ele fez aquilo por ela, depois de ver seu ex-marido, Hank Pym (que já havia batido nela), tratá-la com grosseria (*Avengers*, vol. 3, #82, julho de 2004, reeditado em *Avengers Vol. 5 : Once an Invader*, 2004).

Em uma das primeiras histórias dos Vingadores, o Gavião Arqueiro prepara-se para atirar flechas eletromagnéticas para parar a fuga da aeronave do Pantera Negra. Quando o Pantera diz: "Que os céus o ajudem se você errar", o Gavião Arqueiro responde: "Dobre sua língua, senhor! Eu nunca erro... Só acomodem-se e relaxem, amiguinhos". Mas, quando seu arco quebra e o Visão tem de salvar o dia, Clint fica devastado: "Uma corda quebrada e fraca... e eu sou o Senhor Prevenido! Eu não estou na turma de vocês". Depois que os Vingadores descobrem que a Viúva Negra está em dificuldades, eles saem depressa sem Clint, que julgam estar pessoalmente envolvido demais. Clint concorda, mas por uma razão diferente, dizendo a si mesmo: "Eles estavam certos, malditos! Um cara cabeça quente como eu só iria atrapalhar as coisas e levar-nos todos à morte". Então, ele decide tomar o soro de crescimento de Hank Pym e tornar-se o novo Golias, para resgatar Natasha. Quando a dupla volta à Mansão dos Vingadores, Clint confirma sua intenção de abandonar aquela *persona* "fraca" do Gavião Arqueiro para trás, quebrando seu arco em dois.[357]

Ironicamente, é durante o conflito intergaláctico massivo, conhecido como a Guerra Kree-Skrull, que Clint percebe que sua verdadeira natureza é a de ser um arqueiro, não um gigante melhorado quimicamente.[358] Quase sem o soro de crescimento de Pym e vendo-se em uma nave de guerra Skrull em uma missão destrutiva à Terra, ele cria um arco e flecha de materiais que ele encontra na nave, e os usa para destruir a aeronave, escapando com vida por pouco.[359] Antes, ele havia pensado que estava falhando com seus companheiros Vingadores com suas habilidades de arquearia, e em vez disso tentou ser um gigante forte (ironicamente outra identidade de circo). Mas, ao negar sua verdadeira natureza e não fazer uso do que ele fazia de melhor, ele não estava seguindo o caminho do *wei wu wei*; em vez disso, estava tentando com muita intensidade ser algo que não era.

---

357. *Avengers*, vol. 1, #63-64 (abril-maio de 1969), reeditado em *Essential Avengers Vol. 3* (2001).
358. *Avengers: Kree-Skrull War* (2008), reeditado em *Avengers*, vol. 1, #89 a 97 (junho de 1971 a março de 1972), também reeditado (em branco e preto) em *Essential Avengers Vol. 4* (2005). Para saber mais sobre a Guerra Kree-Skrull, veja o capítulo intitulado "Lutando a Boa Luta: Ética Militar e a Guerra Kree-Skrull", de Christopher Robichaud, neste volume.
359. *Avengers*, vol. 1, #99 (maio de 1972), reeditado em *Essential Avengers Vol. 5* (2006).

O Gavião Arqueiro, humilde?

Seu tempo breve como Golias mostra que Clint sente uma necessidade tremenda de viver de acordo com o exemplo de seus pares e ganhar sua aceitação, bem como aceitar-se. De fato, ele deixa a equipe totalmente logo depois, dizendo que: "Eu já me enchi de ser o pobre velho Gavião Arqueiro, o Vingador imbecil". (Ironicamente, depois de ter sua perícia em arquearia elogiada por ninguém mais do que Thor.)[360] Clint Barton tinha muitas qualidades admiráveis, incluindo não apenas sua habilidade tremenda com o arco e flecha e seu atletismo fantástico, mas também sua natureza heroica. Contudo, ele prescinde de uma qualidade que é particularmente enfatizada pelos mestres taoistas: a humildade. Em geral, é descrito pelos seus amigos, e também pelos inimigos, como insolente e metido, mas esse comportamento mascara inseguranças profundamente enraizadas; como Natasha observou uma vez, Clint é "tão cheio de convencimento e de inseguranças ao mesmo tempo".[361] Como essas palavras mostram, ele sofre de sentimentos de inadequação, ao comparar-se com seu colega mais poderoso nos Vingadores – ninguém além de seu amigo, mentor e parceiro de boxe, o Capitão América.

Desde o momento em que ele se junta aos Vingadores, Clint desafia a autoridade do Capitão, acusando-o de ser um "quadrado" engomadinho e uma relíquia da Segunda Guerra Mundial. Seus conflitos levam a uma crise em seu quarto número juntos, quando o Gavião Arqueiro aponta seu dedo para o rosto do Capitão – uma imagem reproduzida repetidamente em histórias futuras – acusando-o de liderança ruim e tentando "empurrar o seu fardo para os outros o tempo todo".[362] Porém, à medida que o relacionamento deles se desenvolve, Clint adquire um tremendo respeito pelo Sentinela da Liberdade, vindo a admirar sua liderança sábia e bem calculada, especialmente

---

360. *Avengers*, vol. 1. #109 (março de 1973), reeditado em *Essential Avengers Vol. 5*.
361. *Thunderbolts* #43 (outubro de 2000), reeditado em *Avengers Assemble Vol. 3* (2006).
362. *Avengers*, vol. 1, #20 (setembro de 1965), reeditado em *Essential Avengers Vol. 1*. Algumas coisas nunca mudam: Clint até provoca uma briga com o sucessor de Steve Rogers, Bucky Barnes, sobre quem "deveria ter" pegado o uniforme do Capitão América depois da morte de Rogers (*New Avengers: The Reunion* #1, maio de 2009, reeditado em *New Avengers: The Reunion*, 2010). (Tony Stark ofereceu a Clint o título em *Fallen Son: The Death of Captain America* #3, julho de 2007, reeditado em *Fallen Son: The Death of Captain America*, 2008.)

quando Clint encabeça sua própria equipe, os Vingadores da Costa Oeste. Logo depois de reunir o grupo, um estranho aparece em seu quartel-general, e Clint pensa consigo: "Eu devo deixar os outros pegarem nosso intruso... ou correr e pegá-lo eu mesmo? Como o Capitão lidaria com isso?"[363] Logo depois, Clint entra em uma briga mesquinha com o Homem de Ferro, depois de descobrir que o homem usando a armadura não era Tony Stark, mas seu sucessor, James Rhodes. Clint o acusa de ser "um Homem de Ferro amador", enquanto Rhodes defende sua temporada curta, mas bem-sucedida, como o Vingador de Armadura. Isso leva Clint a recordar sua insolência com o Capitão nos primeiros tempos dos Vingadores e "pensar com seus botões, como o Capitão conseguiu me aguentar?".[364]

Consistente com suas origens, Clint quer ser levado em alta consideração por seus pares, mas precisa aprender as lições dos taoistas – especialmente já que o Capitão segue a mesma sabedoria, particularmente no que diz respeito à humildade e à liderança. Nós já mencionamos a busca de glória do Gavião Arqueiro, na qual o Capitão não se engaja. Ele evita os holofotes, bem como os elogios trazidos por eles. Quando lidera os Vingadores, o Capitão prefere empurrar os outros para os holofotes, e não a si mesmo. Como Lao Tsé escreveu com relação à liderança efetiva: "Quando sábios querem erguer-se acima do povo, eles abaixam-se até a eles em sua fala. Quando eles querem preceder as pessoas, eles vão depois delas em posição".[365]

O Capitão muitas vezes se vê dando palestras de estímulo para seu companheiro de equipe com falta de confiança em si, e no início diz a ele: "Você tem muito potencial, Vingador. Mais do que o resto. É por isso que eu pressiono você. Você poderia ser o melhor que nós já tivemos".[366] Bem depois, quando o Gavião Arqueiro se maravilha diante da habilidade do Capitão com o seu escudo e pergunta como ele faz aquilo, o Capitão simplesmente diz: "Prática e paixão, Clint.

---

363. *West Coast Avengers*, vol. 1, #1 (setembro de 1984), reeditado em *Avengers: West Coast Avengers Assemble* (2010).
364. *West Coast Avengers*, vol. 1, #4 (dezembro de 1984), reeditado em *Avengers: West Coast Avengers Assemble*.
365. *Tao Te Ching*, capítulo 66.
366. Veja a cena de *flashback* em *Hawkeye: Blindspot* #2, (maio de 2011. Como exemplo de um manual de amor bruto do Capitão quando Clint está particularmente infeliz consigo, veja *Hawkeye & Mockingbird* #6 (janeiro de 2011).

Exatamente como você".³⁶⁷ Quando o Gavião Arqueiro continua a desafiar a liderança do Capitão, mesmo depois de décadas juntos, o Capitão ainda se desvia das críticas, oferecendo a Clint a posição, se ele acredita que pode se dar melhor, e reafirmando para seu velho amigo: "Você é um homem bom, Clint".³⁶⁸ Em vez de aproveitar a oportunidade para se autocongratular por suas habilidades como herói ou líder, o Capitão escolhe elogiar Clint, elevando sua posição, enquanto dá a ele incentivo para ser melhor ainda: "Você é mesmo o melhor de nós, mas apenas quando quer ser".³⁶⁹

A humildade pode ter benefícios estratégicos também, especialmente quando vem para enganar seus inimigos. Quando Fogo Cruzado captura o Gavião Arqueiro, planejando matá-lo e usar seu corpo morto para sugar o restante dos heróis da Terra, ele diz a Clint que o escolheu porque ele é "conhecido como o mais fraco e vulnerável combatente do crime uniformizado da cidade".³⁷⁰ Porém, como você deve perceber facilmente, Fogo Cruzado subestima brutalmente nosso arqueiro favorito, que escapa de sua armadilha ao ser mais esperto que o vilão, que depois tenta matar Clint com seu próprio arco e flecha, mas, ironicamente, descobre que não é forte o suficiente para esticar a corda. Como Lao Tsé escreveu: "Nenhuma calamidade é maior do que subestimar os oponentes", o que também implica ser uma vantagem parecer fraco para os seus inimigos, como Clint aprende (mas, ao que parece, não toma pessoalmente).³⁷¹

A vida e a morte de um herói

Como tantos dos heróis no Universo Marvel, o Gavião Arqueiro teve experiências em primeira mão com a morte, e viveu (de novo) para contar sobre ela – ambas as vezes. Quando uma Feiticeira Escarlate mentalmente instável ataca a Mansão dos Vingadores com

---

367. *Avengers*, vol. 3, #75 (fevereiro de 2004), reeditado em *Avengers: The Search for She-Hulk* (2010).
368. *Avengers*, vol. 3, #6 (julho de 1998), reeditado em *Avengers Assemble Vol. 1* (2004).
369. *Howkeye: Blindspot* #2. Para saber mais sobre a modéstia do Capitão América, veja meu capítulo "Captain America and the Virtue of Modesty", em *Superheroes: The Best of Philosophy and Pop Culture*, ed. William Irwin (Hoboken, NJ: John Wiley & Sons, 2011).
370. *Hawkeye*, vol. 1, #4.
371. *Tao Te Ching*, capítulo 69. É semelhante aos ensinamentos de Sun Tzu em *The Art of War (A Arte da Guerra)*, considerado também um clássico taoísta.

uma armada Kree que ela fabricou com seus poderes de alteração da realidade, Clint é atingido nas costas por alguns soldados Kree. Recusando-se a morrer daquele jeito, ele agarra um Kree que está próximo, ativa seu colete a jato e voa para dentro da aeronave Kree, destruindo-a e se matando.[372] Poderíamos ver esse ato como simplesmente um movimento de grande final de um ex-ator de circo, mas, em vez disso, nós o usaremos para explorar dois temas finais do taoismo, o heroísmo e a morte, ambos os quais envolvem (no espírito do *wei wu wei*) o sacrifício "sem sacrifício".

Como escreveu Lao Tsé, "Sábios colocam-se em último lugar, e eles foram os primeiros, eles se excluíram, e eles sobreviveram".[373] Isso também é verdade com os heróis: ao colocarem suas próprias necessidades e segurança de lado para proteger os outros, eles asseguram sua sobrevivência, seja literalmente (continuando como heróis, se vivem) ou metaforicamente (como legados, depois de sua morte). O Gavião Arqueiro faz o sacrifício supremo quando voa para dentro da nave de guerra Kree, o que garante que ele será lembrado como herói pelos anos vindouros. E depois que Kate Bishop, uma das Jovens Vingadores e arqueira magnífica, questiona o Capitão América como apenas Clint tinha questionado antes dela, ele concede a ela o nome *Gavião Arqueiro* (bem como seu equipamento).[374] Agora, o Gavião Arqueiro é um legado, um uniforme a ser passado para heróis futuros.[375]

Lao Tsé perguntou: "Se em geral as pessoas não temem a morte, como a morte pode ser usada para assustá-las?".[376] Com o seu heroísmo, Clint Barton provou que ele não teme a morte – e, mesmo se temeu, ele não deixou que o medo evitasse que se tornasse um herói. Lao Tsé também escreveu (em um de seus momentos mais diretos): "Sábios sempre consideram bom salvar as pessoas", e, nesse sentido, até o Gavião Arqueiro é sábio. Mas para Clint não se trata apenas de super-heroísmo ou Vingadores para Clint, pelo menos mais tarde em

---

372. *Avengers*, vol. 3, #502 (novembro de 2004), reeditado em *Avengers Disassembled* (2005).
373. *Tao Te Ching*, capítulo 7.
374. *Young Avengers* #12 (agosto de 2006), reeditado em *Young Avengers: Family Matters* (2007).
375. Para saber mais sobre uniformes de super-heróis, veja o capítulo de Stephen Nelson intitulado "Identidade de Super-herói: Estudos de Casos nos Vingadores", neste volume.
376. *Tao Te Ching*, capítulo 74.

sua carreira. Quando ele, recentemente, fez uma viagem para Myrtle Beach, parou para ajudar motoristas encalhados ao longo da estrada (apenas com a condição de serem motoristas mulheres encalhadas). Ele acabou salvando uma *stripper* de um grosseirão em um bar, um ato que o enrolou em um esquema envolvendo crimes de guerra no Laos e relíquias religiosas roubadas – e ele não colocou seu uniforme até o fim do sexto número do roteiro.[377]

Logo após a morte do Gavião Arqueiro, a Feiticeira Escarlate (sob a influência de seu irmão, Mercúrio) usa seus poderes mutantes para reformar o mundo inteiro em um dominado por mutantes, sob o governo de seu pai, Magneto. Ela também ressuscita o Gavião Arqueiro, de quem havia sido próxima há muito tempo; mas, depois que ele ameaça a sua vida, ela o "desmancha" de novo. Acredita-se que ele esteja morto, mas uma cópia misteriosa de seu obituário no jornal, presa em uma parede com uma flecha, nos leva (e aos Vingadores) a suspeitar que não.[378] Depois de procurar (e, podemos dizer, "reconciliar-se com") a Feiticeira Escarlate, que aparentemente não tem lembrança da destruição que ela causou, Clint adota a identidade de Ronin, até retornar às cores clássicas do Gavião Arqueiro, depois do fim do Cerco de Asgard e o início da "Era Heroica".[379]

A natureza singular das experiências do Gavião Arqueiro durante seu segundo período lembra uma das histórias mais famosas de Chuang Tzu:

> Uma vez, Chuang Chou sonhou que era uma borboleta. Ele estava feliz como borboleta, satisfeito consigo e indo para onde queria. Ele não sabia que era Chou. De repente ele despertou, quando se espantou, ao saber que era Chou. Ele não sabia se Chou havia sonhado que era uma borboleta, ou se uma borboleta estava sonhando que era Chou.[380]

---

377. *Howkeye*, vol. 3, #1-6 (dezembro de 2003 a maio de 2004).
378. *House of M* (2006).
379. Clint encontra a Feiticeira Escarlate em *New Avengers*, vol. 1, #26 (janeiro de 2007), aparece (não identificado) como Ronin na edição #27 (abril de 2007), e é mostrado (em *flashback*) assumindo a identidade de Ronin no #30 (julho de 2007), todos reeditados em *New Avengers Vol. 6: Revolution* (2007). Ele se torna o Gavião Arqueiro uma vez mais em *Enter the Heroic Age* (julho de 2010), reeditado em *Hawkeye & Mockingbird: Ghosts* (2011).
380. Chuang Tzu, capítulo 2, p. 65, em *The Taoist Classics*. Um argumento semelhante foi proposto pelo filósofo René Descartes (1596-1650) para questionar o nosso conhecimento

Antes disso, no mesmo capítulo de sua obra, Chuang Tzu liga essa ideia com a morte: "Como eu sei que os mortos não se arrependem por terem ansiado pela vida no início?".³⁸¹ Aqui, ele está lidando com dois pontos: primeiro, que não existe como comparar dois estados tão diferentes de ser para determinar qual deles é mais "real", a borboleta ou Chou. A Feiticeira Escarlate alterou a realidade completamente, para encaixá-la na concepção de Mercúrio do mundo perfeito: quem poderia dizer qual era mais real, aquela realidade ou a original? Segundo, também não tem como dizer qual delas você preferiria: é melhor ser borboleta ou Chou, e é melhor estar vivo ou morto? Para o taoista, a vida e a morte são parte da natureza. Nenhuma delas deve ser mais celebrada do que a outra, mas ambas devem ser bem recebidas como parte do *tao* ("o Caminho"). Clint foi ambos, e em duas realidades diferentes – se apenas pudéssemos perguntar a ele qual preferiu!

O caminho do arqueiro

Depois que Clink retomou a identidade de Gavião Arqueiro, mais recentemente, ele pensou com seus botões: "Faz algum tempo, mas aqui, agora, sentir o puxão da corda, as penas da flecha entre meus dedos, o peso do carcás em minhas costas... é como voltar para casa".³⁸² Ele havia retornado ao seu verdadeiro caminho, aquele que expressa o *wei wu wei* no que ele tem de mais natural e sem esforço para ele. Então, é apenas natural acabar esse capítulo com uma citação final de Lao Tsé: "O Caminho do Paraíso é como esticar um arco, quanto mais ele é abaixado, mais o que era baixo é erguido, o excesso é reduzido e a necessidade é satisfeita".³⁸³ O Caminho modera todas as coisas e as mantém em equilíbrio e, depois de todas as suas experiências com o amor, a perda e a luta, Clint Barton pode estar, à sua própria maneira, realizando o Caminho também.

---

da realidade; veja suas *Meditations on First Philosophy* (1641), Meditação 1. E não é forçar muito estender isso ao Skrull que personificou Soprano por tantos anos! (Para o lado de Soprano da história, veja *New Avengers: The Reunion*.)
381. *Ibid.*, p. 64.
382. *Hawkeye & Mockingbird*, #1 (agosto de 2010).
383. *Tao Te Ching*, capítulo 77.

Apêndice
Por que Existem Quatro Volumes de Vingadores?

Como existem tantos títulos dos *Avengers*, que parecem ser relançados e renumerados com tanta frequência quanto o Homem de Ferro atualiza sua armadura, aqui está um guia "simples" para procurar dados no cânone dos Vingadores, cobrindo a maior parte dos títulos que estão sendo editados (e, por necessidade, deixando de lado muitas minisséries e volumes únicos).

O primeiro volume dos *Avengers* começou em setembro de 1963 e acabou depois de 400 números (e edições anuais) até setembro de 1966. Em 1984, apareceu o *West Coast Avengers* em minisséries autointituladas (uma tática óbvia para tirar o Gavião Arqueiro da Mansão dos Vingadores), seguido em 1985 por uma série longa que durou até 1994 (depois de mudar seu título para *Avengers West Coast*, em 1989). Para mantê-lo ocupado, o Gavião Arqueiro também protagonizou o título *Solo Avengers* (que também mostrava outro Vingador na história de fundo), começando em 1987 e durando até 1991 (também mudando seu título para *Avengers Spotlight*, em 1989).

A primeira série dos *Avengers* acabou quando os Vingadores eram "Heróis Renascidos", jogados em uma dimensão de bolso de anatomia distorcida e desenhos de uniformes piores ainda. O segundo volume dos *Avengers*, misericordiosamente, durou apenas 30 números (de novembro de 1996 a novembro de 1997). Você notará que essa série nunca é citada neste livro – por uma razão. (Já disse o bastante sobre isso.) O terceiro volume dos *Avengers* começou em fevereiro de 1998, quando nossos heróis voltaram ao Universo Marvel normal com uma formação quase clássica (e os holofotes dos Vingadores agora focados no umbigo da Feiticeira Escarlate). Em setembro de 2004, a série foi renumerada, começando com o número 500 para refletir a numeração dos volumes originais (como se ela tivesse sido seguida por todos esses volumes). Porém, também era o início dos "Vingadores Desmantelados", já que a equipe e a mansão foram dizimadas por uma Feiticeira Escarlate com muita raiva. (Você tem de ligar os pontos, meu amigo.)

Depois, começou a diversão: após muita busca da alma por parte do Homem de Ferro e do Capitão América, o primeiro volume dos *New Avengers*, lançado em janeiro de 2005 (sim, no mesmo mês em que o *Avengers* original foi despedido *para sempre*!). Ele foi seguido pelos *Young Avengers*, em abril de 2005, que durou um ano e contou a história de um grupo de heróis de segunda geração (incluindo um novo arqueiro de proeminência súbita). Depois, aconteceu a *Civil War*, em 2006, e os Novos Vingadores ressurgiram em seguida como um bando de renegados, uma gentalha do submundo lutando contra o registro de super-heróis – e, sim, Clint Barton estava lá. Mas as forças pró-registro, lideradas pelo Homem de Ferro, tinham sua própria equipe. O título *Mighty Avengers* começou em maio de 2007, seguido em breve por *Avengers: The Initiative*, em junho de 2007, detalhando o treinamento de jovens heróis (sem incluir os Jovens Vingadores, que continuou em uma série de títulos individuais e minisséries).

Depois que a *Secret Invasion* dos Skrulls acabou em janeiro de 2009, as fileiras dos Novos e Poderosos Vingadores foi abalada (mas os títulos continuaram, sem nem ao menos uma renumeração!). Mais importante, *Dark Avengers* foi lançado em março de 2009, apresentando os doppelgängers malignos para os Vingadores-chave, como o Gavião Arqueiro e Miss Marvel, e liderada por nenhum outro além de Norman Osborn. Depois do Cerco de Asgard por Osborn no verão de 2010, todos os títulos dos Vingadores – *New*, *Mighty*, *Dark* e *Initiative* – acabaram. Na nova *Heroic Age*, não apenas havia um segundo volume de *New Avengers* lançado, mas também vimos um quarto volume de *Avengers*, quando o título clássico foi revivido pela primeira vez em 15 anos. Acrescente-se a isso *Secret Avengers* (o time de operadores secretos de Steve Rogers, mais tarde liderado pelo Gavião Arqueiro), *Avengers Academy* (o último título dos jovens heróis em treinamento), e *Avengers Assemble*, que começou em março de 2012 – sem mencionar o filme com os atores espertamente intitulado *Avengers*, e o programa de animação de TV *The Avengers: Earth's Mightiest Heroes* –; e os Vingadores são, realmente, a mais poderosa *franchising* de quadrinhos, televisão e filme da Terra.

Colaboradores
Academia dos Vingadores

Adam Barkman tem um Ph.D. da Universidade Livre de Amsterdã e é professor adjunto de filosofia na Redeemer University College em Ancaster, Ontario. É o autor de *C. S. Lewis and Philosophy as a Way of Life*, *Throught Comon Things*, e *Above All Things*, e é o coeditor de *Manga and Philosophy* e *The Philosophy of Ang Lee*. Porém, para seus filhos, Heather (Tartaruga-Vespa) e Tristan (Filhote-Hulk), ele é simplesmente conhecido como Thor-Leão, e esta é a canção deles: "Vingadores: Reunidos! Nós sempre lutaremos como um, a batalha, bu-bu-bu...".

Arno Bogaerts atualmente está terminando seus estudos em filosofia e ética na Vrije Universiteit Brussel, na Bélgica, onde ele escreveu vários ensaios focando nos super-heróis e seu gênero. Ele também escreve para o *site* de quadrinhos belga Brainfreeze e irá contribuir com um capítulo para o título *Superman and Philosophy*, que está por vir. Convencido de que a cerveja belga pode ganhar facilmente do melhor hidromel que Asgard pode oferecer, ele e seus amigos planejam desafiar Thor e Tony Stark para uma competição de ingestão de bebida local.

Roy T. Cook é professor adjunto de filosofia na University of Minnesota – Twin Cities, membro residente no Minnesota Center for Philosophy of Science e membro associado do Northern Institute of Philosophy – University of Aberdeen, Escócia. É o autor de *A Dictionary of Philosophical Logic*, editor de *The Arché Papers on the*

Mathematics of Abstraction, e publicou numerosos artigos acadêmicos sobre paradoxos, a filosofia da lógica, a filosofia da matemática e, mais recentemente, a estética dos quadrinhos. Ele também é coeditor (com Aaron Meskin) de *The Art of Comics: A Philosophical Approach*. Apesar dos melhores esforços de artistas e escritores, seu antigo romance com Jennifer Walters foi censurado pela Autoridade de Código de Quadrinhos, e, como resultado, os detalhes picantes permanecerão em segredo para sempre.

Sarah K. Donovan é professora adjunta no Departamento de Filosofia e Estudos Religiosos do Wagner College, em Nova York. Seus ensinamentos e campo de pesquisa incluem filosofia feminista, social, moral e continental, e ela foi coautora de artigos para livros nas presentes séries sobre Batman, *Watchmen*, Homem de Ferro e Lanterna Verde. Enquanto realizava a pesquisa com os Vingadores Sombrios, tornou-se amiga de Lindy Reynolds, mas agora se sente culpada por garantir para ela que os voos de helicóptero são completamente seguros.

Andrew Zimmerman Jones é o guia físico da About.com e autor de *String Theory for Dummies*. Vive na Indiana central com sua esposa e dois filhos jovens, ocasionalmente escrevendo ensaios em coleções de agosto, tais como *Heroes and Philosophy* e *Green Lantern and Philosophy*. Em seu tempo livre, ele busca por Partículas de Jones, partículas teóricas que vão encolher sua linha da cintura.

Charles Klayman é instrutor de filosofia de meio período na John A. Logan College, em Carterville, Illinois. Desde que o Instituto Xavier para Estudos Avançados rejeitou sua inscrição, ele está terminando seus estudos de doutorado na Southern Illinois University Carbondale. Seu interesse em pesquisa inclui filosofia americana clássica e estética. Apesar de possuir a habilidade de perturbar as mentes, ele foi recusado como membro dos Vingadores; aparentemente, carregar um livro de filosofia grosso não é o mesmo que carregar um martelo místico ou um escudo indestrutível.

Daniel P. Malloy deixou os Vingadores em protesto depois que a Feiticeira Escarlate se casou com Visão, mantendo (contra o capítulo de Klayman) que torradeiras ambulantes não têm o direito de se casarem. Também houve uma leve disputa com Jarvis, que, desde então, foi alocado fora do pátio. A partir daí, Daniel tem passado seu tempo como palestrante de filosofia na Appalachian State University, ensinando cursos introdutórios e escrevendo sobre as intersecções entre filosofia e a cultura popular.

Louis P. Melançon se veste como o Capitão América e pede soro de supersoldado em cada consulta médica que faz. Até hoje isso só resultou em vacinas contra gripe e antrax. Embora ele não tenha experiência (ainda) para lutar contra os Skrulls, Kree ou qualquer vilão viajante do tempo interessado em dominar o mundo, como oficial do Exército Americano, Louis teve uma ampla variedade de experiências com investigação e armas estratégicas e de combate. Ele recebeu a Medalha da Estrela de Bronze e tem grau de mestre do Joint Military Intelligence College, London. Sua maior realização, contudo, é ensinar a sua filha de 2 anos a identificar todos os Animais de Estimação Vingadores pelo nome.

Stephen M. Nelson é candidato a Ph.D. no Departamento de Filosofia na University of Minnesota. Leciona em cursos de várias áreas, e sua pesquisa está centrada na filosofia da linguagem, filosofia da lógica e metafísica. Por ser descendente direto de Odin, por seu lado islandês (o que ele pode provar com registros genealógicos detalhados), Stephen sempre sentiu uma ligação distinta – quase de irmandade – com Thor e, por extensão, com a cambada de super-heróis com quem Thor anda.

Robert Powell, ou "Troy" quando ele está sob influência de um soro especial supersecreto – é um candidato a mestre no Programa de Análise e Administração de Conflitos, no Royal Roads University, em Victoria, Colúmbia Britânica, com um treinamento em psicologia e filosofia sem graduação. Troy também é analista de pesquisas no Projeto Sentinela para Prevenção do Genocídio, uma ONG baseada em Toronto, trabalhando em um programa aberto de um sistema de alerta prévio para genocícios – ou o que Troy gosta de pensar como um "Cérebro de Conflitos Étnicos". O que poucas pessoas sabem é que Troy está trabalhando em segredo em uma melhoria do soro que criou o Sentinela, acreditando que todos nós devemos aprender a governar nossas naturezas sombrias antes de podermos surgir e brilhar como heróis do mundo em nossos próprios domínios.

Nicholas Richardson é professor adjunto no Departamento de Ciência Física, no Wagner College, em Nova York, onde ensina química geral, inorgânica avançada e medicinal. Foi coautor de artigos para livros na presente série sobre Batman, *Watchmen*, Homem de Ferro e Lanterna Verde. Inicialmente, ele foi chamado por Norman Osborn para se unir aos Vingadores Sombrios, mas, por algum motivo, os formulários foram perdidos, e Osborn teve de interferir no último minuto para se tornar o Patriota de Ferro.

Christopher Robichaud é professor de ética e política pública na Harvard Kennedy School of Government. Os Vingadores sempre o consultam sobre questões de moral e filosofia política. Bem, Nick Fury os força também. O Capitão América ouve educadamente. O Homem de Ferro o ignora completamente. A Viúva Negra ameaça matá-lo se ele não calar a boca. O Gavião Arqueiro faz eco a esse sentimento. Thor simplesmente gargalha e o convida para uma cerveja. E Hulk, misericordiosamente, nunca aparece.

Jason Southworth é professor adjunto de filosofia na Fort Hays State University, em Hays, Kansas. Escreveu capítulos para muitos dos volumes de *Philosophy and Pop Culture*, incluindo os sobre *Inception*, X-Men e Final Fantasy. Ele tem curiosidade sobre o processo de inscrição para os Animais de Estimação Vingadores: se a Miss Leão é um membro, com certeza foi um equívoco não convidar o Hepzibah, o defensor feroz da casa Southworth-Tallman.

Tony Spanakos nunca foi convidado para participar dos Vingadores, apesar de ser reconhecido por sua esposa, amigos e alunos como "possivelmente não humano". Tendo emergido das Brumas de Terrigen sem nenhum poder útil, além da habilidade de ler textos áridos confortavelmente em um vagão de metrô lotado, ele tentou durante anos obter uma bolsa de estudos, ensinando política na Montclair State University, na New Jersey e New York Univesity. Publicou alguns artigos sobre economia política e democratização na América Latina, antes de ser chamado para se unir aos Defensores. Enquanto espera por uma data com os Vingadores (se Hank Pym pode, por que não ele?), ele tem escrito ensaios para *Batman and Philosophy*, *Watchmen and Philosophy*, *Iron Man and Philosophy* e o vindouro *Spider-Man and Philosophy*.

Ruth Tallman é professora assistente de filosofia na Barry University, em Miami Shores, Flórida. Escreveu capítulos para outros volumes de filosofia popular, sobre Sherlock Holmes, os Rolling Stones e o Natal. Ela não se descontrola com o relacionamento entre Tigra e Hank Pym porque ele envia a mensagem errada para impressionar jovens como Hepzibah, a destemida protetora da casa Southworth-Tallman.

Andrew Terjesen obteve seu Ph.D. em filosofia na Duke University e ensinou por alguns anos no Austin College, Washington, e na Lee University e Rhodes College. Seu interesse filosófico inclui psicologia moral, filosofia do início da modernidade e a filosofia das leis. Ele também gosta de escrever sobre as interseções da filosofia e cultura *pop* com ensaios nessa série sobre os X-Men, *Watchmen*, Homem de Ferro, Lanterna Verde, Homem-Aranha e Super-homem. Andrew recentemente entrou para a escola de advocacia, mas ficou desapontado por seu professor de lei criminal não cobrir o número de jurisdição transtemporal, no caso que é um marco, de *Kang vs. Immortus vs. Feiticeira Escarlate vs Rama Tut*. (Andrew suspeita que o professor é um Skrull.)

Mark D. White é o titular da cadeira do Departamento de Ciência Política, Economia e Filosofia do College of Staten Island /CUNY, onde ensina em cursos que combinam economia, filosofia e direito. É autor de *Kantian Ethics and Economics: Autonomy, Dignity and Character* (Stanford, 2011), e editou (ou coeditou) livros para a presente série sobre Batman, *Watchmen*, Homem de Ferro, Lanterna Verde e Super-homem. Se ele tivesse a habilidade da Feiticeira Escarlate de alterar a realidade, teria garantido editar este livro também.

Índice Remissivo

Dos Arquivos Secretos de Jarvis

A

Agostinho, Santo 163
Amor 115, 127, 175, 183, 184, 187, 188, 190
amor-doação divino 188
anel de Gyges 28
Anscombe, G. E. M. 153
Arendt, Hannah 84
A República (Platão) 25, 26, 27, 28
Ares 31, 32, 76, 80, 99, 174
arête 98, 99, 100, 101, 103, 110
Aristóteles 38, 98, 99, 100, 101, 102, 110, 112, 113, 114, 117, 183
Austin, Terry 69

B

Banner, Bruce 64, 151
Barnes, Bucky 13, 52, 54, 160, 198
Barton, Clint 29, 30, 41, 54, 59, 83, 106, 142, 192, 194, 195, 198, 201, 203, 205
Bentham, Jeremy 14

Besouro 119
Bishop, Kate 54, 201
Bor 22
Bowie, David 52, 53, 58
Braddock, Elizabeth 34
Bradley, Eli 34
Bradley, Isaiah 34, 123
Butler, Bispo Joseph 85
Byrne, John 62, 64

C

Cabal 24, 81
Cage, Luke 103, 104, 105, 119, 142, 149, 150
Campbell, Joseph 155, 156
Capitão América 9, 12, 13, 15, 16, 18, 19, 20, 21, 22, 25, 27, 34, 40, 41, 42, 45, 48, 49, 52, 53, 54, 55, 56, 59, 61, 68, 78, 87, 99, 102, 103, 105, 106, 107, 111, 112, 123, 139, 148, 149, 151, 152, 154, 159, 160, 171, 185, 187, 193, 195, 198, 200, 201, 205, 209, 210
Capitão Marvel 31, 78, 127, 133, 134, 135
Capuz 121
Carter, Sharon 17
Cavaleiro Negro 86
Caveira Vermelha 92
Celestiais 175, 176, 180
Cerco de Asgard 13, 22, 32, 79, 80, 143, 159, 202, 205
Cho, Amadeus 108
Chthon 109, 176
Chuang Tzu 195, 196, 202, 203
Colecionador 176
Coogan, Peter 158
Cooper, Valerie 55
Crystal 164, 171

D

Daken 27
Danvers, Carol 31, 36, 102, 104, 133
Deadpool 62, 63
deontologia 13, 15, 16, 17, 18, 20, 23, 135, 137
Derrida, Jacques 94
Devak 181
Deveres positivos 157
Dínamo Vermelho 14, 15
Doutor Destino 92, 149
Doutor Estranho 103, 106, 139, 140, 141, 143, 173, 180
Duende Verde 24, 30, 74, 78, 79, 81, 152

E

Einstein, Albert 169
Eisenhardt, Magda 36
Eisenhardt, Max 36
Emergência suprema 140
Eros 184, 186, 187, 188
Esquadrão Supremo 158
Estatura 37, 39
Eternidade 173, 175, 176, 179, 180
Ética 12, 126, 135, 173, 197
eudaimonia 98, 99, 100, 101, 102, 103, 104, 106, 108, 110

F

Fantasma do Espaço 162, 163
Feiticeira Escarlate 9, 10, 36, 41, 83, 87, 88, 89, 92, 93, 111, 115, 116, 133, 145, 164, 183, 185, 186, 189, 191, 192, 200, 202, 203, 205, 208, 211
Fobos 80, 81
Fogo Cruzado 200

Foot, Philippa 153, 157
Formas 25, 26, 27, 176
Freeman, Duane 182
Fritz 191
Frost, Loretta 44
Fury, Nick 24, 31, 54, 56, 76, 80, 148, 149, 150, 152, 159, 160, 210

G

Gaia 176, 177, 179
Galactus 69, 167, 173, 175, 180
Gangue da Demolição 178, 196
Garota Esquilo 10
Gavião Arqueiro 9, 24, 27, 29, 30, 41, 42, 54, 59, 60, 76, 80, 83, 85, 87, 88, 91, 92, 96, 106, 111, 113, 114, 115, 116, 117, 118, 119, 120, 124, 138, 140, 144, 145, 152, 185, 192, 194, 195, 196, 197, 198, 199, 200, 201, 202, 203, 204, 205, 210
Glauco 28, 29, 31
Gödel, Kurt 167
Golias 35, 52, 56, 57, 58, 59, 60, 108, 178, 192, 197, 198
Górgias 75
Grande Mestre 114, 115, 176
Graviton 178
Gremlin 96

H

Hand, Victoria 76, 81
Hawking, Stephen 169, 172
HCM (Hormônio de Crescimento Mutante) 123
Heimdall 80
Hela 22
Hera 177, 180
Hércules 108, 109, 174, 176, 178
Hill, Maria 31, 150

Homem Aranha 18, 27, 61, 65, 74, 106, 146, 149, 157, 174, 175, 211
Homem de Ferro 9, 12, 13, 15, 17, 18, 19, 20, 22, 41, 45, 48, 85, 87, 88, 92, 95, 102, 103, 106, 109, 110, 111, 113, 139, 148, 151, 152, 158, 162, 163, 182, 192, 193, 195, 199, 204, 205, 208, 210, 211
Homem-Formiga 35, 37, 38, 39, 42, 56, 57, 58, 59, 105, 107, 108
Homem Maravilha 85, 103, 154, 185, 187
Hulk 13, 15, 18, 61, 62, 63, 64, 68, 69, 70, 71, 72, 73, 98, 109, 142, 147, 151, 158, 163, 175, 177, 179, 180, 187, 200, 207, 210

I

Illuminati 151
Immortus 162, 163, 170, 171, 172, 211
Inteligência Suprema 126, 127, 135
Irmandade dos Mutantes do Mal 88, 111, 116

J

Jameson, J. Jonah 142
Jaqueta Amarela 35, 56, 57, 59, 108
Jarvis 107, 108, 124, 187, 208, 212
Jenkins, Abner 119
Jesus 175, 179, 181
Jewett, Robert 155, 156
Jones, Jessica 101, 102, 103, 106, 110, 162
Jones, Rick 126, 135
Jovens Vingadores 38, 122, 123, 124, 162, 171, 201, 205
Juggernaut 71
Justiceiro 16

K

Kang 9, 84, 98, 122, 158, 162, 163, 166, 167, 168, 169, 170, 171, 172, 211

Kant, Immanuel 134
Kirby, Jack 10, 174
Klaw, Ulysses 40
Kree 9, 126, 127, 128, 129, 130, 131, 132, 133, 135, 151, 189, 197, 201, 209
Kronos 175

L

Lang, Scott 37, 38, 39, 41, 42, 105
Lao Tsé 193, 195, 199, 200, 201, 203
Lawrence, John Shelton 155, 156
Lee, Stan 10, 97, 174
Le Fay, Morgana 31
Lehnsherr, Erik 36
Lewis, C. S. 183, 184, 207
Libertadores 149
Locke, John 50
Loira Fantasma 68
Loki 22, 79, 80, 98, 109, 177, 181

M

Madame Máscara 44
Magneto 36, 37, 39, 43, 44, 45, 46, 87, 88, 115, 116, 117, 118, 164, 202
M.A.R.T.E.L.O. 24, 25, 74, 75, 76, 97, 152
Mar-Vell 127, 132, 133, 189
Mason, Mark 68
Massacre 118
Maximoff, Marya 36
Maximoff, Pietro 36
Maximoff, Wanda 88
McCloskey, Deirdre 19, 20

Mercenário 27, 29, 30, 76, 80
Mercúrio 9, 36, 41, 59, 83, 87, 88, 89, 94, 111, 115, 116, 117, 133, 145, 164, 165, 168, 188, 192, 202, 203
Mestres do Mal 27, 86, 118, 119
Metaloide 102
Milgram, Stanley 113
Mimo 107
Miss Marvel 24, 27, 31, 32, 36, 101, 102, 103, 106, 107, 110, 133, 152, 205
Modok 98
Morte 173, 176
Mulher Aranha 106
Mulher-Hulk 61, 63, 68, 69, 70, 71, 72, 73
Mulher Invisível 105, 175

N

Namor, o Príncipe Submarino 41, 68, 77
Narciso 187
Nicomachean Ethics (Aristóteles) 99, 100, 101, 112, 183
Niebuhr, Reinhold 194
Noh-Varr 31, 32, 78

O

Odin 20, 176, 177, 178, 179, 209
Ódio 175
O'Grady, Eric 41
Ontologia 173, 178
Osborn, Norman 10, 13, 22, 24, 25, 27, 29, 30, 74, 75, 79, 99, 108, 121, 137, 143, 147, 152, 155, 159, 205, 210

P

Pantera Negra 34, 40, 197

Parker, Peter 17, 104, 158, 174
Patriota 34, 76, 123, 124, 152, 210
Patriota de Ferro 76, 152, 210
Pecado 54
philia 98, 99, 101, 103, 106, 110
Platão 25, 26, 27, 28, 75, 77, 176, 183
Poderoso 104
Popeye 69
Pym, Henry "Hank" 109

Q

Quadrilha do Capitão 21, 41, 42, 87, 111, 123, 124, 145, 193
Quarteto Fantástico 61, 73, 92, 132, 150, 151, 174

R

Ragnarok 20, 22
Ramonda 40, 43
Rei Caos 176
"retcon" 84
Reynolds, Lindy 208
Reynolds, Richard 155
Reynolds, Robert 78
Rhodes, James 199
Richards, Reed 151, 172
Richards, Sue 105
Rocha Lunar 27, 32, 119
Rogers, Steve 13, 25, 26, 49, 50, 51, 52, 54, 56, 97, 143, 145, 159, 198, 205
Romanova, Natasha 41, 192
Ronan, o Acusador 126, 127, 128, 130, 131, 132
Ronin 192, 202

S

Sagan, Carl 168
São Tomás de Aquino 153
Segar, E. C. 69
Segredos 129, 136, 142, 160
Senhor Fantástico 105
Sentinela 22, 24, 29, 32, 76, 78, 79, 80, 81, 126, 198, 209
Serpente 54
S.H.I.E.L.D. 13, 16, 24, 31, 56, 74, 76, 99, 105, 130, 140, 145, 147, 148, 149, 150, 151, 152, 158, 159
Shuri 34
Singer, Peter 189
Skaar 177
Skrulls 13, 15, 74, 109, 127, 128, 129, 131, 132, 133, 134, 135, 147, 151, 152, 205, 209
Slott, Dan 62, 69
Sócrates 25, 27, 28, 29, 75, 77
Sofen, Karla 27
Sonhador Celeste 181
Soprano 119, 193, 203
Speedball 121
Stark, Tony 13, 14, 24, 26, 30, 42, 48, 56, 75, 85, 91, 99, 102, 103, 107, 109, 139, 150, 152, 154, 156, 159, 165, 192, 198, 199, 207
status quo 155, 156, 159, 160
Super Heroes: A Modern Mythology (Reynolds) 155
Supremos 103, 148, 149, 151

T

Taoismo 193
T'Chaka 34, 40
T'Challa 40, 43
Thanos 112, 173, 176, 178
Thimble Theatre 69

Thor 9, 12, 13, 18, 20, 21, 22, 23, 98, 109, 115, 149, 158, 173, 174, 175, 176, 177, 178, 179, 181, 189, 193, 196, 198, 207, 209, 210
Thunderbolts 14, 16, 42, 75, 114, 118, 119, 120, 193, 198
Tigra 12, 46, 103, 107, 108, 121, 211
Timely Comics 68
tortura 133, 134, 135, 141
Trasímaco 25, 27, 28, 29, 31
Tribunal Vivo 173, 175
Trick Shot 192, 194

U

Uatu 175, 181
Ultron 35, 36, 37, 39, 41, 43, 86, 103
Urich, Ben 106

V

Vácuo 78, 79, 80, 81
van Dyne, Janet 57, 60, 93, 105, 107
van Stockum, W. J. 167
Venom 27
Vênus 186
Vespa 35, 41, 52, 57, 60, 92, 103, 105, 108, 110, 152, 177, 179, 182, 196, 207
Vingadores da Costa Oeste 108, 111, 114, 115, 193, 199
Vingadores Poderosos 38
Vingadores Secretos 143, 144, 145, 159, 193
Vingadores Sombrios 10, 22, 24, 25, 27, 28, 29, 30, 31, 32, 33, 74, 76, 78, 81, 108, 137, 152, 208, 210
Visão 10, 41, 42, 83, 86, 109, 115, 123, 183, 185, 186, 189, 190, 191, 197, 208
Viúva Negra 41, 83, 87, 103, 118, 149, 179, 192, 193, 197, 210
von Strucker, Barão 153

W

Walker, John 52, 54
Walters, Jennifer 61, 71, 73, 208
Walzer, Michael 129, 140, 141
Warlock, Adam 178, 180
Waugh, Patricia 62
wei wu wei 194, 195, 196, 197, 201, 203
Whitman, Dane 86
Williams, Simon 85, 103, 154
Wolverine 16, 27, 74, 149

Z

Zemo, Helmut 34
Zeus 176, 177, 178

MADRAS® Editora
CADASTRO/MALA DIRETA

Envie este cadastro preenchido e passará a receber informações dos nossos lançamentos, nas áreas que determinar.

Nome _____
RG _____ CPF _____
Endereço Residencial _____
Bairro _____ Cidade _____ Estado ____
CEP _____ Fone _____
E-mail _____
Sexo ❏ Fem. ❏ Masc.   Nascimento _____
Profissão _____ Escolaridade (Nível/Curso) _____

Você compra livros:
❏ livrarias   ❏ feiras   ❏ telefone   ❏ Sedex livro (reembolso postal mais rápido)
❏ outros: _____

Quais os tipos de literatura que você lê:
❏ Jurídicos   ❏ Pedagogia   ❏ Business   ❏ Romances/espíritas
❏ Esoterismo   ❏ Psicologia   ❏ Saúde   ❏ Espíritas/doutrinas
❏ Bruxaria   ❏ Autoajuda   ❏ Maçonaria   ❏ Outros:

Qual a sua opinião a respeito desta obra? _____
_____

Indique amigos que gostariam de receber MALA DIRETA:
Nome _____
Endereço Residencial _____
Bairro _____ Cidade _____ CEP _____

Nome do livro adquirido: Os Vingadores e a Filosofia

Para receber catálogos, lista de preços e outras informações, escreva para:

MADRAS EDITORA LTDA.
Rua Paulo Gonçalves, 88 – Santana – 02403-020 – São Paulo/SP
Caixa Postal 12183 – CEP 02013-970 – SP
Tel.: (11) 2281-5555 – Fax.:(11) 2959-3090
www.madras.com.br

Este livro foi composto em Minion Pro, corpo 12/14,4.
Papel Offset 75g
Impressão e Acabamento
Graphium Gráfica e Editora — Rua Jose dos Reis, 84
— Vila Prudente/São Paulo/SP
CEP 03139-040 — Tel.: (011) 2769-9056